어느 돌멩이의 외침

어느 돌멩이의 외침

초판 제1쇄 발행일 1978년 4월 20일(대화출판사 펴냄)
2판 제1쇄 발행일 1984년 4월 30일(청년사 펴냄)
3판 제1쇄 발행일 2020년 5월 1일

글_ 유동우
기획_ 책도둑(박정훈, 박정식, 김민호)
디자인_ 정하연
펴낸이_ 김은지
펴낸곳_ 철수와영희
등록번호_ 제319-2005-42호
주소_ 서울시 마포구 월드컵로 65, 302호(망원동, 양경회관)
전화_ (02)332-0815
팩스_ (02)6091-0815
전자우편_ chulsu815@hanmail.net

ISBN 979-11-88215-43-0 03810

철수와영희 출판사는 '어린이' 철수와 영희, '어른' 철수와 영희에게
도움 되는 책을 펴내기 위해 노력합니다.

유동우

어느 돌멩이의 외침

철수와영희

세월이 많이 흘렀다. 『어느 돌멩이의 외침』이 월간 『대화』에 연재된 것이 1977년 초였으니, 올해로 꼭 사십삼 년이 흘렀다. 팔팔한 이십 대 청년이었던 나도 어느덧 일흔이 훌쩍 넘어 노년기를 맞았다. 돌아보면 무엇 하나 제대로 이룬 것 없이 세월만 헛되이 보냈다는 회한을 떨칠 수 없다.

그 허송한 세월조차도 시대가 강요한 굴곡과 파란으로 점철된 녹록잖은 삶이었다. 어쩌면 책을 내고 나서 본격화한 내 여정은, 노동자의 인간다운 삶을 위한 노동기본권(노동삼권) 투쟁에서 정치적 민주화를 위한 반독재 민주화 투쟁으로 운동의 전선을 넓혀가는 과정이었다. 국민의 자유와 기본권을 탄압하는 폭력성을 그 본질로 하는 독재 정권이 노동기본권이라고 보장할 리 없고, 정치권력의 성격이 민주적으로 바뀔 때 우리 모두가 누려야 할 기본적인 권리가 보장된다는 지극히 평범한 사실을 뒤늦게야 깨달았기 때문이다.

반독재와 민주화를 위해 나선 여정은 멀고도 험난했다. 1979년 10·26사태 이후 불타오른 민주화를 바라는 국민적 열망을 군화발로 짓밟고 집권한 신군부 세력에 맞섰고, 1982년부터 본격적으로 불거졌던 노동조합 간부와 조합원의 재취업을 봉쇄한 이른바 블랙리스트(재취업 금지자 명단) 철폐, 1985년 불붙기 시작한 노동기본권과 최저임금(생활임금), 민중 생존권 보장을 위한 싸움에 나섰다. 1987년에는 박종철 고문치사 사건에 대한 진상 규명과 책임자 처벌을 요구하며 최루탄 추방운동을 벌여나갔고, 같은 해 4월 전두환 정권의 4·13호헌조치에 대응해 국민적 저항으로 맞선 6월 민주항쟁(민주헌법쟁취 국민운동, 직선제 개헌투쟁) 등 크고 작은 운동에 함께해 왔다.

그 과정에서 세 차례의 투옥을 겪었고 수배와 구류, 가택수색을 반복적으로 당해야만 했다. 강제연행과 미행, 감시가 어느새 일상이 되어버린 나날이었다. 그리고 공안 기관에 연행될 때마다 끔찍한 고문과 구타가 뒤따랐다. 특히 신군부 세력이 집권한 제5공화국 초기 남영동(치안본부) 대공분실에 끌려가 한 달간 당한 고문은, 이후 정상적인 사회생활로의 복귀가 불가능할 만큼 극심한 신체적 정신적 황폐화를 안겨주었다.

아무튼 삼원섬유에서 쫓겨난 이후 블랙리스트에 올라 재취업을 할 수 없었던 나는 전국 각지의 노동자들을 대상으로 강연과 교육을 하고, 노동조합 결성을 돕는 이른바 재야 노동운동가로 활동했다. 그리고 여러 단체에 몸담으면서 민주주의의 회복과 노동자의 인간다운 삶을 향한 시대정신을 실천하기 위해 나름의 노력을 해왔다. 한편 아직까지 고문 후유증에서 완전히 벗어나지 못하고 있는 게 저간의 내 삶이다.

녹록하지 않았던 내 삶만큼이나 『어느 돌멩이의 외침』도 숱한 우여곡절을 겪었다. 처음 책을 출판한 것은 1978년 봄이었다. 월간 『대화』를 발행하고 있던 '대화출판사'가 1977년 1월부터 3월까지 『대화』에 연재된 글을 묶어 낸 것이었다. 그러나 오래가지 못했다. 책이 출판되자마자 공안 기관(중앙정보부)에서 판금(판매 금지) 조치를 내렸기 때문이다. 당시 대학가에서는 리영희의 『전환시대의 논리』, 조세희의 『난장이가 쏘아올린 작은 공』과 함께 『어느 돌멩이의 외침』이 3대 필독서로 권장되던 터였다. 막대한 손해도 손해였지만, 수요는 있는데 공급을 못 하게 되었으니 출판사로서는 여간 답답한 게 아니었다.

출판사에서는 궁여지책으로 모험을 시도했다. 공안 기관의 눈을 피해 은밀히 출간을 하기로 한 것이다. 물론 '초판'으로만 찍었다. 그렇게 몇 차례 더 발행을 했으나 그조차도 오래가지 못했다. 이듬해 봄 이른바 '크리스천아카데미 사건'이 터지면서 공안 기관의 압력으로 출판사가 문을 닫게 되었고, 월간 『대화』와 함께 『어느 돌멩이의 외침』의 발행도 중단되었다.

책이 나오지 않자, 학생들이 복사본을 만들어 읽거나 팔았다. 이른바 해적판이라고 불리는 복사본 출판이 횡행했던 시기였다. 어느 대학교 동아리에서는 삼백 권을 복사해 팔았다며 판매금의 10%

어느 돌멩이의 외침

를 인세로 전달하겠다며 나를 찾아오기도 했다. 아마도 해적판 인세를 받은 최초의 저자가 아닌가 싶다. 읽고 쓰는 자유마저 금지당한 독재정권 시절의 웃지 못 할 진풍경 중 하나였다. 어쨌든 인세를 보내준 학생들이 고마웠다.

그러다가 1984년 '청년사'에서 책이 다시 출간되었다. 1980년 5월 광주를 피로 물들이고 집권한 이후 폭압적인 공안정국으로 일관한 전두환 신군부 정권이 1982년 말부터 이른바 유화정책을 시행했다. 그 틈을 타 청년사 정성현 대표가 책을 재출간하기로 용기를 낸 것이다. 이후 청년사에서 1990년대 초까지 책을 출간했으나, 무슨 연유에서인지 어느 시점부터는 서점가에서 점점 사라지게 되었다. 가끔 지인들로부터 '왜 책을 찍지 않느냐'는 말도 들었지만 관심을 두지 않았다. 내심 차라리 잘되었다는 생각이 들었다.

책이 세간으로부터 분에 넘치는 대접을 받았지만 그럴수록 쥐구멍이라도 찾고 싶은 심정이었다. 어떤 모임에서 나를 『어느 돌멩이의 외침』 저자라고 소개할 때면 겸연쩍음을 넘어 부끄러움을 느낀 적이 한두 번이 아니었다. 글이라곤 써본 적이 없는 무지렁이로 살아온 내가 유려한 문장이나 표현력이야 언감생심 탐낼 일은 아니었지만, 그럼에도 불구하고 좀 더 잘 쓸 수도 있지 않았나 하는 아쉬움이 남는 건 어쩔 수가 없었다.

그러나 그보다 마음 한구석에 지울 수 없는 미안함으로 남아 있는 것이 있었다. 그 중 하나는 삼원섬유 노조 조합원 한 명 한 명의 기상천외하리만큼 지혜롭고 헌신적인 활약상을 제대로 기술하지 못한 데 대한 미안함이었다. 또 다른 하나는 노조 결성과 활동 과정에서 아무것도 모르는 나를 가르치고 이끌어준 인천산선(인천 기독교 도시산업선교회) 관계자와 노동운동 선배들을 단 한 분도 언급할 수 없었다는 점이었다.

『어느 돌멩이의 외침』은 유신 초기인 1973년 초부터 1975년 4월까지 외국인투자기업 (주)삼원섬유에서 있었던 일들을 기록한 책이다. '국가보위에 관한 특별조치법'에 의해 노동삼권 행사가 극도로 제약당하고, 또 '외국인투자기업의 노동조합 및 노동쟁의 조정에 관한 임시 특례법'에 의해 외국인투자기업에서의 노동조합 결성이 엄격하게 통제되던 시절이었다. 따라서 수출산업공단 내 외국인투자기업에서 노동조합을 결성한다는 것은 결코 쉬운 일이 아니었다. 이런 조건에서 노동조합 결성에 성공한 사례는 전국을 통틀어 삼원섬유 노조가 최초였다. 더구나 삼원섬유 노조는 부평공단 최초의 노동조합이기도 했다.

언론 통제로 인해 잘 알려지지는 않았지만, 삼원섬유보다 몇 달 앞서 마산수출자유지역 안에 있던 한 외국인투자기업에서 노동조합을 결성한 적이 있었다. 외국 본사에서 당시 상공부 장관에게 항의서한을 보냈고, 즉각 중앙정보부가 개입했다. 한 달 만에 노조가 파괴되고 분회장은 행방불명되었다. 노조 결성에 가담한 사람들은 각서를 쓰고 회사에 남거나 아니면 쫓겨났다. 이렇듯 유신체제 아래서는 노동자와 사용자 간에 발생하는 '노사문제' 혹은 '노동문제'라는 게 없었다. 모든 노동문제를 공안적 시각에서 바라보는 '공안문제'만 있을 뿐이었다. 한마디로 노동문제는 곧 공안문제였다.

이런 시절에 나는 많은 이들로부터 도움을 받았다. 올바른 기독교 신앙관을 깨달았고, 인간과 사회와 역사를 보는 눈을 길렀으며, 삶의 자세와 운동가로서의 품성이 어떠해야 하는지를 배웠다. 내가 삼원섬유 노조 결성과 이후 활동 과정에서 부닥친 숱한 난관을 극복하고, 노동자의 인간다운 삶과 이 땅의 민주화를 향한 대열에 동참할 수 있었던 것도 다 이들의 지원과 지도 때문이었다. 이들은 겁 많고 외로웠던 나를 지탱시켜준 정신적 지주이자 든든한 백그라운드였다.

그러나 『어느 돌멩이의 외침』을 쓸 때, 어느 누구의 이름도 밝힐 수 없었다. 당시 인천산선은 유신정권으로부터 빨갱이 집단으로 매도당하고 있었고, 나 또한 이미 회사에서 쫓겨난 신분이었음에도 관할 경찰서 정보과 형사들로부터 동태를 감시당하는 '요시찰 대상'이었다. 삼원섬유 노조 활동 과정에서도 여러 차례 정보기관에 끌려가 인천산선과의 관련성을 캐묻는 심문에 한결같이 극구 부인해온 터였다. 관계를 말하는 것이 다른 이들을 위험에 처하게 할 수 있는 시절이었다.

그러다 보니 나 혼자서 모든 걸 다한 것처럼 되어버렸다. 이 때문에 나를 이끌어주고 나와 함께했던 이들에 대한 부채감이 늘 마음속에 남아 있었다. 언젠가는 이를 보완하고 삼원섬유 노조 이후의 활동을 덧붙여 다시 쓸 요량이었고, 따라서 책의 재출간을 달갑지 않게 여겼다. 1990년대 말인지 2000년대 초인지 기억이 가물하지만 청년사 정 대표에게 전화가 와 책을 다시 내자고 했을 때도, 이를 전후해 몇몇 출판사에서 출간 제의가 왔을 때도 거절했던 이유이기도 했다.

그런데 이번에 세 번째로 '철수와영희'에서 책을 내게 되었다. 전태일 50주기를 기념해 열한 개 출판사에서 공동으로 책을 한 권씩 내기로 했다는 박정훈 대표의 요청을 받아들인 결과였다. 10년 전쯤에도 박 대표로부터 책을 다시 내자는 제의가 있었지만, 앞에서 말한 이유로 거절했었다. 그런데 이번 제의를 끝내 거절하지 못한 데에는 "이미 역사화된 고전으로 굳어진 책인 만큼 『어느 돌멩이의 외침』 그대로 내는 게 좋지 않겠느냐"는 박정훈 대표의 설득을 이겨내지 못해서다. 그리고 삼원섬유 노조 결성과 활동 과정에서 물심양면 지도와 지원을 아끼지 않았던 인천산선 관계자와 노동운동 선배들에 대한 감사 인사는 머리글로 대신하기로 했다.

죽은 뒤 천당에 가는 게 기독교 신앙의 궁극적 목표인 줄로만 알았던 내게 올바른 신앙관을 정립할 수 있도록 인도해준 조화순 목사님, 노조 결성과 활동 과정에서 시련과 난관에 부닥칠 때마다 대인의 풍모로 힘과 용기를 불어넣었던 유흥식 선생님, 노조 운영에 관한 실무와 노동관계법령 해석을 도와준 황영환 선배님, 고 조승

혁 목사님, 고 조지 오글 목사님 등 인천산선의 많은 이들에게 늦게나마 고개 숙여 인사를 드린다. 그리고 신생 노조 분회장인 나를 친동생처럼 아끼고 이끌어준 대우자동차(현 한국지엠) 노동조합 지부장 고 이진엽 선배님, 전 안전관리자협회 실무자 지명식 선배님께 깊이 감사를 드린다.

끝으로 반세기 가까운 세월이 흘렀음에도 어설픈 글을 지금까지 잊지 않고 출판하기로 결심해준 '철수와영희'와 책을 아름답게 만들어준 정하연 디자이너께 깊이 감사드리며, 보잘것없는 글을 읽어주신 독자님들께도 깊은 감사를 드린다.

2020년 4월, 유동우

차
례

1

내 슬픈 이야기들

너무도 가난했던 어린 시절

지금도 그렇지만 어린 시절의 우리 집은 너무도 가난했다. 시골에서 소작을 조금 하시는 부모님 슬하에서 나는 7남매 중 셋째로 태어났다. 위로는 누님이 두 분 계시고, 사내로는 내가 장남이었다. 가난한 가정환경 때문에 초등학교를 졸업하자마자 나는 부모님을 도와 농사일을 거들어야 했다.

우리 땅이라고는 파 한 포기 심을 땅도 없어 남의 논을 두어 마지기 빌려 소작을 했기 때문에 논 주인에게 돌아갈 몫을 주고 나면 그것으로는 우리 아홉 식구의 식량도 부족해 어쩔 수 없이 해마다 값비싼 장릿(長利)벼를 꾸어 먹지 않으면 안 되었다. 장릿벼란 가난한 가정에서 가을에 조금 거둬들인 곡식으로는 겨울 양식도 안 되고 이른 봄이면 이미 양식이 떨어진 데다가 보리도 채 익지 않아 끼니를 이을 게 없을 때 어쩔 수 없이 남의 집에서 꾸어 먹는 벼를 말한다. 이때 꾸어 온 벼는 가을에 농사를 다 짓고 타작을 하면 곱절로 갚아야 한다. 우리 집도 해마다 꾸어 먹는 장릿벼로 인해 농사를 짓고 나서도 빚을 갚고 나면 식구가 먹을 양식이 없어 또다시 남의 장릿벼를 내어 먹지 않으면 안 되었다. 그렇다고 갚지도 못할 남의 쌀을 무작정 빌어 올 수도 없는 처지여서 봄에는 쑥을 뜯어다가 삶아서 된장에 찍어 먹고, 겨울에는 도토리 가루를 만들어 먹으면서 끼니를 이어갔으나 빚은 계속 늘어나고 생활 형편은 더욱 쪼들리기만 했다. 한 사람이라도 식구를 줄여 부담을 덜려고 누님 두 분은 어린 나이에 출가 보내고 동생 준우는 초등학교를 졸업하자마자 14살 때부터 남의 집 머슴살이를 보냈으나 집안에 별다른 도움이 되는 것은 아니었다.

엎친 데 덮친 격으로 준우가 남의 집에 가던 해 봄, 몇 년 전부터 시름시름 앓으며 근근이 농사일을 하시던 아버님의 병환이 도졌으나 약값조차 구할 길 없는 우리 집은 더욱 곤경에 빠지고 말았다. 아버님이 군 보건소의 주선으로 무료로 치료를 받을 수 있는 대구의 어느 국립병원에 입원하게 되면서부터 장남인 나는 어머님과 같이 농사일을 도맡아 해야 했다.

아버님이 안 계신 우리 집의 형편은 더욱더 말이 아니었다. 병원에 계신 아버님을 보살피러 대구를 오르내리며 집안을 꾸려가기 위해 거친 노동을 하셨던 어머님의 고생은 말로 표현할 수 없었다. 배고프다고 조르는 동생들을 보고 부모를 잘못 만난 어린것들이 불쌍하다고 눈물 흘리시던 어머님을 붙들고 나는 가혹한 가난을 얼마나 원망하며 울었는지 모른다.

아버님이 병원으로 가신 뒤에는 땅 주인이 어린 내가 농사를 지을 수 없다고 그나마 부쳐 먹던 논마저 찾아가버려 우리 집은 농사 거리조차 잃고서 겨우겨우 남의 밭 두어 마지기를 소작 얻어 농사 짓는 것이 고작이었다. 이 당시 어머님과 나는 생계에 보태기 위해 높은 산에 올라가 나무를 해다 팔거나 남의 집 품팔이 같은 한 푼이라도 벌 수 있는 일이라면 가리지 않고 했다. 그 중에서도 추석을 전후해 산에 올라가 송이버섯을 따는 일이 수입으로는 가장 나은 편이었다.

송이버섯은 험한 산에서 주로 나는데 비가 와서 땅이 습해지면 잘 자라난다. 송이버섯은 맛도 있고 영양가도 많아 주로 고급 요리에 쓰이는 까닭에 값이 상당히 비싼 편이었다. 나는 매년 그맘때쯤 버섯을 따기 위해 어머님이 해주시는 밀가루떡 한 덩어리를 싸들고 첫닭이 울기 바쁘게 산으로 올라갔다. 캄캄한 새벽에 혼자 험한 산을 오른다는 것은 무서운 느낌을 안겨주는 일이기는 했으나 버섯을 팔아 먹을 것도 구하고 옷도 사 입을 수 있다고 생각하면 여간 신나는 일이 아니었다. 그런대로 자루 가득히 송이버섯을 따 집으로 내려올 때면 온종일 험한 산을 뛰어다닌 피로로 온몸이 나른했지만 제법 많은 돈이 생긴다는 즐거움으로 걸음은 한결 가벼웠다. 내가 송이버섯을 따는 솜씨는 200여 호가 사는 우리 동네에서 꽤나 좋은 편이어서 동네 사람들이 나를 '송이귀신'이라고 부를 정도였다. 버섯을 따기 위해 산을 오르내리던 그때가 어린 시절의 흐뭇한 추억으로 지금도 내 기억에 남는다.

이렇게 돈벌이가 되는 것이라면 무엇이든 닥치는 대로 했지만 그것은 입에 풀칠이라도 하기 위한 호구지책이었지 오랫동안 쪼들리고 빚에 몰린 집안 살림에 큰 도움을 주는 것은 아니었다. 1967년 봄, 사내로 셋째인 근우가 초등학교를 졸업하자 배라도 굶지 않게 하려고 서울 미아리 어느 빵집에 점원으로 보내지면서 식구는 단 네 식구로 줄었으나 굶주림만은 여전했다. 몇 해 동안 숱한 고생을 해가며 별별 일을 다 했지만 갈수록 심해지는 가난에 배기다 못해 나도 서울로 돈 벌러 가기로 마침내 결심하고 말았다. 이듬해 봄 남의집살이를 하던 준우를 집으로 데려다 놓고 돈도 벌고 공부도 하겠다는 비장한 꿈을 안고 서울로 가는 기차에 몸을 실었다. 영주역까지 20여 리를 따라오시며 집에서 제대로 먹이지도 못하고 고생만 시키다가 보낸다고 하면서 우시는 어머님을 뒤로 하고 기차에 올랐다. 고생하시는 어머님과 굶주리는 동생들만 집에 남겨두고 가는 것이 무슨 큰 죄를 짓는 것 같아 나도 모르게 두 눈에는 눈물이 줄줄 흘렀다.

어느 돌멩이의 외침

꼬쟁이 모가지는 열두 개

처음 와보는 서울, 기차를 타고 왕십리역에 도착했을 때가 저녁 6시였다. 일몰과 더불어 하나씩 켜지는 네온 불빛 아래를 무턱대고 걸어간 곳이 성동구 도선동의 산비탈을 깎아 세운 판잣집들이 많은 골목이었다. 당장 갈 곳이 없는 나는 어디 사람을 구하는 곳이 없나 하고 두리번거리던 중 "요꼬 개인지도 취직 책임알선"이라는 도화지에 아무렇게나 갈겨 쓴 구인광고가 창문에 써 붙여진 어느 집 앞에 발길을 멈추었다. 요꼬라는 것이 대체 무엇인지조차 몰라 몇 번씩이나 망설인 나는 용기를 내어 광고지가 붙은 창문을 조심스럽게 두드렸다. 요꼬라는 것이 스웨터를 짜는 것이라는 설명과 함께 한 달만 여기서 기술을 배우면 보세공장에 취직을 시켜주고, 취직이 되면 월 4~5만 원의 수입을 보장해줄 수 있다는 주인의 말에 한 달에 1만 원만 벌어도 굉장하다고 생각한 나로서는 달리 따질 필요도 없이 순순히 승낙했다. 이 기술을 한 달 동안 익히는 데 숙박비까지 합쳐 1만 원의 비용이 든다고 했으나, 내가 가진 것이라곤 겨우 3천 원뿐이어서 우선 선금조로 그 돈을 주고 나머지는 집에 편지를 내어 돈을 구해 주겠다고 주인의 허락을 얻었다. 편지를 한 지 며칠 지나자 어머님은 돈 8천 원을 마련해 가지고 오셨다. 그런데 우리 동네에서는 빚돈마저 빌려주는 사람이 없어 누님이 사는 동네에 가 겨우 구해 왔다는 말을 듣고 다시 한 번 애꿎은 어머님만 고생시켰다는 죄책감에 가슴이 메어지는 듯했다.

내가 요꼬 기술을 배운 집은 가정에다 요꼬 기계를 서너 대 갖다 놓고 보세공장에서 실을 갖다가 짜서 납품하는 하청업을 했다. 개인지도를 겸하고 있었지만 당시 기술을 배우는 사람이라곤 나 혼자뿐이었다. 이렇게 해서 나는 요꼬 기술을 배우기 시작했다. 그러나 그것은 처음 내가 이 기술을 배우려고 할 때 주인이 말한 것처럼 수입이 좋은 것도 아니었고 앞으로의 전망이 밝은 것도 아니었다. 사회의 물정을 하나도 몰랐던 나는 이 기술을 배우고 난 뒤에야 비로소 그와 같은 말들이 거짓임을 알게 되었다.

한 달 후 나는 주인의 소개로 왕십리에 있는 보세공장 천일섬유주식회사에 '야간함빠'로 취업했다. 야간함빠란 당시 요꼬 공장에서는 흔히 있는 특수한 고용형태인데 요꼬 기술자 밑에서 일하는 시다(견습공) 비슷한 것이었다. 그렇지만 함빠라고 해서 오야지—요꼬 기술자를 이곳에서는 그렇게 불렀다—들의 심부름이나 해주는 것이 아니고 낮에는 오야지들이 짜고 오야지가 퇴근한 야간에 오야지의 일을 대신해서 스웨터를 짜는 것이 업무였다. 당시만 해도 웬만한 기술을 가지고는 직접 보세공장에 오야지로 취직한다는 것은 극히 어려웠기 때문에 요꼬를 처음 배우는 사람들은 대개가 하청집에서 몇 달 동안 기술을 익힌 다음 보세공장에 취직을 해 오야지 밑에서 야간함빠 생활을 몇 달 한 뒤에야 겨우 오야지로 독립하는 것이 가능했다. 이들 야간함빠들은 오야지와 같이 회사에서 일을 하지만 회사와 어떤 고용관계를 정식으로 맺는 것이 아니었다. 야간함빠를 붙이느냐 안 붙이느냐는 순전히 오야지의 소관에 속하는 일이었다. 오야지들이 야간함빠를 채용하는 이유는 두말할 나위 없이 더 많은 수입을 올리기 위해서였다. 임금형태가 도급제(都給制)—일정한 노동량을 주고 그 일의 결과에 따라 임금을 지급하는 실적주의 임금제도—였기 때문에 오야지들이 자기 혼자 일을 하는 것보다 낮에는 자신이 직접 일을 하고 밤에는 야간함빠들을 붙여 일을 대신하게 하면 훨씬 많은 실적을 올려 수입이 배가 되었기 때문이다.

물론 야간함빠라고 해서 오야지보다 기술이 월등 떨어지는 것은 아니다. 그러나 아직 경험이 적어 기계 고장을 잘 볼 줄 모르고 스웨터의 스타일이 바뀌면 견본을 내지 못한다는—그러나 그것도 쉽게 익힐 수 있다—차이밖에 없지만 함빠들에게 기술을 가르쳐준다는 명목으로 오야지들은 그들이 올린 수입을 전부 자기가 차지했다. 이처럼 함빠를 채용하면 수입은 배로 늘기 때문에 오야지들이 누구나 일 잘하는 야간함빠를 구하려고 하여 함빠 스카우트 경쟁은 자못 치열했다.

그러나 함빠 채용제도가 그처럼 성행하는 것은 사실 노동자의 노동력을 최대한 울궈먹으려는 기업주 측의 도착된 사고방식 때문이라고 할 수 있다. 오야지들에게 함빠를 채용할 수 있게 함으로써 회사는 기계를 밤낮없이 가동하게 되어 기존 시설로 최대의 생산을 할 수 있고, 또한 오야지들과 회사와의 편직공임(編織工賃) 시비로 인한 노사분규를 방지할 수 있게도 된다. 왜냐하면 야간함빠 제도를 허용하면 오야지들이 야간함빠의 수입분까지 가로챌 수 있게 되므로 회사가 편직공임을 다소 싸게 책정한다 해도 오야지가 혼자 일할 때보다는 수입이 훨씬 높아 공임투쟁이 일어나지 않을 뿐 아니라, 오야지와 함빠 간의 분규에 대해서는 자기 일이 아닌 양 나 몰라라 할 수 있기 때문이다. 이것은 노동계약은 기업주와 하도록 되어 있는 근로기준법의 규정에도 명백히 배치되는 것이었지만 종업원을 일하는 기계 정도로밖에 생각하지 않는 기업주의 전근대적인 이기적 풍토가 그와 같은 악랄한 제도를 성행하게 했던 것이다.

사실 당시의 스웨터 보세공장 노동자의 열악한 노동조건이나 기업주 측의 종업원에 대한 부당한 노사관리는 도에 지나친 것이었다. 국내 유수의 스웨터 보세가공업체가 우후죽순처럼 생겨났지만 그 중에서 그런대로 법 규정을 제대로 지키는 스웨터 공장이라고는 눈뜨고 찾아보아도 찾을 수 없을 정도였다. 법정휴일도 없이 하루 12시간 이상을 연중무휴(年中無休)로 일해야 했고 법정 제 수당이나 퇴직금도 전혀 없었으며 조그만 이유로도 모가지를 잘랐던 회사 측의 독단적인 처사로 인해 종업원들은 인간 이하의 생활 속에서 헤매야만 했다. 그렇기 때문에 이런 비참한 노동조건 속에서 일해야 했던 이들은 자신들을 가리켜 '꼬쟁이'(요꼬쟁이)라고 비하해서 불렀고 하도 해고를 잘 당해 "꼬쟁이 모가지는 열두 개"라는 유행어까지 나오게 되었다.

어느 돌멩이의 외침

일 자체가 기계에 의존하기보다는 사람의 힘을 요구하는 단순노동에 가까운 것이어서 일로 인한 체력 소모가 심해, 젊고 힘 있을 때는 그럭저럭 수입을 올리지만 나이가 많아지면 기력이 줄어 일을 많이 못 하게 되고 결국에는 일에서 물러나야만 하는 것이 요꼬라는 직업이었다. 다른 직업은 그런대로 퇴직금을 받고 기술이 늘면 승진도 되고 임금도 오르는 것이 상식이겠지만 요꼬라는 직업은 평생을 해도 요꼬쟁이 이상의 것은 결코 바랄 수 없는 막다른 직업이어서 직업에 대한 열등의식은 "꼬쟁이 노릇 3년 이상이면 밥 빌어먹는다"라는 자학적인 유행어까지 만들어내고 있었다.

그래서 요꼬 짜는 사람이라면 누구나 지금의 일이 자신의 영구적인 직업이라고는 아무도 생각하지 않았다. 우선 다른 직업이 없으니 이것이라도 한다는 정도로밖에는 여기지 않았다. 그로 인해 젊었을 때 한순간 돈을 벌지 않으면 안 된다는 강박 때문인지는 몰라도 수단 방법을 가리지 않고 돈을 벌어야겠다는 이기적이고 독선적인 사고방식을 낳았다. 이러한 풍토 때문에 애꿎게 희생을 당하는 것은 힘없고 빽 없는 함빠들이었다.

실제로 회사에게나 오야지들에게나 없어서는 안 되는 필수 불가결한 존재였던 함빠들이 오야지로부터 받는 대우란 한심하기 짝이 없었다. 처음 채용할 때는 대개 3개월 정도만 자기 밑에서 함빠 생활을 해주면 기술자로 독립시켜주겠다고 구슬리지만 그것은 채용할 때의 사탕발림에 불과하고 일단 채용되고 나면 몇 달이라도 더

부려먹는 것이 상식처럼 되어 있었다. 당초 3개월을 약속하더라도 대개 5~6개월, 심지어는 7~8개월까지 야간함빠 생활을 해야 했으며, 어떤 사람의 경우는 수개월의 야간함빠 생활을 하고 주간 기술자로 독립된 이후에도 자기 수입의 3~4할, 심하면 5할까지 오야지에게 바치는 경우도 많았다(이들을 이른바 '주간함빠'라고 부른다). 어떤 오야지는 주간함빠를 혼자서 5~6명씩이나 데리고 있으면서 이들로부터 매월 수입 중 몇 할씩을 상납받기도 했다. 이런 오야지들은 현장에서 영향력 있는 기사들과 짜고서 하기 때문에 이들의 말을 거역하면 회사에 붙어 있을 수가 없어 별수 없이 오야지들이 하라는 대로 따를 수밖에 없었다.

이처럼 얼마 후에 기술자로 자립할 수 있다는 어떤 제도적 보장도 없는 상태에서 자기의 귀중한 노동력을 착취당하고 혹사당해야 하는 이들 야간함빠들이 오야지들로부터 받는 보수란 침식을 제공받는 사람, 하루 세끼 식사만 제공받는 사람 등 그 유형이 천차만별이어서 일률적으로 말하기가 어렵다. 그 중 좋은 대우를 받는 사람이 숙식을 제공받고 월 1~2천 원을 타 쓰는 정도였고, 심지어는 아무런 보수조차 받지 못한 채 일만 해주는 함빠들도 적지 않았다. 바로 이런 사실에서도 엿볼 수 있다시피 아무런 규준이나 보호 대책 없이 순전히 오야지들의 은혜로운 아량에만 의존케 만들어 노동력을 교묘하게 착취한 스웨터 수출업계의 난맥상이 여실히 노정되고 있었다. 또한 이러한 무법지대에서 자행되고 있는 비인간적인 경영체제를 수수방관한 노동 행정당국의 무성의도 아울러 드러나는 것이다.

내가 처음 야간함빠로 일하면서 오야지로부터 받은 대우는 밤새 12~13시간을 일하고도 오야지가 아침에 출근해서 주는 25원짜리 식권 두 장이 전부였다. 25원짜리 식권 한 장이면 회사 지정 식당에 가서 백반 한 그릇을 사 먹을 수 있었으므로 나는 하루 두 끼의 밥을 얻어먹는 것으로 12시간 이상의 중노동을 해야 했다. 그러나 밥 두 끼조차 제대로 사 먹을 수 없는 것이 내 처지였다. 왜냐하면 내겐 당시 잠잘 곳이 마련되어 있지 않아서 내 수입의 전부인 식권 두 장으로 잠자리까지 마련해야만 했기 때문이다. 아침에 오야지에게 식권 두 장을 받으면 우선 한 장으로 밤새 일하느라 허기진 배를 채우기 위해 백반 한 그릇을 허겁지겁 사 먹고 나머지 한 장은 저녁에 일 들어갈 때 15원짜리 국수를 사 먹기 위해 밥집 아줌마에게 맡기면 10원을 돈으로 거슬러 받았다. 처음에 10원을 현금으로 거슬러 받으려 했을 때 밥집 아줌마는 어림없는 양 거절했으나 내 딱한 사정을 듣고 나서부터는 언제나 잘 바꾸어주었다. 이 10원으로 나는 내가 잠잘 곳까지 찾아가는 교통비로 사용했다.

서울 한복판에 우람하게 들어앉은 남산, 그곳이 내 행복한 잠자리였다. 밤새 일을 마치면 아침밥을 먹은 후 성동경찰서 앞에서 영천행 전차를 타고 미도파 앞에 내려 남산으로 올라갔다. 그곳에서 햇볕 따스한 곳을 골라 그야말로 하늘을 이불 삼고 팔베개를 하며 잠을 청했다. 가끔 남산에 오르내리는 사람들이 떠드는 소리가 잠을 설치게 하고 갑자기 내리는 소나기에 단벌옷이 흠뻑 젖을 때도 있었지만 숙박료를 지불할 필요가 없고 누가 와서 귀찮게 구는 사람도 없어 내게는 다시없는 편안한 휴식처였다. 그러나 이 고마운 휴식처도 비가 오면 그나마 잃고 말았다. 그럴 때 찾아가는 곳이 내두 번째 잠자리였던, 회사에서 가까운 입장료 20원짜리 노벨극장이었다. 그때 노벨극장에서는 두 가지 영화를 동시 상영했는데 아침에 들어가 영화도 보고 또 잠도 잘 수 있었다. 어쩌다 남산에 못가고 노벨극장에 가는 날이면 극장 입장료를 내야 되기 때문에 25원짜리 식권 한 장을 밥집 아줌마에게 현금으로 바꾸어야 했으므로 그런 날은 아침과 저녁에 국수만 먹어야 했다. 어떤 함빠들은 오야지가 밤에 일할 때 배고프다고 야식비를 주고 가서 야식을 먹기도 했고 일부는 집에서 도시락을 싸가지고 와 일하다가 먹곤 했는데, 그럴 때면 그들이 먹는 밥이 그렇게 먹고 싶을 수가 없었다. 그들 중 내 사정을 아는 동료가 밥을 나누어 주거나 그들이 가는 곳에 데려가 잠을 재워줄 때도 있었는데 그때의 고마움이란 실로 어떤 말로도 표현할 수 없는 것이었다.

당시 나를 데리고 있던 오야지는 무척 인색한 사람이었다. 그렇다고 내가 다른 오야지에게로 간다는 것은 사실상 불가능한 일이었다. 왜냐하면 오야지 사회에서는 같은 공장에 일하면서 함빠가 어떻게 대우받든 절대로 남의 함빠를 가로채지 못했으며 함빠 스스로가 다른 오야지에게 간다 해도 절대 받아주지 않았기 때문이다. 그것은 오야지 사회에선 누구나 지켜야 하는 계율이었다. 어쩌면 이러한 규율이 엄존하고 있던 까닭에 함빠들에 대한 오야지의 횡포가 가능했는지 모른다.

빨래를 해 입을 수가 없었던 나는 한 벌뿐인 옷이 때와 기름에 절어 거지꼴이 되어갔고, 밤새 일을 마치고 남산으로 잠자러 가기 위해 전차를 타면 졸음에 못 이겨 옆에 앉은 손님에게 기대어 꾸벅꾸벅 졸기 일쑤였다. 그때마다 거지꼴을 한 나를 벌레 털 듯이 어깨로 밀쳐내는 바람에 놀라 깨어 죄송하다는 말을 입버릇처럼 중얼거리며 사과를 해야 했다. 어떨 때는 전차 안에서 골아 떨어져 종점인 서대문 영천까지 가는 웃지 못할 일도 종종 있었다.

이렇게 제대로 먹지도 못하고 잠잘 곳도 없이 여기저기 전전하는 신세였으나 그때는 그것이 내게 그렇게 고생스럽다고는 생각되지 않았다. 어려서부터 고생을 숙명처럼 여기고 생활해왔기 때문에 그런 고생쯤은 참을 수 있다는 배짱이 있었다. 더구나 내게는 나중에 오야지가 되면 돈도 벌고 공부도 할 수 있다는 희망이 있었으니 말이다. 다만 한시도 잊을 수 없는 것은 고향에 계신 어머님과 굶주리고 있을 동생들이었다. 한창 보릿고개에 시달릴 때라 어머님과 동생들의 모습이 눈에 선하게 떠오르곤 했다. 그럴 때면 어릴 적부터 교회에 다닌 나는 교회에 가 하나님께 기도를 드렸다. 일요일에 교회에 가 예배를 볼 때도 졸음에 못 이겨 조는 일이 많았지만 하나님께 내 앞길과 우리 가정을 위해 기도라도 한차례 드리고 나면 그것처럼 마음의 위로와 힘을 얻는 것도 없었다.

지독한 요꼬 오야지들

천일섬유에서 야간함빠로 일한 지 40일째인 5월 10일, 월급을 받는 날이었다. 내가 직접 월급을 받는 것은 아니었지만 나는 이날을 얼마나 기다렸는지 모른다. 한 달 동안 죽도록 일했으니 오야지가 내게 용돈이라도 몇 푼 주겠지 하는 기대로 부풀어 있었기 때문이다. 그러나 그 기대는 산산조각이 났다. 그날 저녁 오야지는 월급을 받자마자 말 한마디 건네지 않고 집으로 곧장 가버렸다.

'속았구나' 하는 생각이 들자 나는 갑자기 설움이 북받쳐 올라 화장실로 뛰어 들어가 한참이나 울었다. 그동안 어떤 고생을 해가며 일을 해주었는데…, 하고 생각을 하니 세상이 그처럼 야박해 보일 수가 없었다.

한참을 울다가 나와도 일할 마음이 내키지 않아 공장 마당에 서 있는데 당시 공장에서 오야지의 한 사람으로 있었던 재호 형이 "왜 울었느냐?"면서 내 어깨를 두드렸다. 재호 형을 보자 멈췄던 설움이 다시 북받쳐 올라와 나는 어린아이처럼 마구 울고 말았다. 재호 형은 야간함빠로 들어왔을 때 함빠라고 깔보고 무시하는 많은 오야지들 중에서 유일하게 객지에 나와 고생한다면서 인간적인 대우를 해주던 고마운 사람이었다. 그래서 나는 그만 보면 반가웠고 항상 형이라고 불렀다.

울고 있는 나를 달래는 재호 형에게 자초지종을 얘기하자, 형도 몹시 분개하며 내 오야지를 욕하는 것이었다. 그날 재호 형은 회사를 그만두게 되어 직장 동료들에게 인사를 나누느라고 늦게 퇴근하는 길이었다. 재호 형이 회사를 그만둔다는 말에 나도 더 이상 이 회사에 머무는 것이 지겨워져서 순간 형에게 나를 같이 데려가 달라고 매달리다시피 애걸했다. 이런 내가 무척 딱하다고 생각했던지 재호 형은 만약 자기가 나를 데려간 것을 내 오야지가 알면 큰일 난다고 하면서 주소를 적어줄 테니 오고 싶으면 내일 그리로 찾아오라고 했다. 남의 함빠를 채가는 것이 금기로 되어 있는 오야지 사회의 계율을 나도 이미 잘 알고 있었기 때문에 그렇게 하겠다고 하고 내 기지로 이곳을 빠져나가 찾아가겠다고 약속하고 일단 그와 헤어졌다.

이튿날 아침 나는 출근한 오야지에게 공장 생활을 집어치우고 고향으로나 내려가겠다고 거짓말을 했다. 이 말을 듣자 오야지는 벌써 내가 다른 곳으로 가려는 것을 눈치채고 "이번 달은 돈 쓸 데가 많아 용돈을 못 준 것이니 다음 달부터는 용돈을 주고 또 2개월 후엔 기술자로 독립시켜줄 테니 다른 생각은 말고 여기 그대로 있으라"면서 나를 붙드는 것이었다. 그러나 내가 꼭 가야겠다고 버티자 오야지는 성난 얼굴로 "서울 시내 웬만한 요꼬 공장의 기사나 오야지는 내가 다 알고 있다. 만약 다른 공장으로 옮긴 것을 알면 그 공장 기사나 기술자에게 얘기해 못 붙어 있게 만들겠다"고 협박하는 것이 아닌가. 지금까지 이런 식으로 구슬리고 위협하면서 순진한 함빠들을 이용해온 그들의 생리가 여실히 드러나는 순간이었다.

온갖 회유와 협박을 뿌리치고 공장문을 나설 때 나는 내 스스로 장하다는 생각이 들었고 뿌듯한 자신감을 한순간 느꼈다. 재호 형이 적어준 주소를 들고 뚝섬으로 찾아가니 형은 용하게 빠져나왔다고 나를 반갑게 맞으면서 구의동에 있는 유림통상주식회사 제1공장에서 일하는 자기 형님인 홍재도 씨 밑에서 야간함빠로 일하도록 주선해주었다. 재도 형도 무척 사람 좋은 호인이었다. 나를 친동생처럼 보살펴주고 숙식도 자기 집에서 같이할 수 있게 해주었다. 재도 형네는 연로하신 모친과 재도 형과 재호 형 그리고 나와 한동갑인 여동생 순자, 이렇게 네 식구가 남의 집 방 한 칸을 빌어세를 살고 있었으나, 나는 밤에 공장에서 일하고 아무도 없는 낮에만 집에 와서 잠을 잤기 때문에 불편한 것은 없었다. 또한 여기에 와서부터는 재도 형님이 야식까지 싸 주고 월급 때는 얼마간의 용돈마저 탈 수 있어 그야말로 야간함빠로서는 최고의 대우를 받게 되었다.

어느 돌멩이의 외침

요꼬 기술자가 되었지만

유림통상주식회사에 온 지 4개월, 그러니까 재도 형 밑에서 야간함빠 생활을 한 지 넉 달 만에 화양리에 새로 지은 유림통상 제2공장이 가동되자 나는 재도 형의 배려로 그렇게도 바라던 기술자로 독립해 그곳에서 근무하게 되었다. 이로써 요꼬 기술을 배운 지 6개월 만에 낮에는 잠을 자고 밤에만 일을 하는 올빼미 생활에 종지부를 찍게 되었으니 내 기쁨이란 이루 말할 수 없었다. 그러나 한 가지 걱정은 당장 밥 먹을 곳과 잠잘 곳이 없다는 것이었다. 하는 수 없이 재도 형과 상의한 끝에 우선 한 달 동안은 재도 형 집에서 밥을 먹고 월급을 타면 밥값을 주기로 하고 잠자리는 재도 형이 사는 주인집 마루를 빌려 사용하기로 했다.

요꼬 기술자가 된 나는 부지런히 일을 했다. 한 푼이라도 더 벌기 위해 새벽 5시만 되면 출근을 해서 일찌감치 일을 시작했다. 내가 일하게 된 제2공장에는 야간함빠 제도가 없고 오야지들만 일했기 때문에 함빠가 있는 곳보다 수입 면에서 차이가 나 대개의 오야지들은 새벽부터 나와 밤늦게까지 일을 했다. 임금형태가 도급제였으므로 되도록 일찍 나와 한 푼이라도 더 벌려고 하는 것은 당연한 일이기도 했다.

시계가 없던 나는 이처럼 일찍부터 나와 일을 하려고 하다가 어떨 때는 공장에 출근해 보면 새벽 2시밖에 안 될 때도 있어 수위실에서 기다렸다가 들어가는 경우도 많았다. 왜냐하면 회사에서 직공들이 일찍 출근하는 것은 좋아했지만 한두 사람만 작업장에 들여보내면 이들이 짜고서 스웨터를 몰래 입고 나올 위험성이 있어 적어도 5명 이상이 출근해야 작업장 문을 열어주었기 때문이다. 통금 해제도 안 된 새벽 2시에 공장에 출근하려면 화양리 파출소를 지나와야 했는데도 통금 위반으로 걸리지 않은 것이 그때는 무척 다행이라고 생각했다.

　이렇게 하여 한 달 동안 일을 하면 월수입이 대개 1만 2~3천 원 정도였고 아주 많이 버는 사람이 1만 8천 원 내지 2만 원까지 되었다. 처음 요꼬 기술을 배울 때 월 4~5만 원을 벌 수 있다는 말은 거짓이었다. 그러나 편직공의 이만한 수입은 가공부(편직한 스웨터를 완제품으로 가공하는 부서로 일당제이다) 여공들이 하루 10시간 노동으로 받은 임금이 90~150원인 데 비하면 그나마 매우 높은 임금수준이었다. 내가 처음 월급으로 받은 돈은 9천 2백 원, 재도 형네 밥값으로 5천 원을 떼어주고 나니 남은 돈은 4천 원가량 되었다. 그래서 나는 그 돈으로 함빠 생활을 하면서 사귄 친구인 성진이와 같이 월 3천 원짜리 사글세방을 얻어 자취를 하기로 했다. 성진이는 고향이 경북 의성으로 나와 동갑이었고 나처럼 함빠 생활을 끝내고 이곳에서 같이 일을 하고 있었는데 비슷한 환경으로 객지에서 일하는 처지여서 서로 친형제 같은 우정을 나눌 수 있었다.

　이렇게 돈을 벌기 위해 일을 하던 중 그렇지 않아도 몸이 약했던 나는 그동안의 무리한 노동으로 인해 기계 앞에 서면 어지러워 쓰러질 것 같고 몸살이 나 자주 앓기 일쑤였다. 그러나 휴식을 취할 여유를 가진다는 것은 생각조차 할 수 없는 일이었다. 점점 쇠약해지는 몸으로 어쩔 수 없이 일을 강행해야 했던 나는 기술자로 독립해 일한 지 거의 두 달이 되던 어느 날, 작업 도중 갑자기 눈앞이 노래지며 어지러운 현기증이 일더니 끝내 의식을 잃고 쓰러지고 말았다. 병원에 가서 진찰을 받은 결과 영양실조라고 했다. 주사를 맞고 의식을 회복하니 의사 선생이 충분한 휴식과 영양을 섭취하라고 했지만 겨우 하루를 쉬고 나서는 다시 일을 하러 나가야 했다. 오매불망 오야지가 되어 돈을 버는 것이 소원이었던 나는 그 어려운 함빠 생활을 끝까지 참고 오야지로 독립했지만 남은 것이라곤 함빠 생활을 통해 얻은 허약한 육신뿐이었다.

2

상금이라는 미끼

상납이라는 것

이 무렵 허약해진 몸 때문에 남들처럼 일을 제대로 할 수 없는 처지였으나 그것보다 더욱 괴로웠던 것은 편직부의 현장기사였던 박 기사에게서 받았던 수모였다. 함빠에서 오야지가 되면 그 대가로 몇 달간은 수입에서 얼마씩을 떼어 현장기사에게 상납하는 것이 상례이고 기사들도 으레 그것을 당연하게 바라고 있었다.

요꼬 공장 편직부 현장기사라면 요꼬쟁이들에게는 하늘과 같은 존재였다. 이들 기사와 잘 사귀면 돈벌이가 되는 스타일의 스웨터를 짤 수 있었고 또한 기계도 비교적 성능이 좋은 것으로 바꿀 수 있었으며, 기계 부속품을 얻는 것도 쉽고 기계가 고장이 나도 잘 고쳐주었다. 반면 기사의 비위에 거슬렸다가는 그곳에서는 절대 일을 할 수가 없었고 자칫하면 해고당하기 일쑤였다.

나도 1공장에서 야간함빠로 있다가 2공장으로 독립해 왔기 때문에 박 기사는 내게도 은근히 상납을 바라고 있는 눈치였다. 그러나 얼마간이라도 기사에게 돈을 바쳐야 한다는 것을 알고 있으면서도 내 첫 달의 수입으로는 그럴 수 있는 여유가 조금도 없었다. 밥값과 방세를 제하고 나니 내겐 한 푼의 여유도 없었기 때문이다.

내가 월급을 탄 뒤 한마디 말조차 비치지 않으니 박 기사는 내가 무척 괘씸하게 생각되었는지 그 뒤부터는 나를 노골적으로 미워하는 것이었다. 스웨터 스타일이 바뀔 때는 견본을 조금만 잘못 내어도 핀잔을 주기 일쑤였고 기계가 고장 나도 고쳐주지 않는 데다가 내가 하는 일은 사사건건 핀잔이고 책망뿐이었다. 시간이 흐를수록 박 기사의 학대가 심해져만 가는 것 같아 나로서는 정말 견디기 어려웠다.

하지만 그러한 수모보다도 편직부에 일하고 있으면서 편직부의 제왕인 현장기사에게 내가 미움을 받고 있다는 심리적 압박감이 더욱 참기 어려운 것이었다. 이러한 강박관념에 배기다 못해 나는 마침내 어느 날 저녁 '대관령 머루포도주' 한 병과 과자 한 봉지를 사 들고 박 기사의 집으로 찾아갔다. 그러나 박 기사가 없어 어쩔 수 없이 박 기사의 부인에게 그걸 건네고 돌아왔다. 이튿날 회사에 출근한 박 기사가 나를 보더니 "네가 그걸 사 왔느냐"고 묻길래, 나는 그걸 갖고 간 사람이 누구인지를 박 기사가 모르면 어쩌나 내심 걱정이 되던 참이어서 안도의 숨을 내쉴 수 있었다.

그 후 포도주 한 병이 박 기사와 나 사이의 거리를 얼마나 좁혀 주었는지는 알 수 없지만 어쨌든 포도주 한 병의 뇌물로 '박 기사가 예전처럼 나를 미워하지 않을 것이다'라는 심리적인 자위를 할 수 있었다. 그것만으로도 나는 어느 정도의 정신적인 압박감을 덜 수 있게 되었다.

이렇게 숱한 우여곡절을 겪으면서 유림통상주식회사 제2공장에서 일한 지 반년이 지날 무렵인 1969년 2월 구정이 지난 지 2~3일 뒤, 집에서 농사를 짓던 준우가 서울로 올라왔다. 집에 있어봤자 농사거리도 없었고, 배만 곯기보다는 객지에 가서 한번 살아봐야겠다고 생각한 나머지 내가 서울에 와 있기 때문에 자기도 올라왔다는 것이다.

취직을 시켜달라는 준우에게 요꼬만은 가르치고 싶지 않아 몇 군데 다른 곳을 알아보았지만 마땅한 데를 어디서도 찾을 수가 없었다. 더구나 그 무렵 회사에 실이 들어오지 않아 근 한 달간 나도 놀고 지내던 참이라 준우가 다른 기술을 배울 수 있는 뒷바라지는 도저히 생각할 수조차 없었다. 어쩔 수 없이 재도 형에게 부탁해 준우도 요꼬를 배우게 했다. 준우는 몇 달간 요꼬를 배운 뒤 다른 공장으로 취직한다면서 내 곁을 떠났다.

그 후 나는 근 1년 동안 유림통상에서 일을 했으나 점점 쇠약해지는 몸을 도저히 가눌 길 없어 그해 추석 무렵 마침내 공장을 그만두고 고향으로 내려가고 말았다.

죽는 게 행복이 아닐까

집에 내려와 보니 종우는 초등학교를 졸업한 뒤 무료로 다닐 수 있는 대구의 모 기독교 학교로 가고 없었다. 어머님 혼자서 정희를 데리고 가난한 집안 살림을 꾸리고 있어 고생이 말이 아니었다. 1년 반 만에 보는 어머님의 얼굴은 한층 늙어 있었다. 짚을 살 돈마저 없어 비가 오면 삭은 지붕에서 빗물이 방 안으로 떨어지고 울타리조차 제대로 만들지 못해 집은 꼭 흉가 같은 느낌이 들었다. 아버님은 그때까지 병원에 계셨고 나까지 병들어 집으로 내려왔으니 어머님께 큰 죄를 지은 것 같아 가슴이 미어졌다.

그러나 어머님은 어린것이 객지에 나가 고생만 하다가 병까지 얻어 왔다고 하시며 산에 가 나무를 해다 팔고 남의 집에 품을 팔아서 약을 지어다 먹이며 간간이 고기까지 사다 주셨다. 어머님의 정성 어린 간호로 몸이 차차 회복되자 나는 다음해 설에 다시 서울로 올라와 면목동에 있는 방성산업이라는 요꼬 공장에 취업할 수 있게 되었다.

요꼬 일이라면 이미 진절머리가 난 지 오래지만 이 일을 하지 않을 수 없는 내 처지 앞에서는 무력해질 수밖에 없어 방성산업에서 다시 요꼬를 짜게 된 나는 오히려 일에 충실하고자 했다. 여기에 취직하면서부터 나는 월 5천 원 하는 하숙방을 얻어 같은 공장에 있던 동료 셋과 함께 지냈다.

그곳에서 나는 처음으로 이성에 대한 사랑을 경험하게 되었다. 나와 같이 요꼬를 짜던 경숙이란 아가씨는 자그마한 키에 언제나 웃음 띤 얼굴을 하고 있었고 더할 수 없이 고운 마음씨를 가지고 있었다. 우리는 일요일에 같이 교회에 나갔고 자주 성경 얘기를 나누면서 신앙에 대해 토론하기도 했다. 언제나 내 마음은 경숙이로 가득 차는 듯했으나 그것을 토로하지 못한 채 다만 가슴만 애태웠을 뿐이다.

그해 4월, 3년간을 병환으로 병원에 계셨던 아버님이 완쾌되어 집으로 돌아오시자 어머님은 서울에 가 품팔이를 하더라도 자식이 있는 곳에 있겠다면서 정희를 데리고 상경하셨다. 65세나 되셨던 아버님은 죽는 한이 있더라도 고향 땅에 묻히겠다면서 혼자 고향에 머무르셨다. 어머님은 연로하신 아버님을 차마 혼자 두고 올라오실 수 없었지만 겨우 몸조리를 끝내고 다시 서울에 올라온 내가 마음 놓이지 않아 나를 돌보기 위해 고향을 떠나기로 작정하신 것이다.

어머님이 올라오시자 우리 식구는 중량천변에 있는 뚝방 판잣집에 사글세로 방 하나를 얻어 살게 되었다. 그러고는 그때까지 미아

어느 돌멩이의 외침

리 빵집에서 밥만 얻어먹으며 점원 노릇을 하던 근우를 데려와 을
지로에 있는 어느 인쇄공장에 취직시키고 정희는 중화초등학교로
전학시켰다. 이렇게 하여 우리 네 식구는 한 곳에 모여 살게 되었
고 내가 탄 월급과 근우가 한 달에 버는 4~5천 원을 보태서 겨우
생활을 유지할 수 있었다. 어머님은 우리가 일하러 나가고 없을 때
근처에 있는 블록공장에 나가 블록을 들어 나르고 하루에 2~3백
원을 벌어 가계에 보태셨다.

그러나 이러한 상태도 오래 계속되지 않았다. 또다시 내 건강은
나빠지기 시작해 어떨 때는 검붉은 피를 한 사발씩이나 토하는 지
경까지 이르고 말았다. 그럴 때마다 어머님은 나를 얼싸안고 하나
님께 자식을 살려달라고 기도하며 우셨다. 원래 우리 집은 불교를
신봉했으나 내가 교회에 나가자 어머님도 나를 따라 기독교를 믿
으셨고 그 신앙심이 날로 두터워져서 항상 "하나님은 우리 가정을
버리지 않으신다"라는 믿음을 잃지 않고 계셨다.

그러나 이때부터 나는 깊은 절망감에 빠져들어 점차 삶의 의미
를 잃어가고 있었다. 내일을 위해 오늘을 싸우는 것이, 또한 오늘을
싸워 내일에 이긴다는 것이 도대체 무슨 의미가 있는가? 왜 사람은
이렇게 고통을 받으면서까지 살아가기 위해 바둥거려야 하는가?
나는 인간이 어리석기 때문이라는 결론밖에 얻을 수 없었다. '신은
없다. "이 세상에서 가장 큰 행복은 태어나지 않는 것이고 두 번째
행복은 일찍 죽는 것이다"라는 키케로의 말은 지당하다. 그렇다. 죽

는 것만이 내가 찾아야 할 행복이다. 살기 위해 바둥대는 인간의 어리석음이여!' 이러한 말을 가슴 깊이 되뇌던 나는 마침내 죽음을 결심하고 준비를 하기 시작했다.

면목동 중랑교 근처의 약방이란 약방은 다 찾아다니면서 수면제 세코날을 두세 알씩 사다 모아 30개가 넘는 세코날을 모을 수 있었다. 한편으로 나는 성치 않은 몸으로 공장에 부지런히 나가 열심히 일을 했다. 내 몸에 무리를 가해서라도 빨리 삶의 고통에서 벗어나고 싶었기 때문이다.

이렇게 죽음을 동경하면서 자살할 준비를 끝낸 7월 18일, 나는 공장의 편직실에서 동료 두 명이 저녁 늦게까지 일하다 스웨터를 이불 삼아 잠에 곯아떨어진 것을 확인하고는 일어나 호주머니 속에 넣었던 세코날 28개를 꺼내 들었다. 빨간 캡슐로 된 알약들이 손에 소복이 담겼을 때 나는 역시 내가 현명하다고 생각했다. 고통스런 세상을 살아가려고 발버둥치는 뭇 사람들보다 일찍 죽음을 선택하는 내 자신이 무척 대견하다고 생각되었다.

'죽는 것이 곧 행복이다! 나는 생의 패배자로서 죽음을 택하는 것이 아니라 행복을 먼저 찾기 위해 현명한 길을 택하는 것이다.' 이런 야릇한 쾌감을 온몸으로 느끼면서 세코날 28개를 네 번에 나누어 다 먹어버렸다. 약 기운이었는지 아니면 죽음에 대한 공포 때문이었는지 약을 먹고 나자 가슴이 쾅쾅 마구 뛰기 시작하여 나는 친구들 옆으로 가 조용히 누웠다.

얼마나 시간이 흘렀을까. 몽롱한 의식 속에서 눈을 뜨자 "동우야! 살았구나. 이 못난 것아" 하시며 고비를 넘겼다는 반가움을 억제치 못하고 어머님이 울음을 터뜨리고 계셨다. 그곳은 병원이었고 나는 약을 먹은 지 이틀 만에 깨어났던 것이다. 병원에 누워 있는 내 곁으로는 경숙이와 경득이, 재운이 등 방성산업에서 같이 일하는 동료들이 여러 명 모여 있었다.

경숙이는 내 손을 꼭 쥐고 말했다. "오빠는 이기주의자야. 다른 사람들에겐 고통을 줘도 좋고 자기만 편안히 죽으면 그만이라는 생각인 거야? 오빠는 죽으면 그만이라고 생각했을지 몰라도, 오빠의 부모님이나 형제들은 어떡할 거야?" 경숙이의 얘기는 그보다 더 길었고, 나는 무어라고 대답을 하려 했지만 혀가 굳어 도저히 말을 할 수가 없었다. 마음으로는 내가 왜 죽지 않고 살게 되었는가를 원망했다.

나중에 알고 보니 내가 약을 먹은 뒤 같이 자던 친구들은 새벽 일찍 일어나 아침밥을 먹으러 갔고 7시 30분이 출근시간이라 아무도 공장에 들어온 사람은 없었다고 한다. 그런데 그날 새벽 어머님이 교회에서 새벽기도를 드리시고 평소에 내가 공장에서 자주 자며 일하는 것을 알고 있으면서도 그날따라 이상한 예감이 들어 공장에 오고 싶었다는 것이다. 그래서 새벽기도도 건성으로 빨리 끝내고 면목동 공장으로 와 수위실에서 나를 찾았다고 한다. 그래서 수위 아저씨가 현장에 올라와 나를 깨워보니 거의 죽어 있더라는

상금이라는 미끼

것이다. 너무 많은 수면제를 먹어 조금만 늦었어도 살아날 수 없었다고 한다. 그 뒤 어머님은 가끔 나에게 "너는 하나님의 보살핌으로 살아난 것이니 다시는 그런 짓을 하지 말라"고 하시며 신의 도움에 감사하시곤 했다.

병원에서 퇴원한 후에도 나는 얼마 동안은 혀가 굳어 말을 잘 할 수 없었고 소변을 제대로 보지 못해 고통을 당했으나 두어 달 정도 집에서 휴양을 취한 결과 점차 몸이 회복되었다. 내가 몸이 완쾌되자 어머님은 그때 받은 충격으로 "서울에 있다간 자식들만 죽이겠다"면서 정희를 데리고 시골로 내려가게 되었다. 철없는 내 실수로 어머님은 서울에 와 6개월 동안 심한 곤욕을 치르다가 시골로 다시 내려가신 것이다.

금은세공 일을 하며

그 뒤 나는 다시는 요꼬 일을 하고 싶은 생각이 없어 1970년 10월부터 면목동에 사는 먼 친척을 만나 거기서 금은세공(金銀細工) 일을 배우게 되었다. 금은보석 세공이라는 기술 자체가 너무나 섬세하고 예술적이어서 여간 까다로운 것이 아니었다. 그러기에 이 기술은 적어도 3~4년간은 배워야 했다. 나는 그럴 형편이 안 되어 두 달가량 기술을 익힌 뒤 광주 단지에 있는 '정금사'라는 집에 세공기술자로 취직했으나, 기술이 부족한 것이 들통 나 이틀 만에 쫓겨나고 말았다. 그 후에도 봉천동에 있는 '이화당' 등 여러 금방을 전전했지만 번번이 기술이 없다는 이유로 오래 머물러 있을 수가 없었다.

그렇게 두어 달 동안 이집 저집을 다니며 쫓겨나고 하는 동안 기술은 그래도 조금 늘어 다음해인 1971년 2월부터는 강원도 정선에 있는 '동금당'에 취직되어 거기서 숙식을 제공받고 월 1만 5천 원을 받을 수 있게 되었다.

세공 일은 요꼬 일에 비하면 무척 편하고 보수도 꽤나 좋았다. 요꼬 공장처럼 먼지를 들이마시지 않아도 되었고 기사들의 눈치를 살필 필요도 없었다. 그저 손님이 주문하면 주문하는 대로 만들어주기만 하면 되었고 일거리도 그리 많은 편이 아니어서 휴식을 취할 시간도 많았다. 또한 워낙 값비싼 귀금속을 만드는 일이라 대우도 한결 좋은 편이었다.

정선 동금당에서 몇 달간 일하다가 나는 그 후 주문진 '금성센타'로 옮겼고 1972년 1월부터는 강원도 철원의 '보금당'으로 옮겨 일했다. 2년 동안 꽤 자주 옮긴 편이나 그때마다 월급이 올라 철원 보금당에서는 숙식을 제공받고 월 3만 원을 받았으니 요꼬 일로서는 도저히 생각할 수 없는 높은 임금을 받게 된 것이었다.

세공 일을 하면서부터 나는 건강이 회복되고 경제적인 여유도 생겨 집으로 얼마간의 돈도 부칠 수 있게 되었고 어떨 때는 어머님께 금반지도 해다 드릴 수 있었다. 이렇게 예전과는 비교할 수 없을 정도로 좋은 일이었지만 언제부터인지 나는 세공 일에 대한 깊은 회의감에 빠지고 말았다.

보석상 진열장에 즐비하게 놓여 있는 한 개에 수십 수백만 원씩 하는 값비싼 보석들! 이런 고급 보석들은 우리나라에서는 나지 않아 대개가 외국산이었고 우리나라에 들어오는 경로도 대개가 밀수를 통해서였다. 이런 값비싼 보석들을 가진다는 것은 우리 같이 가난한 사람들에겐 엄두도 낼 수 없는 일이지만 돈 많은 집 귀부인들은 마치 돈을 물 쓰듯 하면서 이런 보석들을 사서 끼고 다녔다.

어떤 사람들은 평생에 한 번뿐인 결혼 때도 겨우 서너 돈 되는 금반지 하나를 하면서도 허리가 휘는 과중한 부담을 느끼는가 하면, 남아도는 돈을 주체할 수 없는 듯 사치심과 허영심을 채우기 위해 밀수 보석으로 온몸을 치장하는 부유층이 있다는 것을 눈으로 보면서 나는 우리 사회의 양극화된 빈부 격차를 절실히 느끼지 않을 수 없었던 것이다.

몇 푼의 돈을 벌기 위해 먼지 나는 작업장에서 뼈를 깎는 노동을 하면서도 허리띠를 졸라매야 하는 사람들이 있는데…. 더구나 그들이 제공하는 노동력은 이 사회에 얼마나 보람된 것인가! 그런데 나는 겨우 내 기술과 노동력을 밀수입해 들여온 보석을 구하는 돈 많은 사람들의 사치심과 허영심을 만족시키기 위해 바쳐야 한다니…. 과연 이것이 내가 앞으로 계속해야 하는 일인가?

어릴 때부터 교회에 다닌 나는 무언가 사회에 보람된 일을 하고 싶은 꿈을 버릴 수가 없었다. 실제로 학교 교육이라고는 초등학교 교육밖에 받지 못한 나에게는 20여 년간을 다니며 받은 기독교 교육이 참되게 살아야 한다는 내 인생관의 사상적인 지침이 되어 있었다. 그래서 내 생각과 몸뿐만 아니라 기술과 노동력까지도 이 사회의 건전한 발전을 위해 쓰여야 한다는 것이 내 믿음이었다. 그런데 도리어 내 기술과 노동력을 이 사회를 병들게 만들고 있는 저들을 위해 바치고 있다는 것을 생각하면 나도 저들과 같은 '공범자(共犯者)'가 아닌가 하는 죄의식을 버릴 수 없었다.

더구나 세공 일을 하면서부터 나는 틈나는 대로 밀수입된 외제 고급시계를 사다 팔아야 할 때가 많았다. 외제 시계를 들고 다니면서 아는 사람들을 찾아가 그 시계가 좋다고 선전할 때면 그리스도의 가르침대로 진리와 정의를 위해 살아야 할 내가 가난이라는 굴레를 이기지 못해 이렇게 죄악과 타협하면서 살아야 하는가를 깊이 반성해보지 않을 수 없었다.

무슨 일을 하더라도 양심에 부끄러움이 없는 떳떳한 일을 하자는 결심으로 나는 마침내 금은세공 일과 시계장사 일을 청산하기로 마음먹고 1972년 12월 초 마지막으로 세공 일을 하던 철원 보금당을 떠나 고향으로 내려갔다.

성직자가 되는 꿈

한 달 동안 집에서 쉬면서 앞으로 살아갈 길을 생각하던 끝에 나는 목사나 전도사가 되어 부조리한 사회에 하나님의 정의와 진리를 전하면서 살아가기로 결심했다. 이것은 내가 어릴 때부터 가지고 있던 꿈이기도 했다. 성직자가 되려면 우선 신학 공부를 해야겠다고 생각하고 그에 대한 조언을 구하기 위해서 1973년 1월 3일 영등포에 있는 친척 형님뻘 되는 유 장로님을 찾아갔다.

유 장로님은 어릴 적에 우리가 살던 고향에서 가난하게 살다가 서울로 올라와서는 상당히 잘살게 되었고 1972년에는 고향에다가 1백여만 원을 들여 교회까지 신축하신 분이었다. 신앙심이 매우 두터워 하나님의 사업을 이룩하기 위해 우리 고향 말고도 곳곳에 이미 여러 개의 교회를 세우기도 했다.

내가 신학을 공부하고 싶다는 얘기를 듣고 유 장로님은 나를 예수교감리회 교단의 웨슬레신학교 학장으로 계시는 박경일 목사님에게 소개해주었다. 박 목사님과 상의한 결과 나는 돈을 벌면서 공부를 해야 했기에 우선 통신과에 적을 두기로 하고 나중에 다시 의논하여 학교에 입학해 정규과정을 밟기로 했다. 이 웨슬레신학교는 당국의 인가가 난 정규 학교는 아닌 듯했으나 초졸밖에 안 되는 내 학력을 생각하면 정규 신학교가 아닌 것이 오히려 다행이라고 여겨졌다. 그날로 나는 웨슬레신학교의 통신과에 등록을 하고 나서 직장을 구하기 위해 동생 준우가 일하고 있는 부평을 찾아갔다.

저녁때가 한참 지나서 준우가 살던 집 주소를 들고 찾아갔으나, 준우는 다른 데로 옮기고 같이 자취를 하던 고향 친구 재곤이만 직장 동료 두 명과 함께 자취를 하고 있었다. 재곤이의 이야기를 듣고 보니 준우는 두어 달 전에 회사에서 해고당해 다른 곳으로 가버렸고, 재곤이는 아직 그 회사에서 일하고 있다는 것이다. 동생이 없어 섭섭했으나 여기 있다 보면 동생을 만나게 될 것이라는 재곤이의 말에 나도 부평에서 일하기로 작정하고 재곤이에게 일자리를 부탁했다.

동생을 만나기 위해 잠시 들른 것으로만 알았던 재곤이는 내가 다시 요꼬를 짜겠다면서 일자리를 부탁하자, 처음에는 무척 의아해하며 농담으로만 들었으나 내 태도가 매우 진지한 것을 알자, "그 좋은 기술을 두고서 하필이면 왜 요꼬를 짜려고 하느냐"면서 극구 반대하는 것이었다. 사실 나에게는 요꼬 기술 말고도 금은세공 기술이나 그때 틈틈이 배운 사진을 만드는 DP&E(사진 현상과 인화, 확대) 기술도 있었고 또한 시계나 카메라 등을 사고 파는 나까마(중간도매상) 노릇도 한 것을 재곤이는 알고 있었기 때문에 그로서는 그런 기술들을 놓아두고 요꼬를 다시 짜려는 나를 의아하게 생각한 것은 당연했다. 내가 우선 임시로 그러는 것이라고 재곤이를 설득하자 그는 정 그렇다면 자기가 다니는 회사에 알아보겠다고 했다.

사실 나 자신도 요꼬라면 하루라도 다시 짜고 싶은 생각이 없었다. 요꼬를 짜는 동안 나는 얼마나 많은 곤욕을 치러야 했던가? 그러나 지금은 사정이 달랐다. 세공이나 시계 나까마 짓이란 더 이상할 일이 아니었고, 성직자가 되려는 내 꿈을 이루기 위해 요꼬를 짜공부하는 데 드는 돈을 마련해야만 했다. 그런 생각을 하면서 나는 나 자신을 위로할 수 있었다.

이튿날 저녁 퇴근한 재곤이는 회사에 애기했더니 내일 아침 출근할 때 같이 나오라고 했다고 말했다.

왜 공단의 성이 문란한가

재곤이와 같이 다니게 된 회사는 한국수출산업공단 제4단지인 부평공단 안에 자리 잡고 있는 삼원섬유주식회사였다. 이 회사는 일본인이 돈을 내어 지은, 말하자면 외국인투자기업이었다.

스웨터를 짜는 요꼬 공장으로 종업원은 약 300명가량이었고, 1970년 10월부터 공장이 가동되었으며, 작년부터는 같은 부평공단 안에 대규모 제2공장을 건립 중이었다. 이 회사는 요꼬 기계도 성능이 좋은 일본 제품이었고 당시 부평공단 안에 있는 5개의 스웨터 업체 중에서 기계시설 면에 있어서나 종업원에 대한 보수 면에 있어서나 제일 좋다고 했다. 재곤이는 이 회사 창설 고참으로 지금은 보조기사를 겸하면서 샘플을 짜는 연구실에서 일하고 있었다.

2년 반 만에 다시 요꼬를 짜게 된 나는 처음에는 손이 서툴러 애를 먹었으나 그것도 얼마 안 가서 곧 예전처럼 순조롭게 일할 수 있었다. 내가 일하게 된 편직부는 약 150여 명이 일을 하고 있었는데 그중 3분의 1가량이 여성들이었다.

2년 반 만에 다시 일하게 된 요꼬 공장에는 변한 것이라곤 별로 찾아볼 수 없었다. 화학사(화학 섬유로 만든 실)로 스웨터를 짜는 곳이라 작업장에는 먼지가 자욱했고, 하루 10~15시간씩을 일해야 했으며 휴일은 한 달에 두 번으로 매월 1일과 15일로 정해져 있긴 했지만, 작업이 많다는 구실로 사실상 연중무휴로 일을 시키고 있었다. 또한 근로기준법에 의한 법정 제 수당이나 퇴직금이 없었고 현장관리자의 폭행이나 차별대우 등의 횡포는 여전했으며 회사 측의 독단적인 해고로 노동자들은 항상 불안과 공포를 느끼면서 일을 해야만 했다. 다만 그동안 굳이 개선된 점을 찾는다면 그토록 회사와 오야지의 농간에 혹사당하고 학대를 받아야 했던 야간함빠라는 것이 없어졌다는 것이다. 하지만 스웨터 공장에서 일하는 노동자들의 전반적인 처우 수준은 당시의 상황 속에서 일대 혁신을 단행하지 않으면 안 되는 한계점에 이르고 있다는 것을 스웨터 공장의 실정을 아는 사람이라면 누구나 느낄 수 있는 문제였다. 이렇게 스웨터 공장에서 일하는 노동자들의 심각한 처우 문제는 법 이전에 기본적인 인간의 생존권에 관계되는 문제라고 볼 수 있었다.

당시 그 공장에서 일하는 노동자들 중에서 편직부는 그래도 하루 8~9백 원의 수입을 올릴 수 있었으나 가공부에서 일하는 여공들의 수입은 하루 10시간 노동을 하고 고작 은하수 한 갑 값에 지나지 않는 180원에서 최고 500원까지여서 그야말로 기아 임금에 가까웠다. 이들 여공들은 저임금에 배기다 못해 개중에는 부수입을 올리기 위해 술집 작부로 나가거나 또는 아주 그 직업으로 전환하는 이들도 있었다.

내가 삼원섬유에 와 느낀 것 중 하나는 성(性)의 무질서라는 문제였다. 같은 편직공 동료 중에는 같은 회사에 다니는 여공들과 동거 생활을 하는 사람이 많았고 심지어 어떤 친구는 공단에 온 이래 3년 동안 수십 명의 여공들과 관계를 맺은 것을 자랑삼아 늘어놓기까지 했다.

동거 생활을 하는 그 자체가 나쁘다고는 할 수 없었다. 결혼식을 올릴 형편도 안 되고 나이도 들고 하니 서로가 장래를 약속한 사이라면 우선 같이 살면서 서로 의지하고 미래를 설계하는 것은 오히려 바람직한 일인지도 모른다. 그러나 내가 알게 된 사람들 중에는 불과 나이 스물 안팎에 동거 생활을 한다고 몇 달 살다가는 무엇 때문인지 서로 헤어져버리는 일이 허다했다. 헤어지면 또다시 다른 상대를 만나고 만났다가는 또 헤어지는 일들을 두고 성의 해방이니 자유니 한다면 현실을 잘못 보고 하는 말이다. 이런 생활을 하는 이들의 이면에는 공장 사회 속에서 일하는 가난하고 억울한 노동자들의 서글픈 비애가 가로놓여 있음을 깨달아야 한다.

가난한 이들이기에 남들이 학교에서 공부할 나이인데도 객지에 나와 공장에서 돈벌이를 해야 하고, 또한 배우지 못하고 빽 없는 이들이기에 공장 생활을 해도 가장 밑바닥의 공원 노릇을 하지 않으면 안 된다. 임금도 너무나 낮다. 이처럼 저임금에 혹사당하고 현장 관리자들의 횡포에 시달려야만 하는 이들은 그보다도 '공돌이'니 '공순이'니 하는 사회적인 차별대우와 멸시 또한 참아내지 않으면 안 된다. 이로 인해 이들은 항상 외롭고 사회의 따뜻한 인정을 그리워하며 자기를 이해해주고 서로가 의지할 수 있는 사람을 무척이나 갈망한다. 그래서 이들은 누가 조금만 친하게 대해주고 가까이 지내주면 쉽게 모든 것을 털어놓고 깊이 생각해볼 겨를도 없이 동거 생활까지 들어가고 만다. 사실 이러한 여공들의 약점을 이용해 그들의 소중한 정조를 유린하려고 드는 파렴치한 족속들이 있다. 누가 그렇게 잘 알고 하는 소리인지는 모르지만, 나는 공장 밖에서나 안에서 "공단 안에는 처녀가 없다"라는 말을 자주 들을 수가 있었다.

이러한 말들은 어려운 여건 속에서도 올바르게 살아보려고 애쓰는 많은 여성 노동자들을 모욕하는 속물들이 꾸민 말에 지나지 않지만, 공단의 풍토를 풍자하는 이러한 말이 떠돌고 있는 자체가 심각한 문제였다.

상금이라는 미끼

당시 삼원섬유주식회사에는 상금제도라는 것이 있었다. 편직공들이 한 달 동안 일한 실적을 보아서 그 중 생산 실적이 우수한 3명을 골라 1등한 사람은 5천 원, 2등은 3천 원, 3등은 2천 원을 주고, 반면 생산 실적이 가장 부진한 5명은 해고를 하는 제도였다. 이것은 도급제라는 경쟁성 임금제도의 허점을 교묘하게 악용해 쥐꼬리만 한 상금으로 미끼를 던져놓고 편직공들의 경쟁 심리를 자극해서 노동력을 착취하려는 악랄한 제도였다.

이렇게 되자 편직공들은 상금에 대한 매력도 있었겠지만, 그것보다는 소위 모가지를 당하는 커트라인에 걸리지 않기 위해 안간힘을 쓰지 않으면 안 되었다. 출근시간이 8시 30분인데도 기숙사에 있는 편직공들은 새벽 4~5시만 되면 벌써 현장에 나왔고 집에서 출퇴근하는 사람들도 여기에 뒤질세라 새벽같이 나와서 일을 했다.

상금제도로 인해서 편직공들이 아침 일찍 출근해서 일을 하고 생산 실적이 높아지자 회사는 그것으로 만족하지 않고, 그 제도를 편직공임을 낮추는 수단으로도 사용했다. 즉 편직공들의 수입을 하루 1천 원 정도로 기준한다면 편직공임을 책정할 때 하루 10시간 작업에 10매를 짤 수 있는 스웨터 1매당 100원의 공임을 책정하는 것이 마땅하지만, 하루 13~14시간의 작업을 해 13~14매씩을 짜게 되면 1매당 80원만 공임으로 책정해주어도 1천 원은 넘기 때문에 회사로서는 적은 상금을 미끼로 노동시간을 늘리고 임금 지출을 줄이는 이중의 성과를 거두고 있었다. 그러면서 생산 실적이 나쁜 사람은 해고까지 한다고 위협해 추호의 방심도 못 하게 하는 회사 측의 처사는 실로 악랄한 것이었다. 즉 아무리 경쟁을 하고 죽을힘을 다해서 일을 한다 하더라도 편직공 모두의 생산 실적이 똑같을 수 없었다. 설령 모두가 일류 기술자라 할지라도 그 중에서 우열은 항상 생기게 마련이었고 회사 규정에 따라 다달이 5명의 동료들이 잘려나가야 했다. 그것은 회사의 농간에 말린 우리가 우리 손으로 동료들의 직장을 빼앗는 꼴이었다.

사실 해고를 당하는 사람은 대개가 억울한 사람들이었다. 도급제이기 때문에 자기가 일을 많이 하면 그만큼 많은 수입을 올리므로 누군들 수입을 많이 올리고 싶은 마음이 없겠는가마는, 가령 병이 나든지 아니면 기계가 고장이라도 나게 되면 며칠씩이나 일을 하지 못하게 마련이었다. 기계가 고장이 나 고치는 기간까지는 엄격한 의미에서 본다면 당연히 회사에서 어느 정도 임금을 지불해주는 것이 원칙이겠지만, 임금은 고사하고 자칫하면 해고까지 당해야 했으니 이들의 억울한 사정은 이루 말할 수 없는 것이었다.

내가 이 회사에 온 지 한 달가량 지나서 동생 준우가 다시 삼원섬유에서 일하게 되었으나 기계 고장이 자주 나 일을 많이 못 하게 되어 입사한 지 두 달이 되지 않아 모가지가 잘리는 비운을 겪어야

했다. 이처럼 처음 내가 요꼬 일을 시작할 때는 야간함빠라는 제도
로 임금을 착취해오던 회사들이 이제는 상금이라는 미끼를 던져
노동력을 착취하고 있었다. 앞으로는 또 어떤 수단으로 혹사를 당
하고 인간성을 유린당하면서 기업주의 이윤 추구의 희생물이 되어
야 할지 도저히 알 수 없는 일이었다.

가난한 이들은 지옥으로

이러한 공단 사회의 진면목을 접하게 된 나는 기독교인으로서,
또 앞으로 성직자가 되기를 꿈꾸는 사람으로서 공단 노동자들을
상대로 복음을 전하기로 마음먹었다. 사실 당시 내게 공단 노동자
들의 성 문제는 하나님의 진노를 받아야 마땅한 죄악으로 비쳐졌
고 성직자가 될 내가 죄악에 빠져 있는 그들과 같이 어울려 생활한
다는 것이 내 인격에 대한 커다란 모욕으로까지 느껴졌다. 이것은
어쩐지 내가 그때까지 신앙생활을 해오면서 굳어진 성의식의 산물
이기도 했다.

어쨌든 당시 나는 죄를 짓고 있으면서도 그것을 모르는 그들이
불쌍하다고 느꼈고, 또한 이들을 죄악에서 구원하는 것이 하나님
이 내게 준 소명이라고 생각했다.

내가 부평에 와 다닌 교회는 공단 근처에 있는 C 성결교회였다.

이 교회에는 서울신학대학을 나온 젊은 전도사 한 분이 목회를 하고 있었는데 장년 교인은 약 70명가량 되었다.

이 교회에서 나는 지금까지의 교회에 다니면서 보지 못한 이상한 은혜(?)들을 하나님께로부터 받고 있다는 것이 무척 기이하다고 생각되었다. 그 은혜라는 것은 방언을 한다면서 알아듣지도 못할 이상한 말들을 중얼거리는 사람이 있었는가 하면 그 방언을 우리말로 통역하는 사람도 있었고 예언을 하는 사람, 기도해서 병을 고치는 사람, 남의 속을 꿰뚫어본다는 투시니 뭐니 하는 이상한 재주를 가진 사람들이 있었다는 것을 말한다. 이러한 것이 곧 하나님으로부터 받은 은혜의 증거라고 하면서 이것을 신앙의 척도로 삼았고, 또 죽으면 천당에 갈 수 있다는 구원의 표적으로도 삼았다.

내가 처음 이 교회에 나갈 때는 이러한 짓거리들이 이상하게 생각되었으나 나중에는 점차 호기심이 생겨 끝내는 나도 알아들을 수 없는 이상한 말들을 입에서 중얼거릴 수 있게 되었다. 내가 방언을 하게 되자 교인들은 그것이 바로 내가 구원을 받은 증거라고 하면서 자기 일처럼 기뻐해주었다. 어쨌든 나는 그 교회에서 나도 모르게 그런 분위기에 휩쓸리게 되었고 하나님의 백성은 세상 사람들과 구별된다는 전도사의 지나친 설교를 액면 그대로 믿어 나 자신도 은연중 하나님의 백성으로 자처하면서 세상 사람들을 모두 죄악에 빠져 있는 지옥의 자식으로 생각하게 되었다.

이런 상태에서 나는 이 죄에 빠져 있는 사람들을 하루빨리 그리스도 앞으로 구원해야 하는 것이 내가 할 일이며 그들이 구원받고 안 받고는 내 전도 여하에 따라 결정된다는 생각을 가지게 되었다. 더군다나 당시 내가 다니던 교회에서는 '1973년도에는 공단을 복음화하자'라는 캐치프레이즈를 내걸고 공단 전도사업에 열을 올리고 있었을 때라, 교회 청년회원들은 시간 나는 대로 공단에 나가 전도지를 나누어 주며 예수를 믿으라고 전도하고 있었다. 이러한 교회의 분위기에 발맞추어 나도 공장에서 직장 전도에 앞장서 점심시간이나 출퇴근시간 등 틈나는 대로 사람들을 붙들고 예수를 믿으라고 얘기하거나 어떨 때는 10여 명씩을 모아놓고 일장 설교를 하기도 했다.

아마 당시의 나는 마치 부흥 강사와도 같았을 것이다. 그러나 이 열성 어린 전도사업에도 불구하고 누구 하나 선뜻 예수를 믿겠다고 나서는 사람이 없었고 반응 역시 지극히 냉담했다. 어떤 사람은 내 권유에 못 이겨 나를 따라 교회에 나오기는 했지만, 내 체면을 보아 두어 번 정도 나오다가는 슬쩍 빠져버리는 것이 상례였다. 내가 힘들여 외쳤던 하나님의 복음이란 실상 그들에겐 아무런 호소력이 없었던 것이다.

이처럼 내가 전하는 복음을 귀담아 들어주는 사람이 없었지만, 그때의 나는 이들이 죄에 너무 깊이 빠져 하나님의 복음을 듣지 못하고 있다고만 생각했을 뿐이다. 그러던 중 내가 공장에서 전도사업에 열을 올린 지 두어 달이 지난 어느 날, 한 편직부 여공과의 대

어느 돌멩이의 외침

화에서 이제까지 구원받은 백성이라는 신앙인의 우월감에 사로잡혀 있던 나에게 깊은 반성의 기회를 안겨준 사건이 일어났다.

여느 때처럼 점심 식사시간을 이용하여 같은 편직공으로 있는 여공 3~4명이 모여 있는 자리에서 나는 예의 전도를 시작했다. 내가 "교회에 나가십니까?" 하고 물으면서 옆자리에 앉자 이들은 또 이 작자가 와서 귀찮게 굴려 한다고 생각했던지 "돈 벌어놓고 교회에 갈게요" 하는 것이었다. 이에 나는 "아닙니다. 하나님은 부자보다도 가난한 사람을 더욱 사랑합니다. 부자는 세상 재미에 취해 하나님을 찾지 않습니다. 그렇기 때문에 예수님도 부자가 천국에 들어가는 것은 낙타가 바늘 구멍으로 들어가는 것보다 더 어렵다고 했습니다"라고 성경 말씀을 인용해가면서 그들의 마음을 돌리려고 했다. 내 말을 듣고, 그 중 윤이라는 여공이 "그럼 아저씨는 주일마다 빠지지 않고 교회에 나가세요?" 하고 묻는 것이었다. 사실 이 질문에 대해서 나는 답변을 하지 못하고 머뭇거리지 않을 수 없었다. 왜냐하면 일요일에도 회사에 출근을 해야 했던 우리는 일요일이라고 해서 특별히 시간을 내어 교회에 나갈 수가 없었던 것이다. 처음 내가 이 회사에 입사했을 때 일요일에 회사에 출근을 하지 않고 교회에 나갔다가 이튿날 노무계장 앞으로 불려가 그러려면 회사를 그만두라는 말을 들었다. 그 후부터는 일요일에 교회에 나가는 것은 아예 엄두를 내지 못하고 겨우 밤에 간간이 교회에 나갔으나 그나마 매일처럼 계속되는 밤 9~10시까지의 연장근무로 인해 나가

상금이라는 미끼

지 못할 때가 많았다. 그 뒤 나는 가끔 일요일에는 일단 회사에 출근했다가 예배 시간이 되면 아프다든가 하는 등 핑계를 대고 외출하거나 조퇴를 해 빠져나오곤 했다. 하지만 그것도 꼬리가 길면 잡힌다고 내 핑계를 눈치챈 현장기사의 불허로 그것조차 불가능해졌던 것이다.

대답을 못 하고 머뭇거리다가 겨우 시간 나는 대로 교회에 나간다고 내가 대답하자, 윤이라는 여공은 그 보라는 듯이 "결국 아저씨에게도 교회보다는 직장이 더 중요한 것이군요" 하는 것이었다.

이 말을 듣자 나는 머리를 쇠뭉치로 한 대 얻어맞은 듯한 심한 충격을 받지 않을 수 없었다. 그 질문이 내겐 "너 자신이 먼저 교회에 다니기 위해서는 직장까지 그만둘 자세가 있느냐" 하는 물음으로 들렸기 때문이다. 사실 거기에 대해선 내게는 대답할 아무런 말이 없었다. 신앙생활을 위해선 무엇이라도 버릴 수 있다는 확고한 신념도 없으면서 이제까지 나는 나만이 구원받고 나만이 기독교인인 양 마구 떠들고 다녔던 것이다.

내가 답변을 못 하자 윤은 계속해서 다음과 같이 말하는 것이었다. "우리도 교회에 나가는 것을 무척 찬성해요. 그런데 그게 될 일이에요? 하루만 결근을 해도 회사로부터 모가지를 당하는 판인데…. 우리에겐 일요일날 쉬는 것보다는 일하는 게 더 좋다고 생각돼요. 살아가기도 힘든데 하루라도 더 벌어야 먹고살지 않겠어요. 사실 일주일에 하루씩 쉬면서 교회에 나갈 수 있는 사람들이 무척 부러워요. 아저씨는 밤에만이라도 나가라고 하지만 밤엔들 그렇게 쉽게 시간을 낼 수 있나요. 또 밤에만 나가는 교인도 교인 축에 들까요? 하나님은 가난한 사람을 더 사랑하신다고 하지만 교회는 그렇지 않잖아요. 교회에 출석을 잘하고 헌금을 많이 하고 전도를 많이 해야 신앙이 좋다고 해서 그것으로 신앙의 척도를 삼는 것 아닌가요. 우리는 가난하니까 먹고살기 위해서 직장에 온종일 매달려야 하고, 그러자니 시간이 없어 교회에 못 나가고, 결국 우리는 가난하기 때문에 지옥으로밖에 갈 수 없는 사람들이죠."

가난하기 때문에 지옥으로밖에 갈 수 없는 사람들! 윤의 얘기는 논리정연했다. 자기도 교회에 오랫동안 다녔었다는 윤의 얘기는 더 길었는데, 그녀의 얘기는 이제까지 비록 이 세상에서는 가난하고 고통스럽게 살지만 죽어서나마 천국으로 가 영원한 평안을 얻기 위해서라도 종교를 믿어야 한다고 생각해온 나에게 냉엄한 사실을 일깨워주었다. 오히려 현실에서는, 구원의 대상이 되어야 할 그들이 자신들에게는 지옥의 문만이 열려 있고 천국에는 도저히 갈 수 없다는 역설적인 진리가 통한다는 사실이었다. 교회의 실태를 아는 사람이라면 누가 그 말을 부정할 수 있겠는가.

그때부터 나는 교회에서 내걸고 있는 '공단의 복음화'라는 슬로건에 대해 회의가 일기 시작했다. 직장 전도를 한다면서 전도지나 나누어 주며 "예수를 믿으시오" 하는 말들이란 바꾸어보면 "당신네들은 지옥으로밖에 갈 수 없다"는 말과 마찬가지가 아닌가 하는 생각이 들었던 것이다. 진정 공단의 복음화를 원한다면 교회가 전도의 대상으로 삼는 노동자들의 실정을 정확하게 알아야 하고 그들이 부르짖는 요구가 무엇인가를 절실히 이해하지 않으면 안 될 것이다. 교회와 노동자들 사이의 그 깊은 간격을 좁히지 않는 한 천번 만번 예수를 믿으라고 외쳐보았자 그게 무슨 의미가 있겠는가 하는 생각이 들었다.

그래서 어느 날 나는 교회 청년회장을 만나는 기회에 이제까지 내가 느낀 바를 얘기하고, 교회와 노동자들 간의 간격이 너무 넓기 때문에 재래적인 전도 방법으로는 아무런 효과가 없으니 새로운 전도 방법을 통해 공단 복음화에 결실을 맺어보자고 내 의견을 말했다. 내 말을 듣고 청년회장은 그 새로운 방법이 무엇인가를 내게 물었다. 그때 내가 제안한 것은 교회에서 그냥 전도지나 돌리며 예수를 믿으라고 할 것이 아니라 노동자들을 교회로 한번 초청해 차라도 한잔 마시면서 그들과 교회 사이에 어떤 간격이 있는가를 알아보는 것이 앞으로 공단 전도에 도움이 되지 않겠냐는 것이었다. 이런 내 주장에 대해 청년회장은 고개를 가로저었다.

"유 선생은 너무 현실적으로 나가려고 하는군요. 우리는 씨만 뿌리면 됩니다. 결실은 하나님이 맺어주니까요. 만약 그들을 교회에 초청이라도 해보십시오. 담배도 피울 것이고… 더구나 불신자들을 교회로 끌고 온다는 것은 성전을 모독하는 일입니다. 그리고 교회에서 어떻게 차를 대접합니까?"

청년회장은 '예수를 믿으시오' 하는 말로 우리는 씨를 뿌리는 것이고 그들이 예수를 믿고 안 믿고는 하나님이 알아서 하신다는 편리한 전도론을 내세우는가 하면, 교회는 거룩한 것이니 불신자를 끌어올 수 없다는 구실을 내세워 내 제안을 거절했다. 그 말에 나는 화가 나 "아무리 우리가 씨를 뿌리는 것으로 할 일을 다했다고 하지만 싹이 나지도 않는 땅에 씨를 뿌린들 그게 무슨 의미가 있습니까. 그리고 우리는 세상을 무조건 죄악시하고 그 속에서 살고 있는 사람들을 죄인이라고 하면서 구원받아야 할 전도의 대상으로 봅니다만, 그들 또한 교회를 한낱 돈과 시간이 있는 사람들이 모이는 휴식처 정도로밖에 생각하지 않고 있는데 우리가 어떻게 예수 믿으시오,라는 한마디 말로 그들의 생각을 바꿀 수 있겠습니까. 정말 우리에게 그들을 구원해야 할 사명이 있다면 교회에 대한 인식을 고쳐주고 그들과 교회와의 관계를 가로막는 벽이 무엇인가를 안 뒤에 그들에게 전도를 해야 무슨 결실이 있을 것이 아닙니까. 그래서 그들과 우선 대화를 해보자는 것입니다"라고 따지고 들었다.

청년회장은 말문이 막혔는지 그러자면 우선 돈이 드는데 청년회 자금이 한 푼도 없다는 것이었다. 그러나 나는 그때 우리 청년회에서는 각 사람이 매월 1백 원씩 청년회비를 내고 있어 월 2천 원 정도의 청년회비가 들어온다는 것을 알고 있었다. 그래서 나는 그 정도의 비용이라면 청년회비로써 충분히 감당할 수 있다고 말하자, 청년회장은 청년회비가 매달 전도사님 주택(교회 사택) 건립비로 들어가고 있어 현 실정으로서는 주택 건립비조차 벅찰 지경이라고 말하는 것이었다. 의외의 대답에 나는 그럼 청년회 활동은 무엇으로 하려고 청년회비가 주택 건립비로 들어가느냐고 되묻자, 청년회장의 말은 청년회 활동보다 우선 주택 건립이 훨씬 중요하다는 것이었다. 나는 뭐가 먼저 할 일이고 뭐를 나중에 해야 할 일인지 머리가 혼란스러웠다. 다만 청년회의 동맥과 같은 회비가 몽땅 주택 건립비로 들어가고 한 푼의 활동비도 남겨놓지 않은 교회의 처사가 무척 못마땅했다. 그러나 청년회장과 더 이상 승강이를 벌인다고 해결될 문제가 아닌 것 같아 6월에 있을 청년회 임시총회 때 이 문제를 정식으로 거론하겠다고 하고는 나와버렸다. 그 길로 나는 전도사님을 찾아가 이 문제를 다시 거론했으나, 이미 결정된 것이라 번복하기가 어렵지 않겠느냐는 미온적인 태도만 보일 뿐이었다.

이처럼 공장 전도 문제로 교회와 충돌이 있은 후 나는 내 나름대로 공장을 복음화하는 좋은 방안이 없을지 혼자 부심해보았으나 별다른 방법을 발견할 수 없었다.

그러던 즈음 4월 초순 부평 지역 주일학교 교사들의 모임이 우리 교회에서 개최되었다. 공장 사회라는 특수한 환경을 대상으로 선교 활동을 하는 그분들이라면 내가 지금 겪고 있는 문제들을 해결할 수 있을지 모른다는 기대가 생겨 그 모임을 주최하신 분에게

인사를 건네고 언제 한번 시간 나는 대로 얘기를 나눌 수 있게 해
달라고 부탁을 드렸다.

그리고 이튿날 내가 일하는 공장으로 황 선생님이 찾아왔다.

3

움직임의 태동

주는 왜 이 땅에 오셨을까

　나는 공장으로 찾아온 황 선생님에게 내가 보고 느낀 공장 사회
의 어려운 점을 얘기하면서 협조를 요청했다. 그때 황 선생님은 그
러면 4월 9일부터 '평신도 지도자 훈련'이라는 모임이 있으니까 거
기에 참석해보라는 것이었다. 이것이 인연이 되어 새로운 신앙관
과 신앙인의 자세를 접하는 계기가 되었다.
　평신도 지도자 훈련은 부평 지역에 있는 기독 청년들을 중심으
로 매월 2회 격주로 토요일 밤에 모임을 가졌다. 당시 이 모임에 참
석하고 있던 사람들은 대개가 신앙생활을 오래한 교회의 중추들로
서 20~30세 사이의 청년들이었고 한 번 모임에 8~9명 정도가 참

석하고 있었다.

우리는 이 모임을 통해서 지금까지 우리가 가지고 있는 신앙의 태도가 과연 옳은 것인가에 대해 성서를 통해서 재평가하고 밤을 새워 토의를 하며 참된 신앙인의 자세가 어떤 것인가를 연구해 나갔다. 모이는 사람이 대개 공장에 다니는 노동자들이었기 때문에 직장에서 일을 마치고 저녁 7시 30분에 모여 간단한 예배를 보고 한 시간 정도 초청한 신학자의 강의를 듣고 난 다음 우리는 토의에 들어갔다. 월 2회 중 1회는 같이 밤을 새우는 프로그램이 마련되어 있었는데 토의가 얼마나 진지했던지 우리는 시간 가는 줄을 모르고 꼬박 밤을 새웠다.

처음에는 각자의 신앙 신조나 신앙생활을 해온 환경이 달라 의견의 일치를 보기가 매우 힘들기도 했다. 그것은 오늘날 기독교의 진리가 갈가리 찢기고 교파가 분열되어 유일신을 믿는 기독교가 다신교로 전락해버린 오늘날 교회의 모습을 반영해주는 듯했다. 더구나 신앙이란 하루 이틀에 이루어지는 것이 아니고 오랜 세월을 두고 배우고 느끼고 체험하면서 형성되기 때문에 자신의 신앙이 비록 잘못되었다 하더라도 쉽게 포기할 수 없는 성질의 것이어서 자기주장이 다른 사람의 이론이나 반론에 의해 도전받기라도 하면 서로가 자기주장을 굽히지 않으려고 흡사 무슨 싸움이라도 하는 듯 열띤 논쟁에 휩쓸리기도 했다. 이런 과정을 겪으면서 그리스도의 나타나심과 십자가의 죽음이 우리에게 어떤 교훈을 주는 것인가를 철저히 재해석해서 그의 사상과 행위와 교훈이 지금까지 우리가 생각해왔던 것과 커다란 차이가 있다는 사실을 점차 깨달을 수 있었다.

나는 이 모임에 참석하면서 처음에는 무척 많은 신앙의 갈등을 겪지 않을 수 없었다. 성서를 재해석하고 진지하게 연구해감으로써 지금까지의 내 신앙이 얼마나 이기적이고 독선적이며 허황된 것이었던가를 알았을 때 지금까지 20여 년을 믿어온 종교관이나 성서관이 근본적으로 허물어져 내 신앙관에는 일대 혼란이 일어났던 것이다. 그러나 이러한 혼란도 모임의 횟수가 늘고 성서를 더욱 깊이 음미해감에 따라 점차 정리가 되었고 그때부터는 새로운 종교 이념에 의한 신앙의 바탕을 정립할 수 있었다.

그때 나는 그리스도가 이 땅에 오신 이유가 그를 믿음으로써 나중에 천당에 갈 수 있다는 소극적이고 이기적인 것이 아님을 알게 되었다. 그것은 '가난한 자들에게 복음을 전하게 하시려고 내게 기름을 부으시고 나를 보내 포로 된 자에게 해방을 선포하고, 눈 먼 자에게 눈 뜨임을 선포하고, 억눌린 자들에게 자유를 주고, 주의 은혜의 해를 선포하게 하려는' 것이었다. 이 말은 누가복음 4장 18~19절에 나오는 것으로 그리스도의 출현이란 바로 이 세상에서 가난하고 억눌리고 포로가 되고 억울하게 학대받는 이들의 가장 구체적이고 현실적인 문제를 해결하기 위함이며, 우리가 해야 할 일은 제자로서 그의 뒤를 따라 그가 하신 일을 본받아 지금 우리의 현실 상황 속에서 고통받고 신음하는 사람들에게 그리스도의 참모습을 보여주는 것이어야 한다는 사실을 비로소 깨닫게 되었다.

이러한 내 신앙의 변혁은 그동안 나만이 구원받은 백성인 양 교회에 나가면 천당에 갈 수 있고 마치 내가 천국의 열쇠라도 쥐고 있는 것처럼 떠들고 다니던 일이 얼마나 허구적인 것이었는가를 가르쳐주었다. 그리고 우리는 지옥으로밖에 갈 수 없다고 울부짖는 동료들을 보고 교회에 나가지 않고 예수를 믿지 않으면 지옥으로 간다고 외쳤던, 소위 내 복음이라는 것이 사실은 그들에겐 무섭고 고통스런 흉음에 지나지 않았다는 것을 절실히 느끼도록 했다.

작업 현장의 실태

그동안 '평신도 훈련 모임'을 통해 억눌리고 고통받는 내 이웃에 대한 관심을 가지면서부터 나는 현장에서 일어나는 여러 가지 문제들을 좀 더 깊은 관심을 가지고 관찰하게 되었다. 그때부터 나는 지금까지 내가 일하는 곳이 아니라서 무관심했던 가공부에까지 관심을 갖게 되었고, 그들이 편직부보다도 더 큰 고통을 받고 있다는 사실을 비로소 알게 되었다.

그곳 가공부에는 160여 명의 여공들이 일하고 있었는데 대개가 18~22세 정도였고 그 중에는 15~17세 되는 연소근로자도 30여 명이나 되었다. 이곳도 편직부와 같이 법정 제 수당이나 퇴직금 같은 것이 없었고 다른 것이 있다면 이들의 임금형태가 일당제라는 것과 편직부에 비해 임금 수준이 훨씬 낮다는 것이었다.

당시 이들이 받는 임금이란 10시간 노동에 고작 200~300원 정도였고, 그 중 아주 오래된 고참이 500여 원, 제일 낮은 사람은 180원으로 평균해서 350원이라는 그야말로 기아 임금이었다. 또한 이들은 거의 매일 하루 12~16시간씩 일을 해야 했으며 심지어는 하루 24시간 꼬박 밤을 새워가며 철야 노동을 할 때도 많았다. 이들은 몰려오는 졸음을 견디기 위해 '타이밍'이라는 잠 안 오는 약을 사 먹어가면서까지 일을 해야 했다.

철야 노동, 기아 임금 등 이들을 괴롭히는 것은 비단 그것뿐이 아니었다. 현장관리자들의 횡포는 여공들에게 구타까지 일삼고 있었으니 이들은 이중 삼중으로 고통을 받으며 일을 하는 실정이었다. 이러한 가공부의 실정을 알면서부터 나는 가공부에서 일어나는 여러 가지 사건들을 목격할 수 있게 되었다.

7월이라고 기억되는데, 내가 아는 가공부의 여공 하나가 저임금을 견디다 못해 술집으로 직장을 옮기고 말았다. 고향이 전남 쪽인 이 여공은 돈을 벌기 위해 객지로 올라와 공장에 들어왔으나 하루 임금이 190원, 당시 18세의 나이로 한창 얼굴도 가꾸고 멋도 내보고 싶은 나이였지만 그가 받는 임금으로는 세끼 밥마저 먹기 힘든 실정이었다. 끝내 그는 동네 기름장수 아주머니의 꼬임에 빠져 공단 근처의 술집으로 빠져들고 말았다. 이렇게 되자 같은 공장에서 일하면서 그와 사귀었던 B군이 술집으로 달려가 따귀를 후려치며 울분을 터뜨렸지만 끝내 그 여공은 그곳을 벗어나올 수 없었다.

또한 8월 초, 역시 가공부에서 일하는 여공 하나가 현장관리자로부터 폭행을 당해 거의 실신할 정도로 매를 맞은 사건이 있었다. 가공부 3차 검사부는 스웨터를 완전히 가공하여 최종 검사를 하는 곳으로 20여 명의 여공이 일하고 있었는데, 하루는 회사 측에서 이들의 일당제 임금제도를 갑자기 도급제로 바꾸겠다고 공포함으로써 일어난 일이었다. 사실 도급제란 가장 원시적인 노동력 착취 제도로서 누구나 도급제가 되는 것을 원치 않았다. 3차 검사원들은 회사의 이런 처사에 반발했는데 여기에 앞장서서 항의했던 한수진(22세)이라는 여공을 현장관리자인 박 대리가 마구 짓밟고 구타했던 것이다. 이처럼 회사 측은 약한 여공들에게 폭행을 가하면서까지 끝내 도급제로 바꾸어 시행했으니 당시 회사 측의 횡포란 가히 짐작할 만한 것이었다.

이 사건이 있은 지 불과 며칠 후 미싱부에서 일하는 여공 3명이 또 현장기사로부터 폭행을 당하는 일이 발생했다. 물론 이러한 사건들이란 당시 공장 사회에서는 빙산의 일각에 지나지 않는 극히 작은 일에 불과한 일이었다. 그러나 지금까지 눈이 멀어 남의 일처럼 보고 넘겼던 나에게는 그러한 일들이 평신도 훈련 모임을 통해 동료들의 문제를 관심 있게 보고 그들의 고통을 내 고통으로 알게 된 뒤에는 너무나 많은 것을 느끼게 했다. 그들이 매를 맞고 아파하는 신음이 곧 내 신음소리처럼 느껴졌고 "우리는 지옥밖에 갈 수 없다"라고 부르짖는 소리는 곧 내 절규처럼 생각되었던 것이다.

하루 16시간, 심지어는 철야 노동까지 하면서도 임금만으로는 살 수가 없어 술집으로 팔려 가고 가진 자 편에 선 자들로부터 폭행을 당해야 하는 내 이웃들…. 사회적으로 '공순이'라는 차별과 냉대를 받으면서도 누구 때문에 이런 고통을 당하는지조차 알지 못하고, 그저 우리가 배우지 못하고 가난하기 때문이라는 열등의식과 체념으로 자기 탓으로 돌리고 마는 천진하기만 한 내 이웃들…. 이들이 시간이 없어 교회에 못 나가고 입에 풀칠이라도 하기 위해 술집 접대부로 팔려 간다고 해서 누가 이들을 죄악에 빠져 있는 저주받을 무리라고 욕할 수 있는 자격이 있겠는가! 만약에 정말 지옥이 있다면 돈에 눈이 어두워 이들을 혹사하고 착취하고 폭행으로 인권을 유린하는 작자들이나, 선택받은 자라고 자처하면서 성전 행사에나 급급할 뿐 신음하는 사람들을 보고도 못 본 척 지나쳐버리는 거룩한 제사장이나 레위인과 같은 오늘날의 교회 지도자들, 불법을 보면서도 그들의 편에 서 있는 행정 당국자들, 바로 이들이 회개해야 할 장본인이며 지옥으로 가야 마땅한 사람들이 아니겠는가.

공장 새마을운동으로

이때부터 나는 열심히 노동관계법을 연구하면서 한편으로는 현장 동료들과 더불어 모임을 만들기 시작했다. 그동안 내가 읽고 열심히 연구해온 근로기준법을 놓고 이런 법이 있어 노동자의 최저 노동조건을 보호하고 있는데도 우리는 법에 보장된 최소한의 권리조차 찾지 못하고 있다면서 우리의 의식이 각성되어야 한다는 것을 역설했다.

처음에는 회사에서 눈치를 채지 못하게 은밀히 이 일을 추진해나가지 않으면 안 되었다. 현장 동료들 중에서 신뢰할 만한 사람을 중심으로 3~4일에 한 번씩 우리 방에 모여 같이 근로기준법을 공부했다. 나 역시 그랬지만, 근로기준법이 있는지 없는지도 몰랐던 그들인지라 같이 공부하면서 우리도 법에 의한 권익을 찾을 수 있다고 주장해도 그들은 그 법은 우리에게는 적용될 수 없는 것이라면서 회의적인 반응만을 보일 뿐이었다.

모이자고 해도 잘 모이지 않았고 공장에서 일이 끝나면 다른 친구들과 어울려 술집에 가거나 다른 곳으로 가버리기 일쑤였다. 그때 내가 느낀 것은 기독교인인 나와 비기독교인인 그들 사이에 상당한 간격이 있다는 것이었다. 어릴 때부터 교회에 다닌 나는 술 담배를 금기로 생각하고 배우지를 못했다. 그래서 술을 즐기는 이들과는 어울리기가 어려웠고 나는 항상 외톨이일 수밖에 없었다. 더구나 그들과 나 사이의 그러한 간격을 몇 번 만나 얘기를 나눈다고 해서 좁힐 수 있는 것도 아니었다.

며칠 전부터 우리 집에 모이자고 철석같이 약속해놓고도 막상 모이는 날이면 술 먹는 자리에 따라가거나 나를 먼저 집으로 가라 해놓고서는 자기들끼리 술을 먹고 늦게 오기가 예사였으며, 아예 술집에서 시간을 보내다가 우리 방엔 들리지도 않고 그냥 집으로 가버리는 것이었다. 어쩌다 내 권유에 못 이겨 우리 집에 모이는 날에는 담배 한 대를 피워 물면서도 교회에 다니는 나를 의식하고는 "유 형, 미안하다"라며 겸연쩍어했다. 기쁠 때나 슬플 때나 한 잔 술로 마음을 달래고 주고받는 술잔에서 우정과 의리를 나누어 갖는 이들이 내 앞에서는 담배 한 대 피우는 것조차 꺼리는 정도였으니 이런 관계 속에서 진심이 우러나오는 우의를 나눌 수 있다고 믿는다면 거짓이었을 것이다.

나는 이들과 좀 더 친근하게 지내기 위해서는 나 자신도 이들과 같이 술 담배를 하지 않으면 안 된다는 것을 알게 되었다. 그때부터 나는 일부러 담배를 사서 가지고 다니면서 동료들에게 권하기도 하고 내가 먼저 그들에게 대포 한잔 하자고 끌기도 했으며, 우리 방에 모이는 날에는 꼭 찌개와 소주를 내놓았다. 그들은 무척 의아해하며 유 형은 우리 때문에 일부러 술 담배를 하는 것이 아닌가 하면서 미안해했으나, 나는 내가 먹고 싶어 먹는다면서 그런 말을 하지 말라고 했다.

어느 돌멩이의 외침

어쨌든 그때부터 우리는 서로가 부담 없이 대할 수 있었고 모임도 자주 가질 수 있게 되었다. 처음엔 무척 회의적이었던 그들도 나중엔 어떤 확신을 가지게 되면서 적극적인 태도로 변해갔고, 노동관계법을 알고 현장의 문제점들에 대한 문제의식을 가지게 된 후부터는 우리 스스로의 힘으로 이를 개선하지 않으면 안 된다는 사명감까지 느끼는 것 같았다.

처음엔 5~6명이었으나 한 달이 지난 10월 초순부터는 10여 명으로 인원이 늘어나, 우리는 그냥 이렇게 산발적으로 모일 게 아니라 여기에 모이는 사람들이 서로 친목도 도모하고 연대의식도 가지기 위해 조그만 회(會)라도 구성하자는 데 합의하여, 우리는 '동력회'라는 조그만 클럽을 결성하기에 이르렀다. 회칙을 정하고 임원을 선출할 때 회원들의 요구로 내가 회장이 되고 박복수 씨가 총무를 맡게 되었다.

동력회가 구성되자 모임은 더욱 긴밀해졌고 상호 간의 우의도 돈독해져 서로 깊은 토론을 나눌 수 있게 되었다. 토론의 중심 과제는 당시의 상황 때문에 항상 공장 사회의 문제점을 중심으로 진행되었으며, 이러한 문제점들의 원인을 분석하고 개선책도 아울러 의논했다. 또한 회사 측의 근로기준법 위반 사례와 종업원 자체의 문제점도 지적하면서 총체적인 인식을 얻기 위해 노력했다.

동력회에서 처음으로 시행하기로 한 사업은 종업원 자체의 체질 개선부터였다. 편직부 작업장은 남녀 공원이 함께 일하는 곳이므로 다른 어느 곳보다 남녀 간의 예의나 질서가 요청되는 곳이기도 했다. 그러나 당시 편직부는 짓궂은 사람들이 많아서 서로 장난을 치는 경우가 예사였고 싸움질이 일어나는 경우도 많았으며 여름이 되면 팬티 하나만 걸친 채 작업장을 배회하는 남자들도 있었다. 그리고 식사시간이면 식당에서 서로 밀고 당기고 하는 바람에 자주 혼란이 야기되기도 했다. 이런 편직공들의 무질서와 혼란을 바로 잡기 위해서 우리는 자체적으로 질서를 확립해보겠다는, 말하자면 '새마을운동'을 시작한 것이다.

이 운동에 현장 고참들의 협조가 컸다. 그 중 나이 많은 고참 몇 사람이 번갈아가며 당번을 정해 식사시간에 새치기를 막았고, 현장에서는 저속한 욕설이나 문란한 풍기를 없애자고 서로 계몽해갔다. 이 운동은 매우 효과가 있어 얼마 후부터는 식사시간 때 당번이 없어도 차례로 줄을 서 밥을 타게 되었고 그전처럼 남녀가 어울려 장난을 치거나 싸움질을 하는 일들이 없어지게 되었다.

이러한 편직공들의 고무적인 반응에 힘을 얻은 우리는 동력회와 같은 그룹 활동을 확대해 나갈 필요성을 느끼고, 동력회 회원보다 나이가 조금 아래인 편직공 11명을 모아 다시 '폭포회'라는 클럽을 만들게 되었다.

폭포회의 회장은 조춘근이, 총무는 김용근이가 맡았다. 이로서 편직부에는 두 개의 그룹이 만들어지게 되었는데 이 그룹을 통해서 우리는 부단히 의식화 작업과 조직화 작업을 병행했으며 이것이 후일 삼원섬유노동조합 결성의 모체가 되었다.

근로계약서가 발단이 되어

동력회와 폭포회를 조직하여 종업원들의 의식을 각성시키는 운동을 전개해 나가자, 회사 측에서는 현장의 이러한 움직임이 심상치 않다고 느꼈는지 이에 대비해 10월 15일경 느닷없이 근로계약서(勤勞契約書)라는 종이를 들고 와 도장을 찍으라고 강요했다. 알고 보니 가공부에서는 이미 하루 전에 전부 도장을 받고 난 뒤였다. 근로계약서의 내용은 다음과 같았다.

勤勞契約書

본인은 금반 삼원섬유(주)에 입사함에 있어 상호 합의하에 아래와 같이 근로계약을 체결한다.

[아래]

직위 : 임시공원

부서 : ○ ○ ○

성명 : ○ ○ ○

임금 : 따로 정한 임금규정에 의한다.

기타 근로조건 : 회사의 취업규칙 및 사칙에 의한다.

기간 : 1973년 10월 10일 ~ 12월 31일까지

1973년 10월 10일

삼원섬유주식회사

○○공 ○○○

근로계약서가 노리는 목적은 명백했다. 즉 종업원들이 이 회사에 몇 년을 근무했든지 그와 상관없이 전부 금년 10월 10일부로 회사에 임시공원으로 채용한다는 것이며, 또한 계약기간은 3개월이 채 되지 않는 10월 10일부터 12월 31일까지라는 것이다. 이것은 말할 나위도 없이 근로기준법에 1년 미만인 노동자는 퇴직금을 주지 않아도 무방하다는 조항을 악용하여 퇴직금을 주지 않기 위한 탈법적인 방법으로 이용하기 위한 것이었으며, 다음은 이들을 전부 임시공원으로 명시하여 계약기간이 끝나는 12월 31일이 되면 말썽이 많은 사람들을 마음대로 해고하기 위한 제도적인 장치를 마련하려는 것이었다.

그런데 왜 회사가 예전 같으면 근로계약서니 법이니 하는 것을 굳이 사용할 필요도 없이 누구에게도 구애받지 않고 독단적으로 해고를 하거나 퇴직금을 주지 않았는데, 구태여 법을 악용해서 근

로계약서라는 것을 만들어야 했던 이유는 무엇이었을까? 그것은 한마디로 말해 동력회를 중심으로 서서히 눈뜨기 시작한 노동자의 각성이 가져온 움직임 때문이었다.

지금까지는 종업원들이 근로기준법이 있는지 없는지도 몰랐고, 회사로부터 부당한 처사를 당해도 "우리가 이런 회사에 다니기 때문이다"라고만 생각하고 퇴직금도 주고 대우도 좋은 다른 회사로 옮기지 못하는 것을 한탄했을 뿐이다. 그러나 그동안 동력회의 활동으로 근로기준법이라는 것을 알게 되고 또 지금까지 회사가 법을 어기면서까지 노동자들을 부당하게 취급해왔다는 것을 깨닫게 되면서부터 이제까지 우리가 몰라 억울하게 빼앗기기만 했던 우리의 권익(權益)을 찾아야 한다는 인식이 종업원들 사이에 일기 시작했던 것이다.

이러한 종업원의 움직임을 눈치챈 회사는 그전처럼 "우리 회사에는 원래 퇴직금이 없다"는 식의 상투적인 말로는 이젠 통할 수 없다는 것을 알아차리고, 법을 가장한 제도적인 편법을 사용해서 이 움직임을 탄압하려는 교활한 방법을 창안해낸 것이다.

그때까지만 해도 우리는 가공부에까지 우리의 활동을 확장시키지 못하고 있었다. 그래서 아무것도 모르던 가공부에서는 회사가 하라는 대로 순순히 근로계약서에 날인을 했지만 우리 편직부의 사정은 그것과 같을 수가 없었다. 근로계약서의 내용을 검토해보고 나서 우리는 이러한 부당한 근로계약에는 어떤 일이 있어도 응

할 수 없다는 것을 회사에 통고했다.

사실 회사에서 제시한 근로계약서에는 임시공원이라는 것과 근로계약이 3개월이 안 된다는 것 외에도 "사용자는 근로계약 체결 시에 근로자에 대하여 임금, 근로시간, 기타의 근로조건을 명시하여야 한다"라고 규정한 근로기준법 제22조가 있음에도 불구하고 임금 부분에 가서 "따로 정한 임금규정에 따른다"라고만 했을 뿐 그 따로 정한 임금규정이라는 것이 대체 무엇인가를 우리에게 알려주지 않았을 뿐 아니라, 기타 근로조건에는 "취업규칙 및 사칙에 준한다"라고만 했지 회사의 취업규칙이나 사칙을 우리는 구경조차 한 일이 없었던 것이다.

우리는 근로계약서의 철회를 강력하게 주장하면서 아울러 회사의 취업규칙이나 사칙의 제시를 요구하고 나섰다. 이처럼 의외로 편직공들의 강력한 반대에 부딪힌 회사는 처음에는 근로계약서는 노동청에서 조사를 나오면 보여주기 위해서 형식적으로 만들어놓은 것이니까 그냥 도장을 찍으라고 달랬다. 그러나 우리가 계속 반대하자 이튿날부터는 만약 근로계약서에 도장을 찍지 않는 사람이 있으면 그 사람은 해고하겠다고 으름장을 놓으면서 비교적 다루기가 쉬운 여공부터 한 사람 한 사람 끌고 가 강제로 지장을 찍게 했다. 이로 인해 편직공 몇몇이 강압에 못 이겨 지장을 찍는 사태가 빚어졌다.

처음에는 편직공 전체가 한마음 한뜻으로 반대했지만 우리의 전열에 처음으로 균열이 생기게 된 것이다. 이런 식으로 회사가 개개인을 불러 계속 도장을 받아내면 과연 그것을 버틸 수 있는 사람이 몇 명이나 되겠는지에 대해 우리는 우려하지 않을 수 없게 되었다. 더군다나 벌써 편직부에서는 도장을 찍은 사람과 찍지 않은 사람들 간에 냉랭한 분위기가 싹트는 조짐이 보이기까지 했다.

그날 저녁 폭포회 회원과 편직부 고참 몇 사람이 내 방에 모여 이에 대한 대책을 의논했다. 마침 고참 중 한 사람이 회사에서 근로계약서 한 장을 몰래 가지고 나올 수 있어 우리는 그것을 증거물로 하여 회사를 근로기준법 위반으로 노동청에 고발하기로 하는 한편, 현장에서는 계속 편직공들이 결속해 회사가 그것을 철회할 때까지 투쟁해 나가자고 의견의 일치를 보았다.

다음 날 나는 오전 일을 끝마치고 아프다는 핑계를 대어 조퇴한 뒤 노동청 인천지방사무소 근로감독관실을 찾아갔다. 그러나 애당초 근로감독관실을 찾아간 것이 잘못이었다. 내가 그간의 경위를 설명하고 협조를 구하자 도리어 근로감독관은 "네가 뭘 안다고 근로기준법이니 뭐니 떠드느냐"고 호통을 치더니 "회사에서 요구하는 대로 도장을 찍어주면 될 게 아니냐"면서 마치 내가 범죄자라도 되는 듯이 다루는 것이었다. 나는 온몸에 힘이 쭉 빠지는 것 같았다. 그래도 근로감독관이라면, 하던 기대가 산산조각이 난 것이다. 나는 더 이상 할 말을 잃고 "아무것도 몰라 찾아온 것이니 용서해주십시오"라고 겨우 한마디 말을 내뱉고 물러나지 않으면 안 되었다.

그날 저녁 편직부실에는 내가 근로감독관에게 갔다 온 결과를 들기 위해 몇몇 사람들이 모여 있었다. 근로감독관실에서 당했던 일을 설명하자 노동자를 보호하는 기관이 어떻게 그럴 수 있느냐면서 모두가 비분강개했다. 그로 인해 우리들의 토론은 흥분된 분위기 속에서 전개되었다. 노동청에 기대한 것은 애당초 우리 잘못이었다. 관의 힘은 믿을 것이 못 되니 우리 힘으로 해결해 나가자. 우리가 해고될 각오를 단단히 하고 회사와 맞서면 안 될 일이 없다. 대체로 이러한 내용의 토론으로 오히려 우리들의 결속은 더 굳어졌다.

이 정도의 각오를 하고 뭉쳐진 사람들의 힘이란 큰 것이었다. 다음 날부터 우리는 동료들로 하여금 더 이상 근로계약서에 도장을 찍지 않도록 말리는 한편 회사에 대해선 근로계약서를 즉각 철회하라고 완강한 자세로 맞섰다. 이러한 우리의 자세가 허물어지지 않자 회사는 더 이상 어쩔 수 없다고 여겼는지 근로계약서 문제를 들고 나온 지 5일 만에 스스로 철회했다.

이로써 모든 것이 원점으로 되돌아갔다. 그러나 그 내면의 사정은 달랐다. 이제까지 회사에서 시키면 시키는 대로 하는 것을 당연하게만 여겨왔고 자신을 항상 힘없는 존재라고 체념하기 일쑤였던 우리들이 처음으로 회사와 맞서 승리함으로써 자신의 문제를 자신의 힘으로 해결할 수 있다는 놀랄 만한 의식상의 변화를 가져왔던 것이다. 비로소 우리는 스스로 인간다운 인간으로 나아가는 먼 길

어느 돌멩이의 외침

의 첫발을 내디딘 것이다. 비록 이 승리의 쟁취가 별것은 아니었지만 우리의 권익은 남이 찾아주는 것이 아니라 바로 우리 자신들의 노력에 의해서만 찾을 수 있다는 자각으로 자신도 모르는 사이에 서서히 성장하고 있었다.

교회여, 잠을 깨라

이러한 활동이 그리스도의 참된 제자로서의 사명이라고 생각하고 분주하게 움직이고 있는 동안 나는 교회로부터 "당신은 하나님을 위한 사업은 하지 않고 세상에만 몰두하고 있다"는 비난을 받게 되었다. 그렇잖아도 청년회비를 주택 건립 자금으로 사용한다고 일전에 청년회장과 전도사님에게 직접 찾아가서 그들의 처사에 정면으로 항의한 것이 문제가 되어 다른 교인들로부터 지탄을 받고 있던 터라 공장에서의 일이 있고 난 이후부터는 불신자들과 어울려 술 담배까지 하고 다닌다는 비난이 교회로부터 숱하게 쏟아지기 시작했다.

청년회비 문제가 있은 후 내 신앙에 대한 비판은 수시로 교회에서 거론되었다. 처음 '평신도 지도자 훈련' 모임에 참석할 때도 이 모임에 참석하겠다는 나와 이를 말리는 청년회장과의 언쟁으로 싸움까지 난 일이 있었다. 이 모임에 참석해달라는 초청장을 받고 먼저 교회 전도사님께 찾아가 수락 여부를 상의드렸더니 알아서 하라고 했다. 그래서 그날 저녁 구역 예배를 갖는 자리에서 예배가 끝난 후 내일 저녁에는 평신도 지도자 훈련에 참석해달라는 요청을 받아 청년회 예배는 빠져야 할 것 같다고 사전에 양해를 구했다. 이 말을 들은 청년회장은 일언지하에 가면 안 된다고 못을 박는 것이었다.

"그네들은 우리와 신앙이 다릅니다. 그들은 너무 세상적으로 나가고 있기 때문에 이단입니다. 그런 곳에 가겠다는 것은 위험한 사고방식입니다."

"그곳이 그런 곳인가요? 모르긴 합니다만 같은 하나님을 믿는 사람들인데 이야기가 통할 여지가 있겠지요. 어쨌든 한번 참석해보고 좋지 않은 곳이면 다음부터 나가지 않겠습니다."

"아니 유 선생. 이단은 사람을 유혹하는 힘이 있습니다. 그들의 유혹에 한번 빠지면 헤어나지 못합니다. 그러니 그들과 아예 접촉할 생각은 말아야 합니다. 누구나 그들과 한번 접촉하면 그들의 유혹에 빠지고 맙니다. 절대로 그들과 가까이 해서는 안 됩니다."

청년회장의 반대는 완강했다. 그러나 그곳이 어떤 곳인지는 잘 모르겠지만 참석하겠다고 약속까지 해놓고 난 뒤라 일단 내일 한번 참석해보고 더 이상 참석할 가치가 없으면 나가지 않겠다고 내 태도를 분명히 했다. 이 말을 들은 청년회장은 내가 현재 큰 잘못을 저지르고 있으며 만일 내가 그곳에 나가면 우리 교회로서는 절대 용납할 수 없는 일이라고 단호한 어조로 나왔다. 그 말이 내 귀를 몹시 거슬리게 했다.

"그러면 그들이 그렇게 몹쓸 사람들이고 우리와 다른 이단이라면 그저께 그들이 주최한 부평 지역 주일학교 교사 모임 장소를 왜 우리 교회에서 빌려주었고 거기에는 왜 참석했습니까? 그것이 이해되지 않습니다. 그리고 한번 그들과 접촉하면 그들의 유혹에 넘어간다고 자꾸 말씀하시는데 왜 그렇게 저를 판단 능력도 없는 어린애로만 봅니까? 아니, 그런 우리 교회는 옳고 그른 것도 판단하지 못하는 남의 말에 넘어가기만 하는 나약한 신앙인만 기르는 곳인가요?"

내 말에 청년회장은 아무런 대답도 못 하고 있는데 같은 청년회원 중의 하나가 "잠깐 보자"면서 나를 밖으로 끌어내었다. 분위기가 심상치 않아 구역 예배에 참석했던 다른 사람들도 따라 나왔다. 내가 밖으로 나오자 나를 보자던 청년회원이 "당신 정말 그럴 거냐?"면서 시비를 거는 것이었다. 이 같은 그의 행동에 화가 치밀어 "왜? 내가 잘못한 것이라도 있어?" 하고 따지자 그는 "너 임마! 계속 그런 식으로 까불 테냐"면서 내 멱살을 잡아끌었다. 이래서 서로 욕설과 주먹질이 오가게 되었고 다른 교인들이 말리는 바람에 겨우 싸움은 끝났지만 몹시 불쾌한 기분은 어쩔 수 없었다.

이 일로 인해 나는 교회에서 만류한다는 것보다 같은 교회의 교우와 다투었다는 사실이 언짢아 평신도 지도자 훈련의 첫 번째 모임은 빠지고 두 번째 모임부터 참석하게 되었다.

　이런 일이 있은 후, 얼마 지나서였다. 하루는 청년회장이 내가 살고 있는 곳을 찾아와, "유 선생, 십일조는 어디로 보냅니까?" 하고 물었다. 내가 고향 교회에 십일조를 보내고 있다는 것을 사전에 알고 와서 묻는 말이었다. 그때 나는 고향에 십일조를 보내고 있었는데 가난한 시골이라 교회 재정이 없어 전도사 한 분조차 모시지 못하고 있는 실정이었다. 그러나 부평의 교회는 교인 수도 제법 되고 재정도 비교적 넉넉한 편이어서 나는 봉급에서 2~3천 원을 떼 내어 딱한 실정에 있는 고향의 교회에 돈을 부치고 있었던 것이다. 그래서 나는 청년회장에게 십일조를 고향 교회에 보낸다고 대답하고 그곳의 어려운 처지를 쭉 설명했다. 그러나 청년회장은 그것은 큰 잘못이며 십일조는 자기가 현재 다니는 교회에 내게 되어 있다는 것과 그렇게 해야 한다고 구약성서에도 기록되어 있다는 것이다. 과연 그것이 성서에 기록되어 있는지 없는지를 알 수 없었으나 보다 가난한 곳을 돕는 것이 신자의 올바른 태도라고 생각되어 나는 전혀 그 말이 납득이 가지 않았다. 이날은 그 정도로 청년회장과 헤어졌으나 내 십일조 문제는 그 후 계속해서 교회에서 말썽이 되었다. 결국 나는 이 문제를 가지고 내가 신앙적이다 비신앙적이다 하며 떠들어대는 것을 더 이상 견뎌낼 수 없어 여기 이 교회에 십일조를 바치겠다고 하고 그 문제는 일단 마무리될 수 있었다.

　그러나 나는 이미 이 교회가 보여준 독선적인 태도에 환멸을 느끼고 있었다. 더군다나 평신도 지도자 훈련을 통해 성서를 새롭게 이해하게 됨으로써 내 태도는 더욱 굳어져갔다. 한편으로 나는 직장에서의 활동 외에도 교회에 가서는 교회의 체질 개선이 시급하다는 것을 꾸준히 주장하고 나섰다. 이렇게 되자 교회는 나를 가리켜 "이상한 신앙 노선을 걷고 있다"고 더욱 경계하는 태도를 보였고, 내가 하는 일에 대해 이해를 구하려고 하면 그것은 "세상 사람이나 할 일이다"라는 식으로 간단히 일축해버릴 뿐이었다. 교회는 교회, 사회는 사회라는 이원론적 사고방식을 가지고 교회 안에서 하는 종교 행사만이 하나님을 위하는 일이요, 사회에서 하는 일은 불신자들이 하는 일이라고 못 박는 그들 앞에서 나는 숫제 외톨이가 될 수밖에 없었다.

그러나 나는 그들의 충고인지 비난인지 알 수 없는 숱한 말들을 들어가면서도 폐쇄적이고 아집과 독선에 빠져 있는 지금의 교회가 하루빨리 체질 개선을 하여 교회가 사회를 외면하지 말고 사회에 빛을 주는 등불의 역할을 해야 한다고 줄기차게 주장했다. 이러한 외침은 아무리 폐쇄된 C교회였지만 듣는 귀가 있었다. 몇몇 남녀 청년회원 중에서 내 주장을 긍정적으로 받아들이고 나를 도와주는 사람이 생겼던 것이다.

이렇게 되자 교회에서는 더 이상 내가 이 교회에 몸담고 있는 것이 불안했는지 누구의 입에서 먼저 그런 말이 나왔는지 모르지만 '유 선생이 교회 청년들 일부를 데리고 다른 교회로 가려고 한다'

는 낭설이 떠돌기 시작했다. 그러던 중 10월 말경 수요일 밤 예배를 마치고 나오는데 전도사님이 할 이야기가 있다면서 내게 자기 방으로 와달라는 것이었다. 나는 같은 청년 회원인 완식이와 함께 전도사 방으로 들어갔다. 그곳에는 청년회장도 이미 와 있었다.

"유 선생은 신앙 노선이 우리 교회와 다른 것 같습니다. 더 이상 이 교회에 나오는 것은 다른 사람들에게도 영향이 미치는 일이니 앞으로 이 교회에 나오지 말았으면 합니다."

전도사님의 말은 단도직입적으로 교회에 나오지 말라는 것이었다. 내게 무슨 잘못이 있어서가 아니고 다만 신앙 노선이 달라 물과 기름이 섞일 수 없는 것처럼 서로가 좋게 갈라지는 것이 옳다는 것이었다. 이 말에 같이 왔던 완식이가 교회를 지도하는 목회자로서 어찌 그런 말을 할 수 있느냐면서 나를 변호해주었지만 이미 전도사님 이하 청년회장 등 영향력 있는 사람들이 결정 지은 일이라 여기서 왈가왈부해야 아무런 소용이 없는 짓이었다. 그쪽은 미리 결정한 것을 통고하는 것일 뿐이었다.

나는 올 것이 왔다는 생각으로 오히려 태연할 수 있었다. 더구나 자기들만이 구원받은 백성이고 자기들 주장만이 진리라고 하는 배타적이고 독선적인 아집에 빠져 있는 이 교회에서 더 이상 머무르고 싶은 생각도 없었다.

"전도사님께서 저에게 신앙 노선이 다르니 앞으로 나오지 말라고 하시니 더 이상 이 교회에 나오지 않겠습니다. 그렇지만 이 교회를 떠나기 전에 꼭 한마디 하고 가겠습니다. 진리라는 것은 어느 개인의 독점물이 아닙니다. 내 것만이 진리이고 남의 것은 전부 비진리라는 사고방식은 아집입니다. '남이야 뭐라 하든 내 것만이 제일이다' 하는 자체가 벌써 독선과 아집에 빠져 있다는 증거입니다. 어쨌든 저는 이 교회에서 이단으로 낙인 찍혀 쫓겨나게 되었습니다만 강도 만난 사람을 보고도 종교 행사에만 급급하여 그들의 신음소리는 외면한 채 자기만이 거룩한 백성인 양 자처한 제사장이 되기보다는 비록 하나님을 모르고 성전에서 예배를 드릴 줄 몰라 이방인으로 죄인 취급을 받았지만 그러한 사람들을 보살펴준 착한 사마리아인이 되고 싶을 뿐입니다. 어쨌든 주님의 평강을 빕니다."

밖으로 나선 나는 오히려 무언지 모를 해방감에 온몸에 힘이 샘솟는 것 같았다. "교회여! 잠을 깨라!" 나는 하늘을 보고 이렇게 외쳤다.

움직임의 태동

C교회로부터 쫓겨난 후 직장에서의 내 활동은 더욱 활발해졌다. 10월 중순에 있었던 근로계약서 사건 이후부터는 편직부 여공들 10여 명을 모아 다시 '열매회'라는 작은 그룹을 만들고 우리의 활동을 가공부에까지 확대해 나갈 수 있었다.

한글로 된 근로기준법 책자를 구해다가 현장 종업원들에게 보급하면서 법의식을 고취시킨 결과 현장에서 근로기준법을 모르는 사람이 없을 정도였다. 근로기준법을 읽어보고 난 이들은 무척 신기해하면서 "우리도 과연 법의 적용을 받을 수 있을까" 하고 반신반의하기도 했다. 이 법에 의해 한 번도 혜택을 받지 못한 우리들의 처지에서 그렇게 반신반의하는 것도 무리가 아니었다. 그러나 백번 떠드는 것보다 실제로 한 번 체험하는 것이 우리에겐 더 필요한 일이었다.

당시 편직부에서 7G(G : 게이지, 기계 치수를 말함) 기계에서 일하던 10여 명이 7G 스웨터를 짤 실이 들어오지 않아 10월 한 달 동안 놀고 있었다. 그때만 해도 비단 삼원섬유뿐 아니라 스웨터 공장 거의 전부가 휴업수당이니 하는 것을 지급해준 예가 없었으므로 이들도 한 달 동안 휴업수당을 받지 못한 채 집에서 그냥 쉬다가 다시 일을 하게 된 것이다.

11월 중순경이었다. 하루는 현장에서 일을 하고 있는데 7G에서 일하는 폭포회 회장과 총무를 맡은 춘근이와 용근이가 나에게 휴업수당 문제를 상의해 왔다. 나는 우리가 그것을 꼭 받아낼 수 있으며 사무실에 가서 요구해야 한다고 대답했다. 그러나 이들은 아직 미심쩍었는지,

"형, 정말 틀림없지. 만약 안 주면 어쩌지. 창피하게…."

"이런 녀석들 보게. 휴업수당이란 회사에서 주고 싶어 주고 우리

가 받고 싶다고 해서 받는 것이 아니야. 그건 회사가 주게 되어 있고 우리는 받을 권리가 있는 거야."

이 말에 용기를 얻은 듯 둘은 한번 가보자면서 사무실로 들어갔다. 조금 있으니까 그들은 풀이 죽은 사람처럼 다시 돌아왔다.

"형, 이 회사는 원래 그런 것 주지 않게 되어 있대. 그런 것은 노동조합에 가입된 회사만 주는 거라면서 망신만 주잖아."

"그럴 것이라고 짐작은 갔어. 여태까지 줘본 일이 없는데 그렇게 쉽사리 줄 리가 없지. 다시 가서 달라고 해. 근로기준법도 우리나라 법이야. 우리나라에 있는 모든 기업체는 이 법의 적용을 받게 돼 있어. 이 회사라고 해서 예외가 될 수 없잖아. 만약 이번에도 안 준다면 고발하겠다고 강경하게 버텨."

그러나 여전히 둘은 용기가 나지 않는지 서로 얼굴만 쳐다보며 머뭇거리다가 춘근이가 나를 보고 "형, 그거 근로기준법 몇 조에 있지?" 하면서 묻는 것이었다. 나는 당시 근로기준법을 거의 줄줄 외우다시피 하고 있었으므로 근로기준법 38조에 있다면서 빨리 가보라고 다시 떠밀었다.

한참 후에 이들은 신이 났는지 큰 소리로 웃으면서 내게로 달려왔다.

"형, 고발하겠다고 하니까 태도가 잘라지더라고. 처음에는 아까처럼 회피만 하잖아. 그래서 회사에서 굳이 못 주겠다면 근로기준법 38조에 의해서 노동청에 정식으로 고발하겠다고 하니까 우리들을 붙잡더니 휴업수당을 줄 테니 다른 사람들에게는 절대 얘기하지 말라는 거야."

둘은 한참을 기분 좋게 씨부렁거렸다.

"그래, 앞으로는 어떻게 할 참이냐? 너희 둘만 타 먹고 다른 사람에게는 알려주지 않을 거야?"

"형, 우리가 골이 빈 사람인 줄 알아. 그 자식들이 얄미워서라도 모두에게 다 얘기해줘야지."

"그래, 고맙다. 너희들 때문에 우리 삼원섬유에서는 앞으로 계속 휴업수당이나 각종 법정 수당들을 받을 수 있게 된 거야. 너희들이 선례를 만든 거다!"

이렇게 해서 삼원섬유가 창설된 이래 처음으로 근로기준법에 의한 휴업수당을 받는 사람들이 나와 우리들의 사기는 높아졌다.

그러나 이와 때를 같이 해서 편직공으로 3년간을 이 회사에서 일하던 구근철 군이 군에 입대하기 위해 11월 25일부로 퇴사하는 일이 생겼다. 입대 날짜가 11월 25일이라 입대 일을 열흘 앞두고 퇴사한 그는 고향인 강원도 철원으로 내려가기 위해 빨리 퇴직금을 타려 했으나 회사에서는 또다시 이 회사는 원래부터 퇴직금이 없다면서 끝내 지급해줄 생각을 하지 않았다.

하는 수 없이 입대 일을 5일 정도 남기고 그는 노동청 인천사무소 근로감독관실을 찾아가 호소했으나 노동자의 급박한 사정을 이해해줄 근로감독관이 아니었다. 얘기를 듣고도 그냥 기다리라고만 했을 뿐이다.

근로감독관에게 호소해도 소용이 없자 구 군은 매일같이 회사에 와 퇴직금 12만 원을 지급해줄 것을 요구했다. 그러나 퇴직금은커녕 도리어 당시 같은 편직공으로 삼원섬유에서 일하고 있던 구 군의 약혼녀인 김 양에게 "구 군이 계속 퇴직금을 달라 하면 너도 해고하겠다"면서 회사를 그만두라는 바람에 김 양은 그만 회사를 떠나고 말았다.

그래도 구 군이 끈덕지게 퇴직금 지급을 요구하자 입대 날짜를 이틀 앞둔 11월 23일 오후 늦게서야 구 군을 불러 "우리 회사는 원래 퇴직금을 주지 않게 되어 있어. 퇴직금은 줄 수 없고 그동안 구 군이 착실하게 일해준 데 대한 고마움의 표시로 주는 것이니 그리 알라"면서 3만 원을 내주었다. 구 군은 이 돈을 겨우 받아가지고 약혼녀와 함께 철원으로 내려가고 말았다.

퇴직금 문제를 나와 자주 상의하던 구 군이 사례금 조로 3만 원을 받고 퇴직금은 포기한 채 철원으로 내려갔다는 사실을 내가 안 것은 저녁에 퇴근하면서 구 군이 살던 집에 들러 집주인으로부터 그 사실을 전해 들은 후였다. 나는 회사의 이러한 처사에 분노를 참을 수 없었다. 이 문제를 이대로 넘겨버릴 수 없다고 생각하고 설령 받지 못하는 한이 있더라도 회사의 만행을 폭로하는 자료만으로라도 사용하려고 이튿날 아침 나는 구 군을 만나기 위해 강원도 철원으로 내려갔다. 뜻밖의 방문에 구 군은 깜짝 놀라는 듯했다. 나는 그에게 퇴직금을 꼭 받아야 한다는 것을 강조하고 내게 퇴직금 수령 권한 위임장을 써달라고 했다. 구 군은 선뜻 응하고 몇 번이나 고마워했다.

구 군과 헤어져 버스를 타고 올라오면서 나는 왜 우리 노동자들은 항상 이러한 고통을 받으면서 살아야 하는지 침울한 마음을 달랠 길 없었다.

대결

11월 하순부터 편직부의 편직공 전체가 하나가 되어 우리 스스로 '시간 지키기 운동'이라고 부르는 운동을 전개하게 되었다. 이 시간 지키기 운동이란 앞에서 밝힌 대로 회사가 상금이라는 미끼를 내걸고 생산 실적이 좋은 세 사람에게는 몇 푼의 상금을 주는 반면 실적이 부족한 5명은 해고까지 하면서 노동력 착취 수단으로 이용해온 상금제도에 대항하기 위해 벌인 운동이었다. 동력회와 폭포회가 중심이 되어 편직공 고참들의 지지를 얻고 현장 종업원들에게 상금제도의 모순을 지적하면서 더 이상 우리가 회사의 농간에 빠져 스스로 우리 동료들의 직장을 빼앗는 모순을 저지르지 말자고 설득해 나갔다. 처음에는 새벽 일찍부터 일을 하지 않으면 수입이 줄어들 텐데 어떻게 하냐고 반대하는 사람들도 없지 않았지

어느 돌멩이의 외침

만 끈덕진 이해와 설득으로 이들의 협조를 구하자 마침내 모든 사람이 우리의 취지에 찬성을 하고 실행에 옮겨주었다. 이때부터는 아침 출근시간인 8시 30분 이전에 나와 일을 하는 사람이 없어졌고, 점심시간에도 일제히 기계에서 손을 떼고 휴식을 취했다.

새벽 4~5시만 되면 현장에 출근해서 일을 하던 이들이 이 운동으로 말미암아 규정된 시간 외에는 일손을 모두 멈추자 생산량은 급격히 하락했다. 이렇게 되자 회사 측에서는 이번 사건의 주모자를 색출하기 위해 혈안이 되었으며 현장기사들을 통해 "이렇게 한다고 해서 편직공임이 인상되는 것이 아니다. 예전처럼 아침 일찍 나와 일을 하라"고 수차 종용했으나 누구 하나 그 말을 귀담아 듣는 이가 없었다.

드디어 회사는 편직공의 이 움직임이 말로써 해결될 문제가 아니라고 판단하고 편직공들에게 경제적인 탄압을 가하는 강경책을 쓰기 시작했다.

11월 19일 14G 편직공들의 작업이 다른 스타일로 변경된 것을 기화로 새로 짜게 된 스웨터에 대한 편직공임을 어이없을 정도로 낮게 책정해서 발표했다. 이처럼 낮게 책정된 편직공임에 대해 14G에서 일하는 40여 명의 편직공들은 대표자를 뽑아 회사 측에 이를 항의하고 편직공임을 조정해줄 것을 요구했다. 그러나 회사 측의 반응은 극히 냉담했고 해결 전망은 전혀 보이지 않았다.

회사 측과의 평화적 타협 전망이 무산되자 14G 편직공들은 드디어 공임이 재인상 조절될 때까지 투쟁한다는 결의를 굳히고 12월 1일 아침부터 일제히 작업 거부에 들어갔다. 하지만 14G 편직공들의 작업 거부에 대해 회사 측은 눈 하나 깜짝하지 않았다. 왜냐하면 이런 류의 파업이란 스웨터 공장에서는 공임 발표가 있을 때마다 늘 일어났고, 하루 이틀쯤 작업을 거부해도 회사 측에서 공임을 인상해줄 기미가 보이지 않으면 나중엔 울며 겨자 먹기 식으로 너나 할 것 없이 슬금슬금 일터로 다시 되돌아갔기 때문이다. 그렇기 때문에 당시 현장에서는 '삼원섬유에서는 데모를 한다고 해서 공임이 인상되어본 적은 없다'는 불문율이 있었고 이러한 체념과 패배감을 딛고 일어선다는 것은 그때까지만 해도 아직 생각하기 어려운 일이었다.

편직공들의 이러한 생리를 회사가 모를 리가 없었다. 자신만만했던 회사는 14G 편직공들의 작업 거부에 아랑곳없이 다시 12G 편직공임도 14G와 같이 너무나 낮게 책정하여 발표했다. 뒤이어 12G에서도 이에 항의했으나 회사 측에서는 "공임이 싸면 일찍 나와 일하면 될 것이 아니냐"는 식으로 들은 척도 하지 않았다.

그러나 우리 편직공들은 예전과 같은 존재가 아니었다. 이미 우리는 길들여진 양 같은 존재가 아니라 우리의 권익과 자유를 찾기 위해서 싸울 준비가 되어 있는 사람들로 성장해 있었던 것이다. 이 점에서 회사는 우리들을 잘못 짚은 것이다. 이대로 물러설 수 없다는 결의로 가득 찬 동료들의 눈빛 속에서 우리는 내일의 승리를 확인하는 기쁨을 서로 맛보는 것 같았다.

12월 1일 오후부터 12G 80여 명, 14G 40여 명, 7G 10여 명 등 편직공 전체 130여 명은 지금까지 그 양상을 볼 수 없었던 대규모 농성에 들어가 일제히 작업을 중단했다.

이튿날 우리는 이번 사건의 원인이 된 편직공임 인상뿐만 아니라 지금까지 부당하게 빼앗겨오기만 한 6개 항목의 요구 조건을 내걸고 이것이 관철되지 않는 한 무기한 투쟁한다는 결의를 하고 농성을 계속했다. 당시 우리가 제시한 6개 항목은,

1. 저하된 편직공임을 인상할 것.

2. 편직공임 책정 시 종업원 대표를 참여시킬 것.

3. 현장관리자의 횡포를 시정하고 횡포가 심한 편직계장과 기사 신현준을 교체해줄 것.

4. 법정 제 수당과 퇴직금을 지급해줄 것.

5. 회사의 독단적인 해고를 시정할 것.

6. 취업규칙을 현장에 비치할 것.

등이었다.

이렇게 사태가 전에 볼 수 없던 양상을 띠고 열기를 더해가자 당황한 회사 측은 이틀째인 12월 2일 오전 10시경 부평경찰서에 연락해 경찰의 힘으로 사태를 진압하려 들었다. 회사의 연락을 받고 출동한 경찰은 작업장 한 모퉁이에 모여 농성하고 있는 우리들 앞에 나타나 해산을 종용했다.

"여러분은 지금 국가보위법 9조 1항에 의해 단체행동을 못 하게 되어 있음에도 불구하고 주무관청에 사전 신고도 없이 농성을 하고 있다. 이것은 위법이다. 지금 즉시 해산해서 작업에 임하지 않으면 보위법 9조 1항을 위반한 현행범으로 체포한다. 즉각 해산해주기 바란다."

경찰의 해산 종용은 계속되었다. 그러나 우리에겐 이미 무서움이란 없었다. 이제까지 회사 측의 부당한 처사에 시달리고 기만당해오기만 한 우리에게는 설령 어떠한 날벼락이 떨어진다 해도 우리의 요구가 관철되지 않는 한 이 대열을 흐트러뜨리지 않겠다는 각오로 불탔다.

"근로기준법도 법이다. 이 법을 위반해온 회사는 왜 처벌하지 않느냐?"

누군가 대열 속에서 이렇게 외쳤다.

끝내 해산 종용에 실패한 경찰은 얼마 후 태도를 변경했다.

"여러분이 이런 행동을 하게 된 이유가 무엇이며 요구 조건이 무엇인지 얘기를 나누고 싶다. 여러분들 중 대표 5명만 앞으로 나오라."

동료들 중에는 이것이 속임수니 가서는 안 된다는 의견이 나오기도 했지만 우리가 체포되더라도 관철될 때까지 끝까지 농성을 풀지 말라고 당부하고 나와 춘근이 등 5명은 경찰을 따라 회사 사무실로 들어갔다. 사무실에는 언제 연락을 받았는지 노동청 인천

사무소 소장과 근로감독과장 등 꽤 여러 명이 와서 우리와 자리를 같이했다. 우리는 이 자리에서 지금까지 회사가 근로기준법을 어겨가면서 부당한 대우를 해온 사정을 설명하고 우리의 요구 사항을 들어달라고 주장했다. 이렇게 우리와 회사, 경찰, 노동청 직원 등 4자가 이야기를 나눈 결과 오후 6시쯤, 우리의 요구 6개 항 중 2번 사항만 제외하고 나머지는 회사가 수락해 일단 이번 사건의 매듭을 짓기로 합의를 보았다. 그때까지 현장에서 농성을 계속하고 있던 편직공들은 우리가 돌아와 합의된 사항을 설명하자 내일부터 정상 작업에 들어가기로 하고 모두 해산하여 집으로 돌아갔다.

그러나 다음 날 사태가 또다시 급변하고 말았다. 회사가 우리의 요구 사항을 들어주겠다고 한 것은 농성을 풀어놓기 위한 미봉책이었으며 우리가 농성을 풀고 집으로 돌아가자 또 하나의 음모를 준비하고 있었다.

그날 저녁 다른 편직공들은 일찍 돌아갔으나 나를 포함한 몇 명은 빨리 끝내야 하는 일이 있으니 가지 말고 일을 해달라는 부탁을 받고 그것마저 거절할 수 없어 새벽 2시까지 일을 해주었다. 이튿날 12월 3일, 그간의 농성과 새벽 2시까지의 작업으로 잠을 제대로 못 잔 나는 피곤한 몸을 이끌고 겨우 아침에 출근할 수 있었는데 회사에 도착해보니 수위실 앞에서 편직공들이 들어가지 못하고 웅성거리고 있다가 우루루 몰려와 수위실에서 서약서에 도장을 찍지 않으면 들여보내지 않겠다고 했다는 것이다. 이 말을 전해 듣고 수위실로 달려가 보니, 우리가 교체해줄 것을 요구했던 편직부 기사인 신 기사가 떡 버티고 앉아 사전 인쇄된 서약서라는 유인물을 놓고 들어오는 사람마다 모두 도장을 찍으라는 것이었다. 서약서의 내용을 읽어본 나는 아연실색하지 않을 수 없었다. 서약서는 12월 1일부터 2일까지 이틀 동안 있었던 일은 그 책임이 전적으로 편직공들에게 있으니 이런 일은 다시 하지 않겠고 앞으로는 명령 계통에 절대 복종할 것과 위반하면 어떠한 처벌도 달게 받겠다는 것을 서약한다는 내용이었다.

어제 회사와 합의를 보고 난 뒤 이번 일은 없었던 것으로 하고 새 마음으로 일하자고 해서 철야 작업까지 해주었는데 하룻밤 사이에 태도를 일변하여 우리에게 모든 책임을 전가하려는 회사의 처사에 나는 터져 나오는 분노를 참을 수 없었다. 굳이 따진다면 이번 사건의 발단이 회사의 편직공 임금 인하에 기인하는 것이었고 편직공 임금을 낮게 책정했다는 것을 자기들 스스로 시인하고 재인상해줄 것을 약속했음에도 불구하고 우리에게 책임을 전가해 다시 예전의 상태로 되돌리려고 하는 회사의 처사를 대체 어떻게 용납할 수 있겠는가.

나는 수위실을 뛰쳐나와 수위실 앞에 모여 웅성대고 있는 동료들에게 전부 현장으로 들어가자고 큰 소리로 고함쳤다. 그 소리에 용기를 얻었는지 동료들이 한꺼번에 우루루 현장으로 몰려 들어가는 바람에 수위실에서는 막을 재간이 없어 멍하니 쳐다볼 수밖에 없었다.

현장에 몰려온 우리들은 서약서의 철회는 물론 어제 회사와 약속했던 것도 믿을 수 없다고 하면서 다시 농성에 들어갔다. 회사의 태도는 강경했다. 이 부장이 직접 나와 만약 서약서에 서명날인하지 않는 사람은 해고하겠으며 회사 문을 닫는 한이 있더라도 서약서에 도장은 꼭 받아야겠다는 것이었다.

이 부장의 이러한 발언은 우리로 하여금 더욱 분노를 사게 하는 결과밖에 가져오지 않았다. 우리는 일제히 회사의 배신과 우리에게 책임을 전가하는 회사의 비열한 태도를 규탄하면서 이 부장과 옥신각신했다. 한참 후 다시 경찰이 출동했고 조금 늦게 근로감독관들도 들이닥쳤다. 우리는 서약서를 철회할 것과 구두로서의 약속은 이제 믿을 수 없으니 약속을 이행하겠다는 확실한 증거 서류를 제출해줄 것을 촉구했다. 결국 우리의 요구는 관철되었다. 회사는 어제 우리와 약속한 사항을 이행하겠다는 내용의 각서를 근로감독관 앞으로 썼고, 그날로 우리는 취업규칙이 현장에 비치되는 것을 눈으로 확인한 후 서약서의 철회를 약속받고 오후 늦게 농성을 풀었다.

이로써 12월 1일부터 3일간에 걸친 회사와의 대결은 우리들의 승리로 한 단원을 맺었다. 어려운 여건 속에서도 뭉쳐진 우리들의 힘은 절대적이라고 생각해온 회사의 힘을 밀치고 그 기개를 펴기 시작한 것이다. 항상 우리를 비극으로 몰아가는 현실을 한탄해왔던 것에서 벗어나 우리 운명을 스스로의 힘으로 함께 타결해 나가 겠다는 뜨거운 형제애가 우리를 감싸주는 듯했다.

이 사건이 있은 후 현장 종업원들 간에는 기업주의 부당한 횡포에 대항하여 이를 견제할 수 있는 단결된 힘의 결집이 필요하다는 것을 깨닫고 종업원 자치회를 만들자는 의견이 나오기 시작했다.

4

쫓겨난 두 동료

노동조합의 결성으로

당시 수출공단 안에서는 노동조합을 만들 수 없다는 사회적 통념이 사실인 양 유포되고 있었다. 실제로 그때만 하더라도 부평공단 안에는 노동조합이 결성되어 있는 곳이 한 군데도 없었고 더구나 우리가 일하는 삼원섬유는 일본인이 투자한 외국인투자기업이었기 때문에 더욱 불가능하다는 것이었다. 사실 당국에서도 수출산업과 외자기업을 보호한다는 명목으로 노조 결성을 극도로 억제해왔기 때문에 이러한 현실적 여건을 고려해 우선 자치회라도 구성하는 것이 바람직하지 않겠느냐는 의견들이었다.

그러나 나는 자치회 구성 안에 극구 반대했다. 왜냐하면 종업원 자치회란 종업원 상호간의 친목 도모와 어떤 일을 당했을 때 상호 부조하는 공제회로서의 역할은 할 수 있을지 모르나 노사(勞使) 간의 문제를 가지고 회사와 대등하게 교섭할 수 있는 노사 교섭단체는 아니었기 때문이다. 더구나 당시 각 기업체에서는 노동조합 결성을 막기 위해 기업주 측이 먼저 종업원 자치회를 구성케 하는 곳이 많았고 또한 서울에 있는 T산업 등에서 보여준 바와 같이 회사 측에서 자치회를 매수해서 노동조합의 파괴를 꾀하는 사례를 많이 볼 수 있었기 때문이다.

이러한 이유를 들어 내가 자치회 구성에 반대하자 동료들은 지금 당장 노동조합을 결성할 수 없는 처지이니 우선 자치회라도 구성해야 모처럼 모인 종업원들의 단결력이 흩어지지 않을 수 있지 않겠느냐면서 반론을 제기하는 것이었다. 하기야 그들의 말도 일리가 있었다. 그러나 이곳 부평공단에서는, 더구나 수출공단의 외국인투자기업에서는 노동조합을 만들 수 없다는 장벽을 누군가는 깨뜨리지 않으면 안 된다는 것을 생각하고 나는 동료들에게 자치회 구성이 장기적으로 보면 반드시 이롭다고만 할 수 없으니 조금만 참고 기다려보자고 설득했다. 그러고서 나는 우리 회사에서 노동조합 결성의 가능성을 타진하기 위해 여러 곳을 뛰어다니며 알아보았다.

그러던 중 12월 5일, 평소에 어려운 일이 있으면 곧잘 의논을 드린 인천에 계신 유 선생님을 찾아가 이 문제를 상의했더니 유 선생

어느 돌멩이의 외침

님은 섬유노조 본부에 가서 이 문제를 제기해보자고 하셨다.

이튿날 나는 선생님과 섬유노조 본부를 찾아갔다. 우리 얘기를 들은 본부 위원장과 조직부장은 노조 결성이 가능하다면서 종업원이 몇 명이나 되느냐고 물었다. 300명 정도라고 답하자 종업원 수가 적어서 그런지 그리 탐탁지 않은 표정을 지으면서 부평공단 안에는 큰 회사들이 없느냐고 묻는 것이었다. 그래서 한독산업이나 반도상사와 같은 종업원이 수천 명이 넘는 곳도 있다고 대답했더니 그들은 큰 곳부터 조직한 뒤에 차차 작은 곳도 하자면서 우리 회사의 노조 결성을 뒤로 미루려 들었다.

본부의 이러한 태도에 노동자를 위한 단체가 이럴 수 있느냐 싶어 자못 실망이 컸지만 나는 우리 회사부터 조직해주면 큰 회사를 조직하는 데도 힘쓰겠다면서 우리부터 조직해줄 것을 고집했다. 내 태도에 본부도 어쩔 수 없었는지 그렇게 하자고 응낙하고 종업원천 명 미만의 사업장은 지역부에 소속되는 분회가 된다면서 경기지부 지부장을 전화로 불러 우리에게 소개해주었다.

경기지부장도 처음에는 우리 회사가 스웨터 공장이라는 말을 듣고 스웨터 공장은 무척 골치 아픈 곳이라며 탐탁지 않게 생각하는 눈치였다. 노동조합 결성 시에 제일 말썽을 부리는 곳이 스웨터 공장이라는 것이다. 당시 서울에 있는 몇 군데 스웨터 공장에서는 노동조합 결성 문제로 종업원들끼리 싸움도 하고 일부 종업원들은 노동조합을 하지 않겠다는 조건으로 회사에서 돈을 받아먹는 일까지 있었다는 말을 듣고 지부장이 꺼리는 것도 이해가 갔다.

경기지부장과 우리 회사의 노조 결성에 대해 몇 가지 더 의논을 나눈 뒤 지부장이 내일 일단 회사에 들려 회사의 협조를 구하겠다고 하여 다시 만날 약속을 한 다음 우리는 서울에서 돌아왔다.

경기지부 지부장을 만나고 온 후, 나는 이 사실을 동력회와 폭포회 회원들에게만 알리고 회사가 눈치채지 못하게 은밀히 노조 결성을 위한 준비를 해나갔다.

12월 9일 저녁 우리는 공단에서 조금 떨어진 산곡동 감리교회를 빌려 노조 결성을 위해 종업원 100여 명을 모았으나 경기지부장과의 연락이 잘못되어 결성식을 갖지 못한 채 기왕 모인 김에 노조의 필요성에 대한 교육만을 한 차례 하고 헤어졌다. 그날의 모임에 참석했던 사람들이 얼마나 비밀을 잘 지켜주었는지 노조가 결성되기까지 회사에서는 이날의 모임을 까맣게 모르고 있었다.

다음 날 밤, 나는 본부 조직부장과 경기지부 지부장을 만나 노조 결성에 관한 건을 토론했다. 이 자리에서 지부장은 오늘 낮에 회사에 찾아가 노조 결성에 대한 협조를 요청했으나 회사 측이 적극 반대해 회사 안에서 결성 총회를 할 수 없고 어차피 밖에서 해야겠으니 장소를 우리더러 구해보라고 하고 결성대회 날짜를 이틀 후인 12월 12일로 정했다.

12월 12일, 우리가 고대하던 날이 찾아왔다. 이날 우리의 얼굴은 긴장감으로 상기해 있었으나 되도록 태연한 마음가짐으로 작

어느 돌멩이의 외침

업에 들어갔다. 오전 10시경 내가 현장에서 일하고 있는데 편직계
장이 할 이야기가 있다면서 나를 불러 보일러실로 따라갔다. 그저
께 섬유노조 사람이 회사에 다녀갔다면서 나더러 그 사람을 만난
적이 없느냐는 것이 계장의 질문이었다. 나는 기어이 들켰구나 싶
어 가슴이 조마조마했지만 태연하게 그런 사실이 없다고 잘라 말
했다.

"자네 꼭 노동조합을 만들어야겠나?"

김 계장은 이미 모든 것을 다 알고 있는 듯한 눈치였다. 나는 더
이상 숨길 필요가 없다는 생각이 들었다.

"네, 만들 수만 있다면 꼭 만들고 싶습니다. 그러나 그것이 쉬운
일이 아닌 것 같군요."

"미스터 유, 자네는 뭔가 잘못 생각하고 있어. 여기는 수출공단
이고 이 회사는 외자기업이야. 이곳에서는 아무리 노동조합을 만
들려고 해도 안 돼. 그리고 자네가 계속 노동조합을 만들겠다고 고
집하면 자네 하나쯤 희생시키는 것은 문제가 아니야."

"네. 김 계장님 말씀대로 이곳은 수출공단이고 이 회사는 외자기
업입니다. 그렇기 때문에 노조 결성이 힘들다는 사실도 잘 알고 있
습니다. 하지만 지금 못 하면 내년에, 그래도 안 되면 십 년 후, 우
리 세대에 안 되면 다음 세대라도 노조 결성이 꼭 이루어질 것입니
다. 김 계장님 말씀대로 제가 희생된다 하더라도 이 일을 위해서라
면 저 하나 희생되어도 좋습니다. 다만 김 계장님이 보시는 바와 같

이 더 이상 노동자들이 고통받는 것을 그냥 보고 넘길 수 없습니다. 만약 이 회사에 김 계장님의 동생이나 자녀가 공원 생활을 하고 있다고 생각해보십시오. 입장을 바꾸어 생각하시면 이해하시리라 믿습니다."

"… 자네는 지금 영웅심리에 들떠 있군. 남을 위해 희생하는 것도 좋지만 세상은 내가 있고 남이 있는 거야. 냉정하게 생각해보게."

"뭐라 해도 좋습니다. 그 영웅심리가 나쁘다면 그러한 영웅심리를 저 같은 사람이 갖게 하는 사회는 더 나쁘다고 생각합니다."

김 계장은 잠시 아무 말을 하지 않았다.

"자네 요새 신학 공부를 한다면서?"

김 계장은 내가 웨슬레신학교 통신과를 하고 있다는 것을 어떻게 알았는지 묻는 것이었다.

"네, 통신 신학을 하고 있습니다."

"학교에 들어가지 그래."

"우선 형편이 그렇게 돼서 통신과를 하고 있습니다만 언젠가는 학교에 들어가야지요."

"그런데 자네는 기독교인이면서 다른 사람의 모범이 되어야 할 텐데 도리어 앞장서서 회사와 싸우고 종업원들을 선동하는 것은 교인의 태도에 벗어나는 것이 아닌가?"

"김 계장님은 기독교를 무척 오해하고 계시군요. 기독교의 사랑

어느 돌멩이의 외침

이란 무원칙하고 무질서한 사랑이 아닙니다. 항상 정의에 입각한 사랑을 전제로 하는 것입니다. 잘못된 것에 항거하고 싸우는 것이 기독교인의 참 사명입니다."

김 계장은 더 이상 논쟁할 필요성을 잃었는지 어쨌든 노동조합만은 만들어줄 수 없고, 만약 말을 듣지 않으면 내게 좋지 않은 결과가 생길 것이라며 은근히 겁을 주고 보일러실을 나가버렸다.

그날 저녁 일을 마친 우리들은 사전 계획한 대로 퇴근하는 종업원들을 이끌고 결성대회 장소인 산곡동 감리교회로 몰려갔다. 그때까지 바로 오늘 저녁 노동조합 결성대회를 한다는 사실을 모르고 있던 회사 측에서는 퇴근할 때가 되어서야 비로소 눈치를 채고 황급하게 움직였다. 곧 기숙사 사감을 통해 경찰서에서 연락이 왔는데 지금 어느 곳에서 간첩들이 노동자를 포섭하기 위해 교육을 하고 있어 여러분들을 잘 보호하라는 연락을 받았기 때문에 외출을 금지한다면서 강제로 이들을 붙들어놓고는 결성대회 장소에 가지 못하게 했다.

그러나 회사 측의 방해에도 불구하고 결성 총회 장소에 모인 사람들은 100여 명이 넘었다. 우리들은 모두 의기충천했다. 이날 우리는 조합 본부 간부들이 참석한 가운데 노동조합 결성대회를 성공적으로 끝마칠 수 있었고 동료들의 선임에 의해 내가 분회장으로 선출되었다. 그동안 온갖 어려움을 헤치고 그토록 염원하던 노동조합이 드디어 탄생한 것이다. 이날의 벅찬 감격은 지금도 잊을

쫓겨난 두 동료

수 없다. 그러나 우리는 그것이 문제의 시작이지 문제의 끝이 아
니라는 것을 그때는 미처 생각하지 못하고 있었다. 우리의 앞길에
는 더 큰 어려움을 넘고 나아가야 할 허다한 장벽들이 가로놓여
있었다.

긴장의 날들

노동조합 '삼원섬유분회'가 결성된 후 우리는 설레는 마음으로
앞날에 대한 기대로 부풀어 있었다. 나는 결성대회를 끝마친 이튿
날 일일이 회사 사무실을 돌아다니면서 회사와 사전 상의 없이 노
조를 만들어 죄송하다고 인사하고 앞으로의 협조를 부탁했다.

그러나 회사의 중역 간부 이하 일반 사원 어느 누구도 인사를 제
대로 받아주는 사람이 없었다. 오히려 자기네들끼리 주고받으며 비
웃고 새까만 공원 녀석이 건방지게 설친다는 식으로 경멸하는 눈
초리를 보내는 것이었다. 그러나 나는 그로 인한 수치심과 무안함
을 꾹 참고 우선 내가 해야 할 일은 다해야 한다는 생각에서 각 과
(課)를 빠지지 않고 찾아다니면서 인사를 끝마쳤다. 그런 과정에서
내게 가슴 깊이 맺힌 것은 그들이 풍기는 노동조합에 대한 비웃음
과 적대감이 예상외로 크다는 것이었다. 노동조합에 대한 몰이해
와 적대감에 매여 있는 회사 측을 어떻게 이해시키고 이 분회를 끌

어갈 것인가를 생각하면 앞이 꽉 막히는 것 같았다. 그러나 이미 화살은 시위를 벗어났고 내일의 일은 내일 걱정하자는 대범한 마음으로 가슴을 달랬다.

우리가 어느 정도는 예상했던 대로 회사 측의 노동조합 와해공작은 곧장 시작되었다. 중역 간부 사원들이 직접 현장 종업원들을 모이게 해놓고는 "여러분들이 구태여 노동조합을 하지 않더라도 회사에서는 근로기준법대로 다 해주고 임금도 인상해주겠다. 이 점을 여러분에게 약속한다. 그러나 기어이 노동조합을 하겠다면 회사는 어쩔 수 없이 문을 닫을 수밖에 없다"면서 회유와 위협을 가하는가 하면 "여러분들이 노동조합을 결성하긴 했지만 이 회사는 외국인투자기업이기 때문에 노동청에서 설립 허가를 내주지 않는다"면서 허위 선전을 하기도 했다.

그러나 회사 측의 노동조합 와해공작은 말로만 끝나지 않았다. 분회에서 종업원들에게 노조에 가입하라고 나누어 준 조합원가입신청서를 빼앗아 가는가 하면 종업원들이 노조에 가입할 수 없도록 협박과 감시를 철저히 하는 한편 이미 노조에 가입한 여성 조합원들을 위협하거나 회유하기도 해서 노동조합에서 탈퇴할 것을 종용하기까지 했다.

회사 측의 이러한 압력과 회유가 파상적으로 시작되자 현장 종업원 간에 동요하는 기미가 눈에 띄게 나타나기 시작했다. '정말 회사의 말대로 노동조합 때문에 회사가 공장 문을 닫으면 어떡하나',

'우리가 노동조합을 결성하긴 했지만 노동청에서 설립신고필증을 내주지 않을 텐데…', '내가 노조에 가입한 것을 회사에서 눈치채면 공장에서 쫓겨나지나 않을까' 하는 등 불안과 공포 때문에 술렁이는 것이었다.

현장 종업원들의 이러한 불안과 공포는 편직부보다는 여성 종업원들만 일하는 가공부에서 훨씬 더 심했다. 그도 그럴 것이 내가 일하고 있는 편직부는 그래도 이제까지의 소모임 활동과 근로개선운동을 통해 회사의 위협과 회유를 이겨낼 상당한 의식상의 자세가 갖추어져 있었으나 가공부는 일하는 부서가 다르고 여성들만 일하는 곳이어서 그동안 몇몇 사람을 제외하고는 우리가 접촉할 수 있는 기회가 많지 않았던 것이다.

우리의 일차적인 과제는 이러한 현장 종업원들의 불안과 동요를 잠재우고 이들에게 자신감을 안겨주는 일이었다. 그래서 분회 간부들이 모여 의논한 결과 우선 가공부 종업원들에게만이라도 교육을 실시하자는 의견이 나오게 되었다.

노동조합이 결성된 지 3일째 되던 날인 12월 14일, 우리는 점심시간을 이용해 가공부 여성 종업원들을 모아놓고 우리들의 권익을 찾는 데 노동조합이 없어서는 안 된다는 것과 회사의 기만 선전에 속지 말고 다 같이 한마음으로 노동조합을 지켜 나가자는 짤막한 교육을 실시했다. 이때 웃지 못할 한 가지 일은 분회 결성대회 날 회사의 방해로 대부분 결성대회 장소에 참석하지 못한 가공부 종업원들은 폭포회의 회장(조춘근)과 총무(김용근)로서 이제까지 줄곧 그들과 만나왔고 또 이날 모임도 춘근이와 용근이가 주선했던 만큼 누구나 분회장은 춘근이 아니면 용근이일 거라고 생각하다 내가 분회장이라고 소개되자 모두가 실망한 듯 수군대며 웃는 것이었다. 당시 현장에서 내 별명은 빼빼 마른 5척 단신에다가 몸에 맞지 않는 헐렁한 작업복을 걸치고 다녀서인지 좀 모자른 사람, 바보 아저씨라고 불리고 있었다. 여성 종업원들의 실망하는 듯한 술렁임을 의식한 나는 처음에는 어떻게 얘기해야 할지 몰라 당황했으나 되도록 마음을 가다듬고 내 나름대로의 연설을 끝내자 상상 외로 우레와 같은 박수를 보내와 기쁘기 한량없었다.

회사 측의 방해와 와해공작은 계속되었지만 노동조합을 중심으로 뭉치려는 종업원들의 움직임도 결코 중단되지 않았다. 점심시간, 출퇴근시간 등 틈나는 대로 회사의 눈초리를 피해가며 그들은 조합원으로 가입해주었다. 그 덕분에 우리는 노동조합이 결성된 지 4일이 지나자 전 종업원의 90% 이상을 가입시킬 수 있었다.

분회의 간부로 뽑힌 우리들의 열성도 대단하여 피로를 잊은 채 열심히 움직였다. 조합에 아직 가입하지 않은 동료들을 찾아다니면서 노동조합이 무엇인지를 애써 설명하기도 하고 기숙사에서는 사감의 눈을 피해가면서 조합원가입신청서를 돌리기도 했다.

이처럼 회사 측의 위협과 방해를 이겨내고 조합이 성공적으로 정착할 형세를 보이자 회사는 이런 식으로 해서는 안 되겠다고 생각했던지 본격적인 조합 탄압책을 새롭게 들고 나와 우리들을 커다란 시련으로 몰아넣었다.

회사의 역공세

12월 15일 조합이 결성된 지 4일째 되던 날 오후, 회사는 "근로기준법을 지킨다"는 그럴싸한 명분을 내세우고서는 "지금까지 하루 10시간씩 해오던 작업을 8시간으로 줄이겠다"면서 일방적으로 편직부의 조업 단축을 선언했다. 그리고 "지금까지 한 달에 2회뿐이었던 휴일을 철회하고 매주 일요일을 휴일로 주겠다"고 하면서 "편직부는 도급제이니 주휴(週休)는 무급으로 한다"고 발표했다.

회사 측에서 편직부의 조업 단축과 무급 주휴일제를 들고 나온 내심의 흉계는 간교하기 이를 데 없는 것이었다. 그것은 편직부는 도급제이므로 종전에 비해 하루 2시간씩 조업을 단축하고 매주 일요일마다 놀게 하면 수입이 격감할 것이고 수입이 격감해 생계에 위협이 닥치면 자연히 '노동조합 때문에 이렇게 되었다'고 노동조합으로 불만을 돌리게 될 것이 뻔한 이치였기 때문이다. 또한 가공부는 제품 생산구조상 조업 단축이 불가능했을 뿐더러 연일 연장 작업이다 철야 작업이다 해서 보통 12~22시간까지 작업을 해야 하는 실정인 데 비해 편직부는 본 공장에서 제품 생산이 미달되면 하청업자들에게 그것을 얼마든지 의뢰할 수 있었던 까닭에 근로기준법을 지킨다는 미명 아래 편직부만 조업을 단축한 것이었다. 더구나 여기서 하나 더 나아가 노동조합의 주축을 이룬 편직공들에게 더 큰 정신적 압박을 가하기 위해 근로기준법 제45조에 "사용자는 근로자에 대하여 1주일에 평균 1회 이상의 유급휴일을 주어야 한다"고 규정되어 있음에도 불구하고 도급제라는 얼토당토않은 핑계를 대어 "주휴는 무급이다"라고 어거지를 썼다.

노조를 와해하려는 회사 측의 이러한 의도적인 조치는 당장 효과를 가져오는 듯했다. 편직공들은 불안감으로 또 한 차례 크게 술렁이기 시작했다. "제기랄, 노조 때문에 굶어 죽게 되었군", "회사가 죽일 놈들이다", "도급제는 원래 주휴수당이나 주휴유급이 없나"라고 하면서 제각기 푸념을 하는가 하면 그 중 몇 사람은 내게로 와서 "분회장 어찌된 거요", "이런 식으로 가다간 굶어 죽기 십상이니 어떤 대책을 세워야 할 게 아니요"라면서 책임 추궁을 하기도 했다. 나는 우선 이들을 달래지 않으면 안 되었다.

"그래요. 회사 측에서 노조를 와해하려고 이런 짓을 한다는 것쯤은 여러분들도 다 잘 느끼고 계실 것입니다. 그런데 회사 측의 노동조합에 대한 방해와 탄압은 이것으로 끝나지 않을 겁니다. 앞으로 이것보다 몇 배 더 어려운 일들이 우리에게 닥쳐온다는 것을 우리는 각오하지 않으면 안 됩니다. 그러나 아무리 회사 측에서 수단과 방법을 가리지 않고 탄압과 방해를 해온다 하더라도 우리가 굳게 단결만 한다면 어떤 어려운 난관이 닥친다 해도 결단코 우리가 이긴다고 생각합니다. 그러니 여러분은 분회장인 나에게만 어떤 대책을 요구하지 말고 다 같이 단결하여 공동의 힘으로 이 문제를 해결해 나갑시다. 우리 한 사람 한 사람의 힘이 약해 우리 문제를 다 같이 함께 해결하기 위해 조합을 만든 것이 아닙니까. 따라서 조합은 분회장 개인의 것이 아니고 바로 우리 모두의 것입니다. 여러분들이 조합을 중심으로 굳게 뭉쳐만 준다면 나는 내 힘껏 열과 성의를 다하겠습니다."

나는 큰 소리로 동료들에게 너무 동요하지 말고 단결해달라고 호소한 후 부분회장인 양 형과 함께 조업 단축을 선언한 장본인인 편직계장 김 씨를 만나러 사무실로 찾아갔다.

"계장님은 어째서 편직부의 주휴는 무급이라고 합니까?"

"편직부는 도급제이니까, 주휴는 무급이야."

김 계장은 능글능글 웃으면서 대답했다. 이러는 김 계장의 속을 모를 리 없어 나는 뒤틀리는 심사를 배겨낼 수 없었다.

"물론 회사 측에서는 노조를 파괴할 목적으로 지금까지 연장근로수당도 안 주면서 하루 10시간을 넘게 작업을 시켜오던 것을 이제 와서 근로기준법을 지킨다느니 뭐니 하면서 일부러 조업 단축을 한 것을 알고 있소. 그런 식으로 우리를 충동하면 결코 회사로서도 이익은 없을 것이오. 그래, 근로기준법을 지킨다고 조업까지 단축한 회사에서 근로기준법에 명시되어 있는 주휴유급을 무급이라 하는 이유는 무엇이오? 법이 쓰면 뱉고 달면 삼키는 회사의 전유물인줄 아시오!"

그러나 김 계장에게 이런 이야기를 한다는 것은 소귀에 경을 읽는 격이었다. "어쨌든 주휴는 무급으로 할 방침이니 노동조합에서 해볼 테면 해보라"는 투의 답변밖에는 더 이상 들을 수가 없었다. 양 형과 나는 결국 사무실을 뛰쳐나오고 말았지만 노동자를 자기들 마음대로 주무를 수 있다는 그들의 지배자적 태도에 눈앞이 깜깜해지는 것 같았다.

쫓겨난 두 동료

편직부의 조업 단축으로 한창 분위기가 어수선할 때 그로부터 사흘 후인 12월 18일, 또 하나의 사건이 터져 우리를 곤경에 빠뜨렸다.

그동안 나와 고락을 같이하면서 노조 결성에 앞장서왔고 또 분회 결성 이전에는 폭포회 회장과 총무를 맡아 동료들의 의식 계몽에 힘써왔던 분회 조직부장 용근이와 쟁의부장 춘근이가 같은 편직공인 이성창 등 6명으로부터 현장에서 집단 구타를 당하는 일이 발생한 것이다. 그들이 분회 간부를 구타하게 된 동기는 "평소 너무 건방지다"라는 표면상의 이유가 있긴 했지만 나중에 이 사건을 처리하는 과정에서 회사의 편파적인 처사를 본 우리는 그 동기가 단지 건방지다는 이유만으로는 뭔가 납득이 가지 않는 점이 한두 가지가 아니었다.

평소 노동조합 활동과 소모임 활동을 남보다 앞장서서 해오던 이들 둘은 그로 인해 항상 회사 측으로부터 미움을 받고 있는 터였다. 사건 당일도 이들 둘이 현장에서 작업을 하고 있을 때 이성창 등 6명이 먼저 용근이를 좀 보자고 하면서 현장과 붙어 있는 화장실 겸 세면실로 끌고 가 마구 차고 때리는 바람에 용근이는 유혈이 낭자하게 구타를 당했던 것이다. 이때 용근이의 비명소리를 듣고 춘근이가 달려가서 싸움을 말리자 그들은 춘근이에게까지 집단 구타를 가했다.

아무런 이유 없이 이들로부터 매를 맞아 화가 치민 춘근이와 용근이는 오빗대(요꼬 기계의 부속물)를 빼어 들고 이들과 어울려 싸우다가 현장 유리창 3장을 깨뜨리고 말았다. 이들이 싸우는 틈에 회사가 경찰서에 연락해 경찰이 왔지만 그들 6명 중 5명은 회사 밖으로 도망친 뒤였고 나머지 1명인 이 군만이 남아 용근이와 춘근이와 함께 경찰서에 연행되어 갔다. 수위실에서는 외출증이나 조퇴증 없이는 절대 작업시간 중에는 회사에서 나가는 것을 금하고 있었는데 어느 사이 그들 5명이 경찰을 피해 빠져나갈 수 있었는지 알 수 없는 일이었다.

파출소에 연행된 이들 3명은 회사가 작업방해 및 기물파손 혐의로 고발해 그날 저녁 경찰서로 넘어가고 말았다. 우리는 이 문제를 해결하기 위해 회사가 고발을 취하할 것을 호소하는 한편 조합원들의 성금을 모아 보호실에 있는 이들에게 먹을 것을 사 넣어주기도 했다.

다행히 경찰에 연행된 지 이틀 만에 이들 3명은 불구속으로 풀려 나왔으나 회사 측에서는 분회 간부를 구타한 6명은 전원 회사에 출근케 하고 춘근이와 용근이는 경찰에서 풀려난 그 날짜로 해고를 하고 말았다.

우리는 차별대우를 가하는 부당한 처사에 항의하고 복직을 요구했으나 회사 측의 태도는 막무가내였다. 사실 조합이 결성된 후 아직 노동조합 설립 신고필증이 나오지 않은 어려운 시기여서 조합 자체가 아직 큰 힘을 쓸 수 없는 상태였다. 더구나 연일 새롭게 터지는 회사의 노동조합 파괴 공작 때문에 정신없이 쫓기다 보니 이들의 복직을 위해 크게 싸울 수가 없었던 것이 지금도 못내 아쉽다.

이들은 근 한 달 동안 복직을 위해 회사와 열심히 싸웠다. 그러나 그동안 일을 못 해 돈을 한 푼도 벌지 못한 이들은 방세도 내지 못하고 있었다. 결국 사글세방에서마저 쫓겨나고 추운 날씨인데도 불기 하나 없는 교회의 냉방에서 밤을 지새우기도 했다. 라면 한두 봉지로 하루의 끼니를 때우면서도 끝내 우리는 굴복하지 않겠다면서 복직투쟁을 계속하던 그들은 마침내 힘겨운 노력의 보람도 얻지 못한 채 취업을 위해 회사를 떠나게 되었다.

그날 둘은 내게로 와서 뒷일을 부탁했다.

"형, 우리가 더 도와드리지 못하고 떠나게 되어 죄송합니다. 우리도 노동조합을 한번 보람 있게 해보는 것이 소원이었습니다. 하지만 우리가 못 다한 일을 형이 대신해서 멋있게 성공시켜주십시오. 그것만으로 우리는 족합니다."

나는 눈시울이 뜨거워졌다. 그 어려운 여건 속에서도 자기를 돌보지 않고 열심히 동료들을 위해 싸우던 그들이 결국 이렇게 떠나게 되다니…. 그들과 나는 굳은 악수를 나누었다.

'너희들은 죽지 않은 자야. 우리에게 항상 살아 있을 테니까. 너희들이 못 다한 것을 나라도 꼭 성공시킬게.'

나는 마음속으로 이렇게 다짐했다.

회유에 맞서면서

분회 간부에 대한 집단 구타 사건이 있은 며칠 후, 공단본부 '공단관리소'에서 누가 나를 찾는다는 연락을 받고 나가보니 공단본부 모 과에 근무하는 조 과장이라는 분이 점심식사를 하자는 제의를 해왔다. 이분과는 평소 안면이 있는 것도 아니어서 무엇 때문에 그러는지 알 수 없었으나 식사를 한 후 다방에 들어가서야 비로소 나를 만나고자 한 이유를 알게 되었다.

"유 군, 노동조합 설립신고는 했지?"

"네, 신고필증도 곧 나오겠지요."

"그럼 노동조합은 일단 만들어진 것이고…."

조 과장은 혼잣말처럼 말끝을 흐리면서 심각한 듯한 표정을 지었다.

"유 군, 노동조합을 한 6개월 동안만 보류할 수 없을까?"

"보류라니요! 그게 무슨 말씀입니까?"

순간 나는 깜짝 놀라 큰 소리로 반문했다.

"아, 그렇게 놀랄 것은 없네. 다른 게 아니고 지금까지 부평공단에 노동조합이 없었는데 삼원섬유에서 노조가 생기게 되어 공단본부의 입장이 매우 난처하게 되었네."

순간 내 반응을 살피는 듯 말을 멈춘 조 과장은 다시 말을 이어나갔다.

"왜냐하면 삼원섬유에서 노동조합이 생기게 되니까 이제 다른 공장에서도 너도나도 노동조합이 파급될 것이 뻔하기 때문에 기업주들이 공단본부에 와 항의를 하잖아."

"공단본부에 와 항의를 하다니요?"

"사실 수출업체들이 공단 안에 입주하게 된 것은 여러 가지 이유가 있지만 그 중에서 노동조합을 피하려는 이유도 상당히 있다구. 왜냐하면 기업체들이 공단에 입주할 때 공단본부에서는 노조 결성을 막아주겠다는 묵계도 있었던 건데 이제 삼원섬유에서 노동조합이 조직되었으니 다른 공장으로 파급될 것이 뻔하잖아. 그러니까 기업주들이 본부로 와서 노동조합을 만들지 못하게 한다고 해놓고서는 이제 와서 노조가 생겨도 가만히 있느냐고 야단들이야. 그러니까 우리 입장을 한번 봐주는 셈치고 6개월만 보류해줘."

노동조합을 6개월만 보류해달라는 조 과장의 말이 노리는 목적은 말하지 않아도 환히 알 수 있었다. 하면 하는 것이고 안 하면 안 하는 것이지 도대체 보류라는 것을 무엇인가. 그것은 '노동조합을 하지 말라'는 직접적인 말로 반발을 사기보다는 보류라는 애매모호한 말로 판단을 흐려 얼렁뚱땅 승낙을 얻어내 결국 노동조합을 못 하게 하려는 기만책이었던 것이다.

그러나 나는 상대방이 되도록 부드러운 태도를 취하고 있었기 때문에 맞대놓고 싸울 수가 없었다.

"과장님의 입장은 충분히 이해가 갑니다. 하지만 지금까지 기업주들이 노동자들에게 어떻게 해왔습니까? 과장님은 잘 아실 겁니다. 부평공단 안에 70여 업체가 있습니다마는 그 중 근로기준법을 제대로 지키는 곳이 하나라도 있습니까? 그런데도 막상 노동조합이 생기니까 노동조합을 막아달라 하니 그게 어디 말이 됩니까?"

"맞아. 유 군의 말대로야. 기업주들이 입이 열 개라도 거기 대해선 할 말이 없지."

조 과장은 오히려 내 말을 긍정해주었다.

"그렇지만 지금부터는 달라질 거야. 노동조합의 출현으로 기업주들이 반성할 수 있는 계기가 됐고 또 이제부터는 옛날처럼 근로자들을 그런 식으로 다루면 공단본부에서도 가만히 있지 않을 거야. 삼원섬유 회사와도 그저께 만났는데, 회사에서는 노동조합이 없더라도 종업원들에게 해줄 것은 다 해주겠대. 자기들도 이번에 많이 느꼈던가봐. 회사에서도 노동조합이 없더라도 다 해주겠다고 하는데 본부 입장도 봐줄 겸 그렇게 하지 뭐…."

이야기는 다시 원점으로 돌아가 조 과장은 내 승낙을 은근히 재촉했다.

"사실 저로서는 회사나 조 과장님의 입장을 이해해드리고 싶습니다. 그러나 제가 노조를 하지 않겠다고 하면 조합원들이 가만히 있지 않을 겁니다. 저 혼자 노동조합을 하는 것도 아니니 제 입장이 곤란하지 않습니까?"

조 과장의 부드러운 태도에 내가 너무 반박하는 것이 곤란해 조합원들을 핑계 대는 말을 한 것은 큰 실책이었다. 내 말이 떨어지자마자 조 과장은 기다렸다는 듯이 얼른 그 말을 받았다.

"음, 그래. 그럼 유 군만이라도 그렇게 꼭 좀 해줘. 그 이상은 바라지 않겠어. 사실 나오는 김에 하는 말이지만 나도 노동조합 활동을 한 사람이라구. 처음에는 나도 근로자들이 고생하는 것을 보고, 야! 이래서는 안 되겠다, 이들을 위해서 내가 뭔가를 해야 되겠다 하고서는 조합을 만들었지만 끝내 동료들한테 배신당하고 회사에 미움 받고 또 기관에 눈총 받고 도저히 견딜 수 없었어. 이건 선배로서 정말 충고하는데 남을 위해서 일하는 것도 좋지만 그걸 남이 조금이라도 알아주어야 하는데 정말 그런 것이 아니더군. 끝내 회의에 빠지고 견뎌낼 수 없는 노릇이었어. 유 군도 곧 그걸 느낄 거야. 그래 유 군만이라도 노동조합을 하지 않겠다고 나하고 약속하자구, 그게 현명한 생각일 거야! 그리고 회사에서도 노동조합이 없더라도 해줄 것은 다 해주겠다는데 구태여 노조가 필요한 것도 아니잖아?"

조 과장은 나만이라도 노동조합을 그만두라는 것이었다. 내가 다른 말을 할 수 있는 여유도 주지 않은 채 계속해서 말하는 바람에 나는 잠시 할 말을 잊고 말았다.

"조 과장님. 그런데 한 가지 이해가 가지 않는 점이 있습니다. 회사에서는 노동조합이 없더라도 해줄 것은 다 해주겠다고 하면서 굳이 노조를 반대하는 이유는 무엇입니까? 노조가 있다고 해서 우리들이 무리하게 이것을 해달라 저것을 해달라는 것이 아니잖습니까? 우리들이 요구하는 것이라곤 항상 사람으로서 최소한의 요구일 뿐입니다. 지금까지 우리가 당했으니 이제는 너희들이 당해봐라 하는 식으로 기업에 과중한 부담을 지우려는 것도 아니에요. 툭하면 현장관리들이 종업원을 구타하고 조금만 밉게 보여도 해고하고, 차별대우하고, 이런 최소한의 노동자들에 대한 인권 침해라도 막아야겠다는 겁니다. 이런 일이 다시금 없도록 회사에서 보장해준다면 노조를 겁낼 필요도 하등 없다고 봅니다. 어쨌든 기왕 노조는 만들어진 것이니 이름이라도 걸어놓읍시다. 그것까지야 회사에서 반대할 이유는 없겠지요?"

말끝에 쫓기던 내가 한참 생각한 후에 한 말이었다.

"유 군, 그렇지만 이걸 생각해야 돼. 기업주란 원래 종업원들의 정신적인 복종까지 요구하는 법이에요. 그렇기 때문에 그들은 노동조합이라는 것 자체를 벌써 반항적인 것으로 받아들이고 있어요. 더구나 삼원섬유는 일본 사람이 하는 회산데 막말로 우리가 노조다 뭐다 하면서 귀찮게 굴면 그들도 에라 귀찮다 하고서는 일본으로 보따리 싸가지고 가버리면 어떡할 거야? 그러면 공장 문을 닫을 수밖에 없잖아. 그것도 생각해야지."

자기도 무척이나 걱정이 되는 듯이 조 과장은 말했다.

그러나 나는 그 말을 듣고 왜 우리가 노조를 만들어야 하는가 하는 이유가 오히려 더욱 선명해지는 것 같았다.

"아니, 과장님 그 말씀 잘하셨습니다. 그들이 정신적인 복종까지 요구한다구요? 기업주든 노동자든 다 같은 인간입니다. 우리는 일정한 계약을 맺고 회사에 고용되어 일하고 있을 뿐입니다. 우리는 정당하게 일해주면 그만입니다. 더 이상의 구속을 받을 필요는 없습니다. 비록 우리가 살기 위해 그들에게 고용되어 있지만 그들도 돈을 벌기 위해서는 우리가 필요한 거지요. 떳떳하게 대우받을 권리가 우리에게 있습니다. 이것을 무시하고 노동자들을 옛날의 노예나 종인 것처럼 정신적인 복종까지 요구한다면 그것을 깨뜨리기 위해서라도 노동조합이 필요합니다. 바로 그러한 사고방식 때문에 그들은 우리를 사람으로 보지 않고, 사람으로 보지 않기 때문에 인간 이하의 대우를 하는 것입니다. 가진 것 있는 기업주들이 권위와 독선을 내세우는 것을 우리가 묵인한다면 가진 것 없는 우리들은 언제까지나 인간으로서의 기본 권리마저 빼앗기고 맙니다. 더구나 일본 놈들이 그런 생각을 한다면 더더군다나 용납할 수 없는 일입니다. 그놈들의 종노릇을 계속해야 한다면 차라리 굶어 죽는 한이 있더라도 그자들을 쫓아내야 마땅합니다. 우리가 일해주어서 엄청나게 돈벌이 해가는 자들이 그따위 사고방식을 가지고 있다면 도저히 참고 넘길 수가 없습니다.”

나도 무척 흥분하는 것 같았다. 흥분으로 상기해가는 내 얼굴을 바라보면서 조 과장은 연신 “음, 그게 아니고…”를 연발하며 뭔가 변명하려 했지만 그 말투는 적당한 말을 찾지 못해 자꾸 흐려가기만 했다. 결국 더 이상 만류할 수 없다고 여겼는지,

“유 군, 오해하지 마. 다음에 다시 한 번 얘기하자구”라며 바빠서 그만 가봐야겠다고 하면서 자리에서 일어났다.

조 과장과 얘기를 마치고 나오면서 나는 그래도 좀 배웠다는 조 과장과 같은 지식층의 사람이 노동자에 대한 차별대우를 당연한 것인 양 여기고 있다는 데 새삼 놀라지 않을 수 없었다. 결국 우리의 운명은 우리의 힘으로 개척해 나가야 할 문제였다.

5

다시 힘을 모아서

분열의 아픔

우리의 흩어져 있는 힘이 굳세게 뭉쳐 일어날 때 비로소 그들은 놀라워하며 우리에 대한 인식을 고칠 것이다.

노동조합이 결성된 지 얼마 지나지 않아서 조업 단축을 선언하여 분회 간부 두 사람을 내쫓고 또 공단본부를 통해 노조를 못 하도록 만류케 한 회사는 날이 갈수록 그 움직임을 강화해 노동조합을 파괴하려는 공작을 배가하고 있었다.

종업원 신상명세서를 작성한다고 빙자해 회사는 노동조합원을 한 사람 한 사람씩 불러내 노조 탈퇴를 종용하기도 하고 심지어 가공부 여성 조합원들에게는 강제로 조합원 탈퇴서에다 지장을 찍도록 했다. 그것도 직접 회사 직원이 '조합원 탈퇴서'라는 것을 써서 나이 어린 여공이나 아주머니들을 상대로 압력을 넣는 것이었다.

특히 이렇게 해서 받은 조합원 탈퇴서를 하루에도 몇 장씩이나 내게 가져다주면서 무슨 큰일이라도 한 것처럼 기고만장해하는 이 담임을 보고 나는 뺨이라도 한 대 갈기고 싶은 충동을 느끼곤 했다. 이러한 이 담임의 안하무인 격의 행동은 가공부 여성 조합원들의 원성을 사기 알맞았다.

"김 담임처럼 가만히 있기만 해줘도 오죽이나 좋아", "시집가버리면 그만일 것을 무슨 자기가 평생 회사에 충성한다고 저렇게 야단하지" 하면서 여성 조합원들은 그녀를 이구동성으로 욕하는 것이었다. 그러한 조합원들의 비난에도 불구하고 계속되는 그녀의 행동은 조합 활동에 막대한 지장을 주었다.

이렇게 회사 측의 노동조합 파괴 활동이 열기를 더해갈 무렵인 12월 29일, 편직부에선 비교적 나이 많은 고참이고 노조 결성 시까지 우리가 하는 일에 협조를 아끼지 않아 분회 결성대회에서 분회 임원으로 선출된 부분회장 중의 한 사람인 김 씨, 총무부장 이 씨, 회계감사위원 이 씨, 이렇게 세 사람이 돌연 분회 간부직을 사직하겠다는 통고를 보내 왔다.

노동조합이 결성된 후 회계감사위원 이 씨는 그동안 회사 측과 어울려 다니면서 상당히 변질되어 있었기 때문에 어젠가는 우리 곁을 떠날 것이라고 예상하고 있어서 새삼스러운 일은 아니었다.

그러나 이 씨의 변질된 행위에 대해 배신감을 억제치 못해 "그 자식 죽여버리고 말겠다"고 하면서까지 흥분해하던 부분회장 김 씨와 총무부장 이 씨까지 사표를 내야겠다고 하는 데는 회사의 어떤 압력보다도 우리 모두에게는 충격적인 일이 아닐 수 없었다. 그래서 나는 점심시간을 이용해서 분회 간부들을 모두 모이게 하고서는 이들의 사표를 적극적으로 만류했다.

"형들조차 사표를 낸다면 우리는 어떻게 합니까. 보다시피 이렇게 우리 모두가 어려움을 당하고 있는데 제발 사표를 철회하고 같이 손을 잡고 일해 나갑시다."

"아니야, 우린 더 이상 동료들에게 노조 때문에 굶어 죽게 되었다는 욕을 먹기 싫어."

"누구는 그런 소릴 듣고 싶어서 간부직을 맡고 있는 것이 아니잖습니까? 나도 그런 소릴 들으면 분회장직을 백 번이라도 내던지고 싶습니다. 하지만 우리가 처음 시작할 때는 다 그런 걸 각오한 것이 아닙니까? 우리 모두가 기업주에게 말 못할 설움을 당해왔고 그래서 그 설움을 우리 후배들에게 물려주지 않기 위해서라도 고통을 각오하고 이렇게 뭉친 것이 아닙니까? 그런 대의를 갖고 시작한 우리가 도중에 이렇게 헤어지다니 그럴 수 없는 일입니다. 우선 사표를 내도 같이 내고 계속 하더라도 같이 해나갑시다."

나는 우리가 처음에 약속했던 뜻을 상기시키면서 이들의 사표를 간곡히 만류했다. 그러나 이들은 "무슨 말인지 우리도 알아. 그렇지만 우리는 더 이상 동료들에게 욕을 먹는 일을 하고 싶지 않아. 그리고 우리는 이왕 사표를 내기로 작정했으니까 더 이상 만류하지 마, 그렇다고 노조 활동을 방해하지는 않을 테니…" 하면서 끝내 사표를 고집하는 것이었다. 어쩔 수 없이 우리는 형들의 뜻이 정 그렇다면 사표를 내더라도 뒤에서 협조해주고 분회가 안정되면 다시 집행부에 들어와달라고 부탁하고 이야기를 끝맺지 않을 수 없었다.

이로 말미암아 분회가 결성된 지 20여 일도 채 되지 않아 분회 간부 2명이 해고당하고 3명은 사표를 내는 바람에 결성대회 시 17명이던 분회 간부가 12명으로 줄어들고 말았다. 우리와 고락을 같이하던 사람들이 이처럼 떨어져나간 것은 참으로 가슴 아픈 일이었다. 이렇게 되자 분회 간부들은 줄어들기 시작하는 분회 간부와 회사의 수단 방법을 가리지 않는 노조 파괴 행위를 의식하고 이렇게 가다가는 노조가 깨지는 것이 아닌가 하는 의구심을 가지게 되었다. 설상가상으로 편직부 조합원들까지 "노조 때문에 굶어 죽게 되었다"고 하면서 불만을 분회에 토로하는 바람에 우리는 큰 시련에 직면하고 있다는 기분을 떨칠 수 없었다.

신고필증이 나오다

분회 간부 3명의 돌연한 사의로 인해 침통한 분위기에 젖어 있던 그날 오후, 우리에게 다시 힘을 샘솟게 하는 소식이 전해져 왔다. 분회가 결성된 이후 우리가 매일 날을 꼽으며 기다리던 노동조합 신고필증이 20일 정도가 지난 그날 오후 늦게서야 노동청으로부터 분회로 송달되어 온 것이다. 설립 절차에 하자가 없어 곧바로 나올지도 모른다고 생각한 우리의 기대에 비하면 너무 늦은 감도 들었지만, 오늘인가 내일인가 하고 초조하게 기다린 것을 생각할 때, 그것은 우리를 기쁘게 하기에 족한 것이었다. 그러니까 "외국인투자기업의 노동조합 및 노동쟁의 조정에 관한 임시 특례법"이라는 기다란 이름의 법 제4조의 규정에 따라 우리는 노동조합 설립신고를 노동청장 앞으로 냈고, 그 법이 공포된 후 우리 분회는 세 번째로 설립 신고필증을 받을 수 있게 된 것이다.

신고필증을 받아 쥔 나는 그간의 온갖 피로가 싹 가시는 듯한 기분이었다. 이 한 장의 종이를 받기 위해 그간 얼마나 많은 곤욕을 치러야 했던가! 나는 곧장 이 사실을 조합원들에게 두루 알렸다. 그동안 회사에서 삼원섬유는 외국인투자기업이기 때문에 신고필증이 나오지 않는다고 떠들고 다닌 까닭에 조합원들 사이에서는 정말 신고필증이 나오지 않으면 어떡하나 하는 기우도 없지 않았던 터라, 이 소식을 전해 듣자 조합원들은 신고필증을 구경하겠다고 환호성을 올리며 우루루 몰려들었다. 외국인투자기업에서의 노동조합 결성이 마치 허가제인 양 떠들던 회사 측의 거짓말이 이로 말미암아 백일하에 탄로 나게 된 셈이었으며, 조합원들은 이제까지의 숱한 고통도 잊은 채 새로운 희망을 거는 듯했다.

그날 저녁 퇴근 후, 분회 간부들은 한자리에 모여 이제는 우리 조합이 법과 당국이 인정하는 떳떳한 노동조합이 된 만큼 새롭게 힘을 내어 짓밟힌 우리의 권리를 찾아보자는 결의를 굳게 나누었다. 그리고 이튿날에는 받은 신고필증을 수십 장 복사해서 궁금해하는 조합원들에게 나누어 주는 한편 복사한 사본 1부는 삼원섬유 분회 발신공문 제1호로 회사에 보냈다.

변절한 자의 행동

노동조합 신고필증이 나왔지만 회사는 이를 인정하려 들지 않았다. 오히려 이대로 두어서는 안 되겠다고 생각했던지 신고필증이 나온 이튿날인 12월 30일 오후, 회사 중역 간부들이 모두 현장으로 몰려와 조합원들을 모아놓고 노동조합을 하지 말라고 한바탕 설득을 벌이기 시작했다.

"여러분이 노동조합을 구태여 하지 않더라도 회사에서는 근로기준법대로 해줄 것은 다 해주겠다. 지금이라도 노동조합을 해체하고 차라리 종업원 자치회를 구성하면 회사에서도 적극 협조해주겠다"고 하면서 노조를 해체하고 종업원 자치회를 구성할 것을 종용하는가 하면, "지금 삼원섬유는 부채가 많아 기업 경영이 위기에 처해 있는 실정인데 여러분이 노동조합까지 하게 되면 회사의 입장으로서는 공장 문을 닫지 않을 수 없다"고 위협을 가하기도 했다.

그러나 노동조합을 하면 회사 문을 닫고 자치회를 하면 근로기준법대로 해주겠다는 앞뒤가 맞지 않는 회사 측의 모순된 말을 종업원들 중 과연 몇 사람이라도 공감할 수 있었겠는가? 빤히 속이 들여다보이는 그들의 말에 누구도 반응이 없자 그들은 실망하여 되돌아가지 않으면 안 되었다.

그러나 회사 간부들의 이러한 위협과 회유는 다른 계획을 실천에 옮기기 위한 일종의 전초전에 불과했다. 회사 측의 자치회 권유가 있는 후, 앞서 조합원들에게 더 이상 욕을 얻어먹기 싫다는 이유로 분회 간부직을 사퇴한 김 씨 등 3명은 이때부터 노골적으로 노동조합 파괴 행동을 본격화하기 시작한 것이다.

이들은 이때부터 오히려 자기들 입으로 노조 때문에 굶어 죽게 되었다고 공공연히 말하고 다니면서 회사의 주장처럼 종업원 자치회를 구성하자고 종업원들을 매수하려 들었다.

"우리는 여러분들이 피 보는 것을 원치 않아요. 괜히 노조 때문에 손해볼 것이 아니라 자치회라도 구성해서 실속을 차리자는 것이에요. 우리가 공장에 나오는 것도 먹고살기 위해서가 아닙니까!

그런데 노조 때문에 우리가 지금까지 얼마나 손해를 보고 있습니까! 우리가 이런 말을 하는 것도 다 여러분들을 위해서입니다."

"악마도 제 목적을 위해서는 성경을 인용한다"는 말이 있듯이 이들도 노동조합을 파괴하려는 행동이 조합원을 위해서라는 명분을 내세우는 것이었다. 가지지 못한 자가 가진 자의 편에 한번 서면 그들에 대한 충성이 상상을 넘어서는 법일까. 그토록 같이 고생하며 짓밟히는 노동자의 슬픔을 몸으로 체험하고 자신과 동료들의 빼앗긴 권리를 찾아보자고 한잔의 막걸리를 주고받으며 의를 맹세했던 그들이 이제는 동료와의 의리도, 의롭게 살겠다는 맹세도 가진 자가 베푸는 호화판 술좌석에 팔아버리고 만 것인가. 옛날을 잊은 듯한 그들의 행동에 치밀어 오르는 분노를 나는 억제할 길 없었지만 누가 저들을 저렇게 만들었는가를 생각하면 그들의 행동이 오히려 측은하다는 느낌이 들기까지 했다.

그들은 회사로부터 여러 가지 특권을 부여받고 있는 것 같았다. 회사에 출근해서도 이들은 일은 하지 않고 회사 사무실만 들락거리며 연일 "이렇게 하자"면서 회사 측과 이것저것을 궁리하여 조합원들을 선동하기도 하고 때로는 작업시간인데도 자기들을 추종하는 사람들을 데리고 밖에 나가 술을 먹고 들어오기도 했다. 이렇게 회사로부터 특전을 누리면서 가난하고 힘없는 동료들이 최소한의 권리라도 찾기 위해 만들어놓은 노동조합을 깨뜨리려고 설치는 이들의 행위를 보고 조합원들은 무엇을 느끼고 있었던가!

비록 조업 단축으로 수입이 격감하고 생계에 위협을 받아 화풀이를 할 곳이 없어 노동조합에다가 울분을 터뜨리는 일은 있었지만 동료를 배신하고 가진 자에 붙어서 아부하는 그들의 말에 동조하는 조합원들은 결코 나오지 않았다. 다른 사람들은 정말 급한 일이 생겨서 외출이나 조퇴를 하려고 해도 까다롭게 굴기 이를 데 없던 회사가 노동조합을 반대하는 자들에게만 이런저런 특전을 부여해주는 것을 보고 이럴수록 오히려 노동조합을 중심으로 굳게 뭉쳐야 한다는 것을 나타내 보여주었다. 완력으로는 그들을 당할 수없어 맞대놓고 비난하지는 않았지만 노동조합을 해체하려는 그들의 노력에 마음으로 찬성하는 사람은 찾아볼 수 없었던 것이다.

상황이 이렇게 되자 회사 측의 노동조합 파괴 공작은 자치회 구성에서 후퇴하여 다른 방법으로 전환했다. 그것은 "노동조합을 하더라도 지금 분회장인 유동우만은 다른 사람으로 교체해야 한다. 그렇게 하면 회사에서도 굳이 노조를 반대하지 않겠다"고 하며, "종전처럼 작업시간을 연장해주고 노조에 협조해주겠다"고 하면서 분회장 교체를 들고 나왔다.

"유동우는 회사에서 상대하기 싫어한다는 거야. 그러니 회사와 대화가 잘 통할 수 있는 사람으로 교체해야 한다"는 것이 그들의 주장이었다. 노동조합이란 노동자들 스스로가 만들어서 스스로 운용하는 단체임에도 불구하고 분회장을 회사 측 인물로 세워 사실상 노동조합을 유명무실하게 만들려는 계략이었다. 그러나 그들의 행패가 심하면 심할수록 노동조합을 지키려는 조합원의 의지는 강해져만 갔다. 그들이 분회장을 바꾸어야 한다고 주장하자 저마다 나를 찾아와서,

"분회장, 용기를 내시오. 우리가 있으니 저들이 뭐라고 떠들어도 상관없소. 노동조합이 절대로 저들 손에 넘어가서는 안 되오" 하면서 용기와 격려를 아끼지 않는 것이었다.

몇 가지 미끼를 내걸고 자치회 구성과 분회장 교체를 주장하던 그들은 별별 방법을 다 동원해도 아무런 성과가 없자 마침내 회사에 대한 체면도 앞섰던 나머지 무척 초조해지고 말았다.

1월 5일 아침, 그들은 회사에 출근해서 막 현장으로 들어가는 나를 보일러실로 데려가 자기들이 회사에서 돈 백만 원을 받아먹고 노조를 팔아먹으려 한다는 소문을 내가 퍼뜨렸다는 얼토당토않은 구실을 붙여 나를 무작정 패려고 한 사건이 생겼다. 다행히 이 소식을 전해 들은 부분회장 양 형과 다른 분회 간부들이 몰려와 말리는 바람에 겨우 진정될 수 있었으나 그렇지 않았던들 꼼짝없이 그들에게 당할 게 뻔했다.

그런데 이 일이 있은 후 몇 분이나 지났을까. 정신없이 기계 앞에서 일을 하고 있는데 부분회장인 양 형이 다급하게 내게로 달려오는 것이 아닌가.

"큰일 났어. 저들이 지금 노조 반대 서명운동을 벌이고 있어. 어떡할 거야! 이대로 구경만 하고 있을 수 없잖아."

어느 돌멩이의 외침

그 말을 듣고 양 형을 따라 그들이 있는 보일러실로 쫓아가 보니 그들은 거기서 '노동조합 해산 서명'을 받기 위해 조합원들을 한 사람씩 불러들여 서명을 하게 하고 지장을 받고 있는 것이었다.

한심한 일이었다. 목적을 이루기 위해 별별 짓을 다하는 그들이 한편으로는 무섭기까지 했다. 노동조합을 해산하자면 노동조합법 제31조에 규정된 대로 충분한 해산 사유가 있어야 하고 그것도 총회나 대의원대회를 열어 조합원 또는 대의원 3분의 2 이상의 출석과 출석자 3분의 2 이상의 찬성을 얻어야 되는 것이지만 지금의 그들에게 그러한 원칙과 절차가 필요한 것이 아니었다. 어떻게 해서든 조합원들로부터 많이 서명만 받으면 그것으로 노동조합을 파괴하는 구실로 삼을 수 있다고 생각한 것이다.

그들의 이러한 행동에 대해 우리도 그냥 수수방관할 수가 없었다. 지금의 이 상황 속에서 그들이 하는 짓이 무슨 법적인 하자가 있느냐 없느냐 하는 것이 문제가 아니었다. 자의든 타의든 그들의 노조 해산 서명운동에 서명하는 조합원들이 많아지면 조합원들의 심리적인 타격도 클 뿐 아니라 그것을 이용해서 노조 파괴를 합리화할 수 있는 구실을 그들은 마련할 수 있게 되는 것이다.

"자, 노동조합을 지지하는 사람은 이쪽으로 오시오."

양 형은 배당실로 가서 종이와 인주를 구해다가 그들의 반대편 복도 쪽에서 노동조합 지지 서명을 받기 시작했다. 현장은 갑자기 투표장 아닌 투표장으로 바뀌었고 조합원들은 저마다 자기가 원하는 곳으로 가 서명을 했다. 이러는 사이 나는 가공부가 염려되어 가공부 여성 부분회장인 이신자에게 편직부의 현재 상황을 설명하고 가공부도 그렇게 될지 모르니 대비하고 있으라는 내용의 쪽지를 써서 여성 조합원을 통해 전해주었다.

"가공부는 염려 말고 편직부나 잘 처리하라"는 내용의 회답이 즉각 돌아왔다. 나는 가공부는 안심하라는 회답을 받고 양 형이 있는 곳으로 갔다. 좁은 복도가 서명하러 온 조합원들로 꽉 차 있는 것이 아닌가. 결과는 보나 마나였다. 우리가 편직부 조합원 중 90여 명의 서명을 받은 것에 비해 그들은 겨우 10명 남짓밖에 받지 못한 것이었다. 결과가 이렇게 나타나자 우리는 허탈감에 빠져 있는 듯한 그들을 찾아가 위로했다.

"지금까지 그만큼 했으면 회사에 체면은 다 세운 셈이잖아. 더 이상 안 되는 일인데 물고 늘어져봤자 무엇하겠어. 이젠 제발 다른 사람들에게 욕먹을 일은 하지 마. 회사 측에 체면도 있을 테니 그냥 뒤에서 우리가 하는 일을 못 본 체하기만 해줘."

진심에서 이들을 위로하며 달래는 양 형의 말이었다.

"정말이지 우리도 이런 풍토 속에서는 노동조합을 하고 싶은 생각이 없어요. 형들이나 우리나 다 같이 가난한 노동자들인데 싸워야 할 자들은 달리 두고 왜 우리끼리 이렇게 싸워야 합니까. 솔직한 말이지 형들은 내가 밉기도 하겠지요. 하지만 나 하나 그만둔다고 노동조합이 깨지는 것도 아닙니다. 조금 전에 보았잖아요. 그

것이 바로 새로운 무언가를 바라는 모두의 뜻입니다. 저걸 어떻게 물리적인 힘으로 막을 수가 있나요? 회사에서는 나 하나만 제거하면 노동조합도 분명히 깰 수 있다고 생각하는지 모르겠지만 그건 사태를 잘 모르고 하는 말입니다. 정말 나 개인은 힘이 없어요. 힘은 바로 오늘 보여준 것처럼 조합원 전체에게서 나옵니다. 그걸 거역하지 맙시다. 그걸 거역해 왜 스스로 자기 파멸을 초래하려 합니까?"

양 형의 말을 이어 나도 그들에게 진지하게 호소했다. 그들은 아무 말도 하지 않았다. 사실 할 말도 없었을 것이다. 그들의 마음 한 구석에 조금이라도 생각하는 무엇이 있다면 마음속으로는 자기들의 행동을 뉘우쳤으리라. 아니, 어찌 전체의 뜻을 그들 몇 사람의 힘으로 막을 수 있다고 생각할 수 있었겠는가?

임금 삭감을 당하여

이런 와중에 1월 10일, 12월분 급료를 받는 날이 왔다. 급료를 받고 보니 편직부는 그동안 조업 단축과 일요일마다 주어진 휴무, 그리고 현장의 소요 등으로 해서 제대로 일을 하지 못한 데다가 주휴까지 무급으로 처리되었기 때문에 수입이 근 절반이나 줄어들어 있었다.

급료를 받고 난 편직부 조합원들은 온통 야단법석이 되었다.

"노동조합은 무엇 하는 곳이냐?"

"굶어 죽기 전에 노조를 때려치우자!"

한마디씩 내뱉는 조합원들의 원망이 내 귀에는 함성으로 변하여 고막을 때렸다. 조합원들은 분회장인 내게 항의했고, 이에 편승해서 노조 반대파들은 때를 만난 듯이 극성을 부리기 시작했다. 얇은 급료 봉투는 가난한 이들의 생계를 위협하기에 족했고, 이에 대한 불안은 그들의 마음을 더욱 초조하게 만들지 않을 수 없었다.

"분회장, 어떻게 할 셈이오?"

"내일 잘살려고 오늘 굶을 수는 없지 않소?"

나는 답답했다. 이들의 항의를 들으면서 왜 노동조합을 만들자고 했던가 하는 후회가 한차례 밀려왔다. 나 역시 12월분 급료가 1만여 원 정도밖에 되지 않았지만 내 문제는 생각할 겨를도 없었다.

"주휴는 왜 무급이 되었소?"

"차라리 노조를 없애는 것이 좋지 않겠소?"

조합원들의 계속되는 원망과 질타를 받으면서도 나는 죄인인 양 한마디 말조차 할 수 없었다. 나를 믿어주던 조합원들까지 내게 원망을 늘어놓자 어디에도 내가 발붙일 곳이라곤 없는 것 같은 외로움과 설움이 엄습해 왔다. 생각 같아서는 지금이라도 당장 노동조합을 없애버리고 분회장직도 내던지고 싶었다.

"주여, 이 일을 어찌해야 하나이까?"

어느 돌멩이의 외침

언제부터인가 나는 답답하고 괴로울 때면 그리스도를 생각하는 버릇이 생겼다. 나를 원망하는 조합원들을 피해 화장실과 같이 있는 세면장으로 뛰어 들어갔다. 2천 년 전 유대 땅에서 가난한 자, 병든 자, 억눌린 자, 학대받는 자들을 위해 일하던 예수, 가진 자들로부터 멸시받고 천대받는 그들을 위해 그들을 억누르던 자들을 준연히 꾸짖고 항거하던 예수, 예수를 모함하고 죽이려는 가진 자들의 선동에 넘어가 자기들을 위해 일하던 예수를 앞에 놓고 "바라바를 놓아주고 예수를 죽이시오"라고 하던 가난하고 학대받던 군중들의 함성…. 싸워야 할 상대를 알지 못하고 오히려 싸워야 할 상대의 계략에 넘어가 "노조를 때려 없애라"고 소리치는 저들의 함성이 그들과 같단 말인가….

나는 한참이나 자기를 따르던 군중들로부터 배신당하고 죽음을 당한 예수를 생각했다. 무거운 죽음의 십자가를 지면서까지 "저들이 알지 못하고 짓는 죄를 용서해달라"고 오히려 그들을 위해 기도하시던 예수를 생각할 때 조합원들로부터 몇 마디 들은 원성 때문에 노동조합까지 그만두려 했던 내 자신이 한없이 부끄러웠다.

세면실에서 이러고 있을 때 가공부에서 나를 찾는다고 누가 일러주어 가공부로 가봤더니 급료를 받은 가공부 여성 종업원들도 울고불고 야단이었다. 임금이 깎인 까닭이었다. 임금형태가 일당제인 가공부에서는 종전의 일당에서 연장근로수당이다 뭐다 해서 다 빼내버리고 종전 최고 일당인 500원을 380원으로 400원을 280원으로, 190원을 155원으로, 이런 식으로 역산(逆算)을 해서 임금의 30%나 삭감해버린 것이다.

도대체 어안이 벙벙해질 노릇이었다. 지금까지 법정수당은 물론 퇴직금조차 지급해주지 않던 회사가 연장근로수당이다 뭐다 해서 일당에서 빼버린 것도 말이 되지 않을 뿐 아니라, 하루 일당이래야 겨우 3~4백 원의 기아 임금을 받으면서 한 푼이라도 더 벌려고 22시간 철야 노동까지 해온 이들의 임금을 양심이 쥐뿔 만큼이라도 있다면 어떻게 이 정도로 깎을 수 있단 말인가.

"분회장님, 임금이 이렇게 깎였어요!"

190원에서 155원으로 깎인 급료 봉투를 내보이며 눈물을 글썽이는 어린 경애의 고사리 같은 손을 붙잡고 나는 가슴이 메여 말이 나오지 않았다.

그날 밤 집에 돌아오니 11월에 퇴직금을 받지 못하고 군에 가버린 구근철 씨의 약혼녀 김 씨가 퇴직금을 받게 해줘 고맙다면서 하얀 와이셔츠 한 벌을 사가지고 왔다. 퇴직금 수령 위임장을 받아 와 회사에 누차 요구했으나 안 준다는 말은 못 하고 돈이 없다면서 미뤄오던 중 구 씨가 퇴사한 지 거의 두 달 만에 겨우 퇴직금을 타낼 수 있었던 것이다. 고맙다고 와이셔츠 한 벌을 사들고 온 김 씨가 도리어 내겐 더할 나위 없이 고맙게 생각되었다.

다시 힘을 모아서

그날 저녁 나는 분회 간부들을 전부 모이게 해서 가공부 조합원들의 임금 삭감과 편직부의 무급으로 처리된 주휴 유급 문제를 놓고 이에 대한 대책을 의논했다.

먼저 우리는 회사의 근로기준법 위반 사항과 그 벌칙 규정을 알아보았다. 지금까지 근로기준법이라고는 전혀 도외시해왔던 회사에서는 12월 초에 있었던 연 3일간의 농성 사건 이후부터는 퇴직금, 휴업수당 등은 부분적으로 지급해왔으므로 12월분 급료에서 법에 위반되는 사항은 편직부에서는 주휴 유급수당과 연월차 유급휴가였고, 가공부에서는 임금(노동조건) 저하와 22시간 철야 근무였다.

이러한 위반 사항에 대해 근로기준법에서는 주휴유급에 대해 주 평균 1회 이상의 유급휴일을 주도록 되어 있고(제45조), 월차 유급휴일에 대해 월 1일의 유급휴가를(제47조), 연차 유급휴일에 대해서는 1년간 개근한 근로자는 8일, 9할 이상 출근한 자는 3일의 유급휴가를 주도록 되어 있으며(제48조), 임금 삭감(노동조건 저하)에 대해서는 법 제22조에 "본 법에서 정하는 근로조건은 최저 기준이므로 근로관계 당사자는 이 기준을 이유로 근로조건을 저하시킬 수 없다"고 되어 있었다. 그리고 여성 근로자들의 12~22시간 혹사 및 휴일근무에 대해서는 법 제55조에서 13세 이상 16세 미만의 근로시간은 1일에 7시간, 1주일에 42시간을 초과하지 못하도록, 제56조에서는 여성과 13세 미만자는 하오 10시부터 상오 6시까지의 심야작업과 휴일근무에 종사시키지 못하도록, 그리고 제57조에서는 18세 이상의 여성에 대해 단체협약이 있는 경우도 1일에 2시간, 1주일에 6시간, 1년에 150시간을 초과하는 시간의 근로를 시키지 못하도록 되어 있었다. 그밖에도 여성들의 생리휴가, 강제 노동, 부당노동행위 등 위법 사례가 숱하게 있었지만 다른 것은 일단 뒤로 미루고 위에서 밝힌 일곱 가지의 위법 사항을 놓고 심사숙고해본 결과, 가공부 여성 분회 간부들의 주장대로 법 제55조, 56조, 57조는 지금 문제 삼지 말자는 중론에 따라 현재 가장 관건이 되고 있는 처음의 네 가지 사항만을 가지고 대책을 세우기로 합의를 보았다.

그런데 이 네 가지 위반 사항에 대한 벌칙 규정을 살펴보던 우리는 놀라운 사실을 발견하게 되었다. 그것은 우리가 문제를 삼으려던 임금 삭감에 대해서 법 제22조에 "근로조건을 저하시킬 수 없다"라고만 규정되어 있을 뿐 거기에 대한 아무런 벌칙 규정이 없다는 것과, 나머지 법 제45조, 47조, 48조의 위반에 대한 벌칙도 제111조에 "10만 원 이하의 벌금에 처한다"라고만 되어 있다는 사실이었다.

수백 명의 노동자들을 고용하고 있는 기업주가 주휴유급을 하루만 안 주어도 수십만 원 내지는 수백만 원의 부당 이익을 보는데 이것을 위반해보았자 겨우 수만 원의 벌금으로 때울 수 있다는 법의 취약성을 보고 근로기준법조차 과연 누구를 위한 법인지 의문이 가지 않을 수 없었다.

법 위반 사례와 벌칙 규정을 살펴본 후 우리는 이 문제를 해결하기 위한 구체적인 방법론을 토론했다. 그 당시 우리가 생각할 수 있었던 방법은 세 가지였는데, 그것은 첫째 회사와 교섭을 통해서 해결 짓는 것이고, 둘째 관계 당국에 고발하는 것이고, 셋째 우리 스스로의 힘으로 문제를 해결하는 것이었다.

그 중에서 우리는 마지막 방법을 택하기로 했다. 지금과 같은 상황에서 우리가 아무리 회사와 대화를 통해 교섭하려 한다 할지라도 그 결과는 너무나 빤한 것이었기 때문이다. 그리고 둘째 방법인 관계 당국에 고발한다는 것도 작년 10월에 있었던 근로계약서 문제에 있어서와 같이 찾아온 노동자에게 도리어 피의자를 다루듯이 호통만 치는 관리들의 만행을 뼈저리게 느끼고 있었던 터라 그들에 대한 선입견이 좋지 않았을 뿐 아니라 설령 관(官)에서 이 문제를 진지하게 처리해준다 할지라도 현행법상 회사는 벌금만 무는 것으로 끝날 수도 있었기 때문이다.

이러한 현실적인 문제점을 고려해서 우리 자신의 힘으로 실력행사를 통해 문제를 해결하는 방법을 택하기로 했지만 거기에도 결코 어려운 점이 없는 것은 아니었다. 보위법에 의해서 집단행동이 금지되어 있는 판국에 만약 집단행동을 했다가는 어떤 결과가 초래될지 알 수 없다는 반론이 나왔던 것이다.

"그렇게 했다가 만약 큰 변이라도 당하면 어떡하겠소. 좀 더 신중하게 생각합시다."

"젠장, 회사에서는 숱한 법을 어겨도 가만두고 우리만 경을 칠 수야 없지 않소. 잡혀가도 사장과 같이 잡혀갑시다."

좌중은 폭소가 터졌다.

"그럼요. 더 이상 악랄하게 구는 회사를 우리라고 좌시만 할 수 없지요."

이 문제를 놓고 한참 토론을 벌인 끝에 우리는 악랄하게 가열되는 회사의 횡포를 그냥 이대로 넘길 수 없다는 중론에 따라 설령 우리에게 더 큰 고초가 올지라도 우리의 힘을 보여주자고 결론을 맺었다. 법이 누구에게 유리하게 되어 있는지 관리들은 누구의 편을 들 것인지를 알지 못하는 가지지 못한 자들이 몸으로 때울 수밖에 없는 현실을 직시한 비장한 절규였다. 그런데 여기에서 다시 새로운 수정안이 나와 그 방법을 택하기로 최종 합의를 보았다. 그것은 편직부의 월차 문제와 주휴유급 문제는 분회가 회사와 교섭하며 해결하기로 하고 편직부는 이번 집단행동에서 빠지자는 의견이었다. 왜냐하면 편직부는 그렇잖아도 노조 반대파들이 노동조합을 궁지에 빠뜨리기 위해 공임이 싸다는 이유로 오히려 파업을 선동하는 바람에 다른 조합원들이 그나마 일을 못 하겠다는 소리를 하고 있었기 때문에 편직부까지 집단행동을 하면 자칫 그들이 노리는 함정에 빠질지도 모른다는 것이었다. 이 안은 회사의 사주를 받는 노조 반대파들이 극성을 부리는 현장의 사정을 감안할 때 매우 타당성이 있다는 모두의 찬성을 얻어 그것을 최종안으로 채택하기로 하고 모두 집으로 헤어졌다.

이튿날 1월 11일, 아침 일찍부터 가공부 여성 조합원 150여 명은 일제히 작업을 거부하고 일손을 멈추었다. 누구 하나 이 행동에서 이탈되는 사람이 없었다. 회사는 즉각 회유와 협박을 번갈아가면서 작업에 임하라고 강요했지만 조합원들은 제각기 자기가 일하는 곳에 가만히 앉아서 대꾸조차 하지 않았다. 한마디 말조차 하지 않으면서 자기 자리에 조용히 앉아 삭감된 임금이 회복되지 않는 한 어떠한 일이 있어도 다시 일에 임할 수 없다는 결의를 나타내 보인 것이다.

누가 이 행동을 회사의 질서를 문란케 하고 사회를 혼란케 하는 일하기 싫어하는 자들의 무책임한 행동이라고 욕할 수 있겠는가! 그렇다. 그들은 정당한 노동력에 대해 이제까지 그들이 받아왔던 그 최소한의 값만이라도 지불해달라고 요구하는 것일 뿐이었다. 그것은 우리가 바치는 노동력에 대한 정당한 값을 요구하는 것도 아니었다. 그에 훨씬 미치지 못하는 그 적은 임금을 또다시 내려 깎은 회사에 대해 더 이상 일해줄 수 없다는 것일 뿐이었다. 가공부 여성 조합원들의 이러한 행동에 회사 측은 경찰을 부르겠다고 위협을 가하면서도 끝내 경찰을 불러 오지는 못했다. 이것을 보면 지금까지 자기네들이 자행해온 범법 행위를 의식은 하고 있는 모양이었으나 우리는 차라리 회사에서 경찰을 불렀으면 좋겠다는 생각까지 들었다.

거의 반나절을 이런 상태로 대치하고 있던 중 점심시간이 다 되어서야 겨우 회사는 내달에 꼭 회복해주겠다는 약속을 해 왔다. 이렇게 해서 오전 동안 계속되었던 가공부 조합원들의 작업 거부는 끝이 났다. 그러나 이제까지 순한 양처럼 시키는 대로 열심히 일해온 이들에게까지 회사가 분노를 자아내게 했으니 참으로 서글픈 일이 아닐 수 없었다.

어느 돌멩이의 외침

진퇴양난의 괴로움

국무총리 비서관

오전 내 계속된 가공부의 작업 거부로 회사와 교섭을 벌이던 나는 겨우 그 일을 끝맺고 막 점심식사를 마치고 나오는데 회사 사무실 여직원이 나를 보고 전화를 받으라는 것이었다. 나는 순간 또 경찰에서 가공부 작업 거부 문제 때문에 그러는 것이 아닌가 싶어 두근거리는 마음으로 전화를 받고 보니 인천에 계시는 유 선생님이었다. 유 선생님은 서울에서 손님이 오셨다면서 좀 나와보라고 하기에 나는 부분회장인 양 형과 함께 공단 고속버스터미널로 나갔다.

거기에는 서울에 계시는 조 목사님과 국무총리실에서 왔다는 어떤 사람이 함께 있었다. 알고 보니 우리가 노동조합을 결성한 후 내부에 있었던 여러 가지 사태가 국무총리실에 보고가 되어 총리실 비서관이 직접 조사하러 나온 것이었다.

우리는 부평 어느 음식점으로 들어가서 총리실에서 왔다는 사람이 묻는 대로 지금까지 우리가 겪었던 여러 가지 일들을 낱낱이 얘기했다. 거기서 우리는 거의 네 시간 동안이나 그 사람과 이야기를 나누면서 근로기준법과 노동조합법이 있기는 하나 벌칙이 너무 경미해서 기업주들이 그러한 법에 구애받지 않고 마음대로 법을 위반하고 있는 사실을 호소하고, 노동관계법의 벌칙 강화와 정부의 노동자들을 위한 제도적 행정적 개선이 있어야 한다는 것을 역설했다.

우리의 얘기를 듣고 난 후 그는 근로자들의 어려운 실정을 실감할 수 있었다면서 꼭 상부에 보고해 근로자들의 생활 안정을 위한 정부의 제도적 개선을 위해 노력하겠다고 하고, 그렇지만 "삼원섬유 종업원들에게 어떤 특별한 혜택이 있으리라고는 기대하지 말라"는 것이었다. 그래서 우리는 비단 이러한 실정이 삼원섬유라는 특정한 회사의 노동자들에게만 한정되는 것이 아니고 전체 노동자들의 문제이니 우리에게만 특별한 혜택을 기대하지는 않으며 다만 정부의 노동정책에 조금이라도 반영이 되었으면 좋겠다는 의견을 진술했다.

총리실에서 온 사람과 만나 얘기를 나누었다는 사실은 매우 큰

어느 돌멩이의 외침

사건이었던 모양이다. 갑자기 나는 분주하게 경찰서, 노동청, 시청, 모 기관 등에서 찾아오거나 불려가서 어떻게 그 사람과 만나게 되었으며 또 무슨 얘기를 했는지 진술해야만 했다.

이튿날인 1월 12일에는 경찰서에 가서 어딘가에서 나왔다는 사람에게 어제 일에 대해서 조서를 써주었고, 1월 13일에는 노동청 본부 직원을 대동한 두 사람이 회사로 직접 내려와 섬원섬유의 실태와 여러 가지 사실을 일일이 조사한 후 노조 반대 서명 활동을 한 세 사람으로부터도 진술서를 받아 갔다.

국무총리실에서 온 사람과 만난 지 3일째 되던 날인 1월 14일, 정부는 '근로자들의 생활 안정을 위한 대통령 긴급조치 3호'를 발표했다. 이 조치는 노동자에게 상당히 고무적인 것 같았다. 이 조치로 기업주의 일방적인 횡포에 약간의 제동이 걸리는 것 같아 보위법 발동 이후 침체되어 있었던 노동운동이 어느 정도 활기를 되찾는 듯했다. 이로부터 1월 20일, 부평공단 J염직(주)에서 두 번째로 노동조합이 결성되었고, 반도상사 등 많은 업체에서 노동조합 결성의 움직임이 태동하고 있었다.

인간 여자

긴급조치 3호 발표 이후 조금 호전되는 듯한 주변 상황에도 불구하고 삼원섬유 노동조합에서는 이렇다 할 변화가 없었다. 계속되는 노동조합에 대한 회사의 방해와 반대파들의 극성, 조합원들의 불만과 요구를 해결하기 위한 회사와의 교섭, 조합원 의식화를 위한 교육 등으로 나는 바쁜 나날을 보내야만 했다.

이런 소용돌이 속에서 1월 25일경 퇴근시간이 거의 다 될 무렵, 내 입장을 매우 난처하게 하는 한 가지 일이 발생했다.

편직부에서 같은 편직공으로 일하는 남성 조합원 백 씨가 여성 조합원 김 양을 기계 부속품인 '오로다시'로 때려 눈이 찢어진 것이다. 이유인즉 김 양이 쓰고 있는 '곳공(기계 부속품)'을 백 씨가 자기 것이라며 달라고 하자 김 양이 "왜 내 것을 달라느냐"면서 주지 않으니까 백 씨는 앞에 있던 오로다시를 들어 김 양의 얼굴을 향해 던지는 바람에 눈에 맞아 찢어져 유혈이 낭자해진 것이다.

이것을 보고 김 양 맞은편에서 일하던 다른 김 양이 백 씨를 말리려다 그로부터 따귀를 수차례 얻어맞게 되었다.

눈이 찢어진 김 양과 따귀를 맞은 김 양은 그의 살기등등한 기세에 감히 반항을 못 하고 울기만 했다. 이를 보고 있던 편직공원들 중 누구도 이를 말리는 사람이 없었고 편직부에 40~50명이나 되는 여성 조합원들도 자기 동료가 맞아 울고 있는데도 강 건너 불 보듯 모르는 체 일만 하고 있는 것이었다.

편직부는 원래 남녀가 함께 일하는 곳이라 이런 일이 종종 있어 왔는데 언제나 이유 없이 여성들만 당하기 일쑤였다. 이날도 자기들의 친구가 매를 맞아도 자기가 당하지 않은 것만으로도 다행으로 여기는지 그냥 못 본 체하는 것이었다. 사소한 시비에서 여성들이 힘이 약하다는 단지 그 이유만으로 이런 일을 그대로 지나친다면 언젠가는 누구나 그렇게 되지 않는다는 보장이 없는 법이었다. 결국 그것은 따지고 보면 여성들 공동의 문제이며 힘이 약해 어쩔 수 없다는 식으로 체념만 할 성질의 것이 아니었다.

이런 근본적인 문제가 있음에도 불구하고 그저 숨을 죽이고 일만 하는 여성 조합원들의 태도에 비위가 무척 거슬렸다.

"바보같이 저런 일을 보고도 마냥 그러고만 있을 것이오!"

나는 큰 소리로 그들을 향해 벌컥 소리를 질렀다. 이 소리에 놀랐는지 여성 조합원 몇몇이 하던 일을 멈추고 눈치를 살피면서 내 주위로 몰려왔다.

"지금 여러분들의 동료가 매를 맞아 피를 흘리고 있는데 그런 식으로 못 본 체 일만 할 것이오? 동료야 매를 맞든 피를 흘리든 나 자신이 그렇게 되지 않은 것이 다행이라고 생각하는지 모르지만 두고보시오. 그러다간 누구나 다 저런 꼬락서니를 당할 테니까. 저 일이 바로 여러분 자신의 일이라는 것을 왜 모릅니까?"

내가 이렇게 힐책하자 이들은 백 씨를 가리키며,

"지금 저 사람이 저렇게 살기등등해 있는데 우리가 어떻게 하겠어요? 괜히 잘못 건드렸다간 매만 맞을 텐데…."

"물론 그렇지요. 여러분들 중 한두 사람이 저 사람에게 뭐라고 한다 해서 당해낼 수는 없겠지요. 집단적으로 싸움을 건다 해도 되지 않을 일이구요. 그러나 문제는 자기들의 권익을 어느 누구로부터라도 지키겠다는 근본적인 자세가 되어 있느냐 하는 것이에요. 그 자세만 있다면 방법이야 얼마든지 생각할 수 있어요. 가령 법에 호소할 수도 있을 것이고, 회사에 어떤 대책을 세워달랄 수도 있을 테고⋯."

내 말에 상당히 자극을 받았는지 그들은 한참 자기들끼리 쑥덕거리더니 마침내 편직부에 있는 모든 여성들이 모여 어떤 대책을 마련하고서는 우루루 회사 사무실로 몰려가는 것이었다.

시간은 벌써 퇴근시간에 가까워오고 있었다. 사무실에서 돌아온 그들은 퇴근 후에도 자기들끼리 회합을 갖고 백 씨를 폭행죄로 고발하기로 했다는 것이다. 나는 이 말을 듣고 정말 고발하려고 하는구나 싶어 이를 만류할 생각으로 그들이 모여 있는 수위실로 가보았다. 벌써 그들은 얘기를 끝내고 회사에서 꽤 멀리 떨어진 곳까지 가고 있었다.

나는 빠른 걸음으로 다가가, "어떻게 하기로 했어요?" 하고 그들에게 물었다.

"아까 사무실에 가서 불안해서 일을 못 하겠으니 어떤 대책을 세워달라고 했어요. 그리고 앞으로 다시는 이런 일이 재발하지 않도록 백 씨를 이번에 본보기로 고발하기로 결정을 보았어요" 하는 것이었다.

나는 그들이 의논한 내용과 회사 사무실에 들어갔던 일을 자세히 듣고 이제야 서로 힘을 합쳐 공동으로 자기들의 문제를 해결한다 싶어 속으로 무척 기뻤다.

　"네, 맞아요. 바로 그것입니다. 누구든지 남의 권리를 침해할 수 없다는 본보기로 보여주어야지요. 우리가 노동조합을 하는 것도 다른 것이 아니에요. 기업주의 횡포에 대해 법에 의해서 우리의 권익을 보장받자는 것이지요. 기업주에 대해선 노동자의 권리를 찾아야겠다면서 남성에 대한 여성의 권리는 짓밟혀도 좋다고 생각한다면 그건 모순이잖아요. 여성으로서의 권리나 노동자로서의 권리, 또한 사람으로서, 국민으로서의 권리를 우리는 철저히 찾아야 합니다. 오늘 참 잘했어요."

　나는 이들을 향해 진심으로 칭찬을 아끼지 않았다. 또한 그때부터 눈뜨기 시작하는 여성으로서 그들의 자각이 매우 고맙기도 했다.

　"그런데 백 씨를 꼭 고발해야만 하겠어요?"

　의외의 내 질문에 그들은 이해가 가지 않는 듯했다.

　"분회장님, 무슨 말씀이세요?"

　"꼭 백 씨를 고발해야 되겠느냐구요?"

　"한번 혼을 내줘야 해요. 그래야 다음부터 그런 일이 일어나지 않아요. 말리지 마세요."

　그들의 태도는 매우 강경했다.

　"물론 백 씨를 고발하는 것도 앞으로 여러분들의 권리를 지키는 한 방법이라는 것을 잘 알아요. 그러나 백 씨를 고발하는 것에는 찬성하지 않아요. 그도 우리와 같은 처지의 노동자입니다. 가진 자로부터의 분풀이를 자기보다 조금 약하다고 생각하는 여성들에게 한 것이지요. 집안에서도 그런 일을 많이 보잖아요. 술에 취한 아버지가 화풀이를 할 곳이 없어 집에 와 어머니나 자식들을 때리는 일 말이에요. 같은 처지의 노동자니 우리들 내부에서 이 문제를 해결합시다. 그런데 오늘처럼 여러분들이 자신의 권리를 더 이상 침해당하지 않아야 되겠다고 생각한 그 자체가 무엇보다도 소중한 것이에요. 사실 억울하게 당하고도 '여자니까 어쩔 수 없지 않느냐'는 구태의연한 사고방식 그 자체도 문제가 많아요. 억울하게 당하고도 가만히 있으니까 상대방은 더 얕보고 덤비는 것 아니겠어요. 진정 권리를 찾겠다면 여러분의 생각도 변화시켜 '우리도 똑같은 인간이다'라는 외침이 내면에서 우러나와야 한다고 봐요. 그랬을 때 노동자도 인간이다, 조합원도 인간이고 나도 인간이다,라는 주장을 할 수 있을 거예요. 그러니까 여러분들이 지금부터 할 일은 정말로 '내가 누구다' 하는 위치를 아는 일이에요."

내가 이렇게 얘기하자 그들도 알아들었다는 듯이 "네, 알겠어요. 분회장님은 추우신데 먼저 가세요. 우리끼리 잠시 얘기할게요" 하는 것이었다. 나는 먼저 집으로 돌아왔는데 이튿날 그들은 백 씨를 고발하지 않기로 했다고 내게 전해주었다.

그러나 이 문제를 처리한 회사의 처사가 또 한차례의 평지풍파를 일으켰다. 현장기사인 신 씨가 김 양과 백 씨를 불러 시말서를 쓰도록 하자 김 양은 "내가 왜 시말서를 써야 하느냐"고 항의했으나 어쨌든 같이 싸웠으니 시말서를 써야 한다고 기어코 김 양에게 시말서를 쓰게 만들었다는 것이다, 그리고 백 씨에게는 구태여 이러고 싶지 않지만 분회장이 여자들을 선동해서 그러는 것이니 어쩔 수 없지 않느냐는 의미심장한 말을 건네고는 시말서를 쓰게 했던 것이다.

시말서를 쓰고 난 백 씨는 무척 흥분해 있었다. "계집년들을 선동해서 나를 처벌하게 해? 분회장이고 노동조합이고 내가 가만히 둘 줄 알아! 노동조합을 깨버리지 않으면 내가 사람이 아니다"면서 내게 큰소리를 치고서는 화가 난다고 일도 하지 않고 조퇴해버렸다.

이렇게 되자 분회 간부들이 찾아와 "왜 괜한 일을 건드려서 시끄럽게 만들었느냐"면서 나를 나무라기도 하고 부분회장인 양 형까지도 "여자들이 남자한테 좀 맞았기로서니 뭐가 그리 큰일이라고 분회장까지 그럴 필요는 없었잖아! 안 그래도 노동조합을 깨려는 자들 때문에 골치가 아픈 판인데 자꾸 적을 만들면 어떡해?" 하면서 화를 내는 것이었다.

'약한 자의 편에 서야 한다는 기본적인 자세가 없다면 노동조합은 무슨 의미가 있을까? 기업주에 대해서는 약한 노동자들의 권리가 침해되어서는 안 된다는 것을 알면서도 완력이 센 남성들에게 여성들의 인권이 유린당해도 상관없다는 그런 모순된 논리를 어떻게 받아들일 수 있는가. 모든 사람이 평등하다는 기본적인 원리가 남녀 관계에는 적용될 수 없다는 말인가! 남성들에게 자기도 모르게 가진 자의 속성이 배어 있는 것일까? 만일 그것을 그대로 인정한다면 노동자에 대한 기업주의 횡포도 정당화되는 것이 아닌가.'

나는 무척 답답하고 외로워서 누구에게라도 하소연하고 싶은 심정이었다.

그날 저녁 조퇴를 한 백 씨는 술을 먹고 나를 때려죽이겠다면서 찾아다녔던 모양이다. 나는 그런 사실도 모르고 해고당한 춘근이와 용근이를 찾아가 얘기를 나누다 12시가 다 될 무렵 집으로 왔기 때문에 그를 보지 못했지만 이튿날 아침 회사에 출근을 하니 백 씨의 친구인 박 씨가 내게 귀띔을 해주었다. 그날도 백 씨는 출근은 했지만 일은 하지 않고 난로가에 앉아서 나만 노려보고 있었다.

나는 백 씨에게로 가 그를 달래었다.

"형, 내게 잘못이 있다면 백번 사과합니다. 분명히 말하지만 형 개인에 대한 감정은 조금도 없습니다. 단지 약한 여자라 해서 남자들에게 당하기만 하는 것이 보기 딱해 그랬을 뿐입니다. 형의 여동생이 이런 데서 일하다가 남자들에게 맞았다고 생각해보십시오. 형인들 가만히 있겠습니까?"

백 씨는 내 얘기가 듣기 싫어서인지 계속 신경질을 내었으나 나는 그를 계속 이해시키려고 애썼다.

　　　　　　　어느 돌멩이의 외침

"형, 그 일로 해서 저를 원망한다면 저만 책해주십시오. 제발 노동조합만은 들먹이지 마세요. 화가 나거든 차라리 화난 만큼 나를 때려주시오."

근 한 시간이나 그를 달래자 백 씨는 "알았어, 알았어. 그만 가라" 며 화가 완전히 풀리지는 않았으나 그 일은 대체로 그 정도로 끝낼 수 있었다.

여성 조합원들의 자각

사실 이 사건을 통해서 단적으로 드러나다시피 우리 사회에 뿌리박혀 있는 여성들에 대한 편견과 차별의식은 공장 사회라고 해서 예외는 아니었다. 우리가 일하는 삼원섬유에는 300명가량의 노동자들 중 80여 명만이 남성이었고 나머지는 전부 여성들이었다. 그 중 가공부는 160여 명 전부가 여성이었고 편직부는 남녀가 같이 일하는 곳이었다. 남녀가 같이 일하는 편직부에서는 노조 결성 이전부터 현장의 모든 결정권을 남성들이 쥐고 있었고 여성들의 의견은 전혀 참고조차 되지 않는 실정이었다. 이를테면 공임투쟁이라든지 연장근로 거부 등이 노조 결성 이전에도 종종 있어왔는데 이럴 때 남성 조합원들이 일단 어떻게 하자고 행동을 지시하면 여성들은 싫든 좋든 거기에 따르는 수밖에 없었다. 또한 편직 작업

중 비교적 돈벌이가 좋은 부속—에리, 단, 포켓—편직은 회사에 입사한 고참순으로 짜게 되어 있었지만 그것도 남성들에게만 한정되어 배당되었기 때문에 여성들은 그것을 짜고 싶어도 짤 수 없었다.

이러한 현상은 그 후 노동조합이 결성되어 분회 간부를 선출하는 데서도 그대로 드러났다. 조합원 중 3분의 2 이상이 여성들이었지만 분회 임원에 선출된 여성은 17명의 분회 간부 중 4명, 그것도 3명의 부분회장 중 1명과, 3명의 회계감사위원 중 1명, 그리고 여성 전문 부서인 부녀부에서 부장과 차장 2명, 이렇게 4명이었다. 여성들이 대부분인 곳에서 이렇게 여성 간부의 수가 적은 것은 상당한 문제점이긴 했지만 처음 노동조합을 시작한 것이 남자들이었고, 여성들도 그렇게 하는 것이 좋겠다고 하면서 뒤에서 따라주는 것으로 만족하고 있었기 때문에 어쩔 수 없는 현상이었다. 아울러 노동조합을 깨뜨리려고 한 회사도 노동조합의 원천이 남자들이라는 판단 아래 남자들이 일하는 편직부를 집중적으로 공략했고 힘을 분산시키기 위해 분회 남성 간부들을 매수해서 노동조합 파괴를 획책했다. 이로 말미암아 몇몇 남성 조합원들이 회사 측으로 넘어갔고 회사에 장단 맞추는 이들의 극성으로 우리는 상당히 고전을 면치 못하고 있었던 것이다.

이와 같이 회사나 노동조합이 다 같이 여성들의 잠재적인 힘을 아예 무시하고 있었는데 나는 우리 노동조합의 새로운 힘을 여성에게서 찾지 않는 한 분열되어가는 남성 조합원들의 현실 상태를 감안할 때 커다란 위기에 직면할지도 모른다는 두려움을 느끼곤 했다. 그래서 나는 여성 조합원들의 자각과 적극적인 참여가 무엇보다 시급한 과제라고 생각하고 틈나는 대로 그들과 얘기를 나누고 또 소모임 활동을 측면에서 도와주려고 애썼다.

모임을 통한 활동은 편직부의 남성들을 중심으로 한 동력회와 폭포회가 시초였는데 노조 결성 이후 회사 측의 압력과 책동으로 그룹 내부에 노조 지지파의 반대파가 생겨 둘 다 깨져버리고 말았다. 이후에 여성들을 중심으로 한 소모임은 편직부의 '열매' '조약돌' 등과 가공부의 '기적', '샘', '다이어몬드' 등이 있었다. 이들 그룹 회원들은 대개 연령과 학력을 고려하여 10명가량으로 구성되었는데 학력이라야 거의가 초졸이 대부분이었으므로 사실은 연령이 비슷한 사람들로 모여 있었다.

이들은 그룹마다 각기 회칙을 마련하고 그룹의 목적과 운영 방법을 정해 한 달에 한 번씩 모임을 가졌다. 그러나 그룹 활동은 상당한 어려움이 뒤따르는 일이었다. 왜냐하면 그룹 활동을 회사에서는 상당히 신경을 곤두세우고 감시를 했고 경찰들까지도 그룹의 명칭과 회원을 조사하면서 감시를 하고 있었기 때문이다.

그러나 이러한 외부의 감시보다도 이들의 그룹 활동을 지도할 만한 사람이 우리에겐 없다는 것이 오히려 큰 문제였다. 대개가 초등학교밖에는 다니지 못한 이들에게는 학교생활을 통한 그룹 활동의 경험이 부족했고 최소한의 기본적인 지식도 결여되어 있는 형편이었다.

그러나 이들은 그런 속에서도 스스로의 민주적 훈련 과정을 조금씩 쌓아가고 있었다. 처음 한두 개의 그룹이 만들어지자 그 후부터는 자기들이 스스로 그룹을 만들어가지고 와서는 나에게 지도를 부탁하기도 했다. 이들의 요구를 거절할 수 없었으나 나 역시 그들과 매한가지 입장이어서 무척 난처한 일이기도 했다. 나는 이들의 요청이 있으면 같이 배우는 심정으로 그들 모임에 참석해 그들이 배우고 싶다는 한문을 가르쳐주거나 근로기준법이나 노동조합에 대해 얘기를 하기도 했다. 이들 그룹들은 일단 만들어지면 회원들 스스로가 자율적으로 운영해 나갔다. 생활과 인격 향상, 회원들 간의 친목 도모와 사회 정의를 위한 봉사 활동을 한다는 그룹의 목적에 따라 한문 공부를 하기도 하고 자수 놓기, 책 읽기 등을 하면서 때로는 주변에서 일어나는 구체적인 자기들의 생활을 놓고 토의를 벌이기도 했다. 이들은 자기들을 지도할 사람이 없고 많이 배우지 못한 좁은 지식과 경험으로 사고하고 관찰했지만 그래도 무언가를 정확하게 알고 배우려는, 그리고 참되게 살려는 의지만은 참으로 진지했다. 이런 과정에서 그들은 무엇이 옳고 그르며 또한 어떻게 사는 것이 옳은가를 스스로 깨닫고 체득하면서 자신도 모르는 사이 몰라보게 변모하고 있었다.

점차적으로 그들은 이러한 활동을 통해서 모든 인간은 평등하다는 것과 민주주의가 무엇인지를 깨닫고, 우리가 가져야 할 문제의

어느 돌멩이의 외침

식과 권리의식 그리고 공동의 연대의식을 깨달아 나가고 있었다. 이러한 노력으로 "여자는 남자보다 못하다", "우리는 그들을 따라가기만 하면 된다"는 이전의 자기부정적인 사고를 깨뜨리고 우리 역시 그들 못지않게 잘할 수 있다는 적극적이고도 긍정적인 사고를 가지기 시작했다.

이러한 변모가 삼원섬유분회에 여성들이 대거 참가하게 되는 계기가 되었다. 이때부터 여성 조합원들도 조합 일에 적극적인 관심을 표명하고 남성들에게만 맡겨둘 수 없다는 태도를 보여주었다. 회사의 압력과 회유로 남성 간부들 중 일부가 변질되어 회사 측으로 넘어가고 일부는 회사 측의 미움을 받기 싫어 분회 간부직을 속속 그만두는가 하면 간부직을 맡아달라고 간청해도 거절할 때, 그 공백을 메꾸어준 것은 바로 여성 조합원들이었다.

후의 일이지만 8개월이 지나면서부터 17명의 분회 간부 중 4명뿐이었던 여성 간부가 완전히 그 양상이 뒤바뀌어 오히려 남성 간부가 4명밖에 안 되는 현상이 일어났다. 그리고 다음해 연차총회에서는 남성과 여성의 대결(?)에서 노조 결성 1년 만에 자기들의 힘으로 여성 분회장을 탄생시키는 전기를 이룩하기도 했다. 이것은 비록 표면상의 변화에 불과한 것이라고 할지 모르지만 우리 분회에 있어서는 결코 우연한 것이라고 단정할 수 없는 일이었다. 한 사람의 동등한 인간으로서 그들의 자각이 바로 이러한 변화를 몰고 온 근본적인 이유였던 것이다. 이러한 여성 조합원들의 변모는 그들이 벌이는 토론에서도 잘 나타났다.

어느 날 나는 한 그룹의 초청을 받아 그들의 토론에 참석하게 되었다. 당시 그들은 우리 주변에서 일어나는 여러 가지 문제들—사회문제, 정치문제, 노동문제, 여성문제 등—을 놓고 토론하는 일이 많았는데 그날의 주제는 '여성 상위시대'였다. 당시 유행어처럼 사람들의 입에 오르내리는 그 말을 그냥 유행어로만 들을 것이 아니라 왜 이와 같은 말이 나오게 되었는가를 다시 한번 깊이 생각해보자는 것이었다. 그들은 진지하게 그 문제를 놓고 토론을 벌였다. 당시 나는 거의 듣는 입장에 있었는데 거의 한 시간이 넘는 토의를 끝맺고 내놓은 그들의 결론은 대략 이런 것이었다.

"여성 상위시대란 말은 부정적인 의미에서 볼 때 남성 우위의 사회에서 여성들이 조금씩 진출하는 것을 비꼬는 말이기 때문에 좋은 의미의 말이라고 보기 어렵다. 그러나 그 말을 우리의 입장에서 진지하게 검토해볼 가치는 있다. 즉, 그 말을 여성들의 사회 참여를 위한 시대적인 요청이라고 바꾸어 생각할 수도 있는 것이다. 지금까지 남성 위주의 사회에서 남성들이 저질러 놓은 전쟁·빈곤·독재 등의 파괴적인 것에서 이제 여성이 참여하여 새로운 것으로 바꾸어야 한다는 어떤 예시일 수도 있는 것이다. 그런데 여기서 중요한 것은 우리들도 앞으로는 사회의 주인이 되어야 하는데 지금까지 남성들이 저지른 과거의 전철을 그대로 밟아서는 안 된다는 것이다. 무언가 새롭고 창조적인 것으로 이 사회를 개혁해 나가는 것이 사회에 새로이 참여하는 여성의 책임이다. 그런 면에서 우리는 그 말을 더욱 진지하고 책임 있게 받아들여야 한다."

나는 이들의 토론을 듣고 '너희들은 못 배우고 잘 알지 못하니 우리가 하는 대로만 따르라'는 소위 높은 자들의 말이 얼마나 허위에 찬 것이며 이들에게 충분한 토론의 기회가 주어진다면 참으로 찬탄할 만한 결론을 이끌어낸다는 사실을 깨달을 수 있었다. 사실 이제까지 그들에게 이러한 토론의 기회가 언제 한 번 제대로 주어진 적이 있었는가. 오히려 그들을 더욱 쉽게 부려먹기 위해서 '순순히 일이나 하라'는 식의 일방적인 것을 주입시키고 무지 속에 방치해두기 위해 책동해온 것이 아닌가.

일본인 사장과 대면하여

2월 10일, 1월분 급료를 받는 날이 왔다. 급료를 받고 보니 가공부는 삭감된 임금에서 겨우 30~40원이 회복되어 있었다. 이것은 그야말로 눈감고 아웅 하는 격이었다. 하는 수 없이 다음 날 가공부는 다시 작업 거부에 들어갔고 그렇게 되자 회사는 다음 달에 꼭 인상을 해주겠다는 약속을 해 왔다.

그런데 가공부는 편직부에 비해 원래 임금이 절반도 되지 않았으며 그나마 노조 결성 후 30%나 회사에서 임금을 삭감하는 바람에 매우 어려운 고통을 당하고 있었지만 그럴수록 노동조합을 중심으로 뭉쳐 회사와 정정당당하게 싸워 문제를 해결해 나가야 한다는 태도를 견지해주었다. 노조를 없애면 당장 임금을 회복해줄지는 모르지만 그들의 자비에 두 손을 벌리는 종이 될 것이 아니라 비록 고초를 당하더라도 권리를 찾아야 한다는 인식이 싹트고 있었던 것이다. 그들은 깎인 임금을 받고도 조합 일 때문에 일을 못해 임금을 조금밖에 받지 못한 내게 조금씩 성금을 모아 전해주며 "우리 때문에 고생한다"고 하면서 오히려 위로를 하기도 했다.

이에 비하면 편직부는 회사의 책동이 깊이 침투해 연일 노조 반대파의 극성 때문에 다른 조합원들까지 일을 할 수 없는 실정이었다. 회사는 파업을 금지하는 법의 맹점을 악용해 노조 반대파들을 이용해서 오히려 파업을 하게 하고 그것을 트집 삼아 분회장을 처벌받게 하여 노동조합을 궁지에 빠뜨리려는 계략을 쓰고 있었다. 이로 말미암아 노조를 지지하는 조합원들은 불평을 참아가며 일을 하려는데 회사의 비호를 받는 노조 반대파들이 오히려 "노조 때문에 공임이 싸졌으니 파업을 하자"—당시 주휴는 유급으로 바뀌었으나 조업 단축으로 공임은 여전히 저하되어 있었다. 노동시간이 줄어든 것은 엄밀한 의미에서 좋은 현상이나 공임이 낮아 그 시간만의 작업으로는 생계에 위협을 느끼지 않을 수 없다는 것에 큰 문제가 있었다—고 하는 기현상이 벌어졌다. 그 바람에 조합원들 중 이런 분위기에는 마음 놓고 일할 수 없다고 회사를 그만두는 사람이 속출하기도 했다. 실로 진퇴양난의 문제였다. 회사가 도리어 일을 하지 말자는 이들을 비호하고 협조해주고 있었으니 기업을 경영하는 목적이 오로지 노조 파괴에만 있단 말인가.

노조 파괴에 혈안이 된 회사의 처사를 보다 못한 나는 일본인 사장을 직접 만나 따져보고 싶은 생각이 들어 사장과의 대면을 요구하기로 작정했다.

삼원섬유는 외국인투자기업이긴 했지만 경영진 구성은 사장 한 사람만이 외국인이었을 뿐 나머지 경영진 전부가 한국인이었다. 사장과의 대면을 요청한 내 제의는 경영진들에 의해서 보기 좋게 거절당했다. 이러한 거절은 사실 이번이 처음이 아니었는데 그때마다 번번이 경영진들이 중간에서 방해하는 바람에 만나볼 수가 없었다.

당시 사장은 회사에 상주하여 거의 매일 보다시피 했으나 일본인이라 내 의사를 전달할 수가 없는 터였다. 생각다 못한 나는 일본어를 아는 이웃집의 할머니에게 부탁해서 만나고 싶다는 내용의 편지를 써서 사장에게 직접 건네주었다.

편지를 전한 그날 오후 사장으로부터 만나자는 전갈이 왔다. 나는 부분회장인 양 형과 이신자 씨와 셋이서 사장실로 들어갔다. 우리 측의 요구로 경영진의 참석은 거절되고 통역인으로 기숙사 여성 사감 한 사람만 동석했다. 이렇게 해서 사장과 우리는 현재의 여러 문제를 놓고 얘기를 나누게 되었다.

나는 사장에게 우리가 만든 노동조합을 먼저 이해시키려고 했다.

"노동조합 때문에 사장께서 심려가 많은 줄 안다. 그러나 우리가 노동조합을 만든 것은 이 회사가 일본 사람의 회사라는 것 때문이 아니다. 이제는 노동자들의 의식이 깨이고 또 옛날의 주종 관계에서 벗어나 노사 관계도 상호 평등해야 한다는 새로운 시대적인 요청이 있기 때문이다. 우리가 노동조합을 만들었다고 해서 기업에 불이익을 주려는 것은 절대 아니다. 그러나 기업이 발전하면 종업원들의 권익 보장과 생활 향상도 뒤따라야 할 것이 아닌가. 그것을 지켜주면 우리는 노사 일체가 되어 기업을 위해 일할 것이다. 회사에서는 이러한 우리의 취지를 잘 이해해달라."

"기업주의 입장에서 노조가 없었으면 하는 것은 솔직한 심정이다. 하지만 이왕 노조가 결성된 이상 회사로서는 굳이 노조를 반대하고 싶지는 않다. 나는 한국 법을 다 지켜주고 싶다. 다른 업체에 비해 모든 근로조건을 더 좋게 해주고 싶다. 노동조합에서도 회사에 협조해주겠다는 생각을 하고 있으니 무척 다행스럽고 고마운 일이다."

사장의 의외로 유순한 말씨에 우리는 모두 깜짝 놀았다. 그렇다면 현장의 실태와 지금까지의 노조 파괴 활동에는 자기의 책임이 없다는 말인가. 교활하다는 생각이 언뜻 들었지만 우선 말이 통한다는 데에 안심이 들기도 했다. 그런데 사장은 이어서 다음과 같이 말하는 것이었다.

"그런데 한 가지 이해 못할 일은 노동조합이 생겼다고 해서 금방 근로기준법을 지키겠다고 작업시간을 일방적으로 단축해서 제품 생산에 막대한 지장을 준 것은 바람직하지 못한 일이 아닌가. 법이란 정신과 조문이 있다. 그중에서도 중요한 것은 조문이 아니라 정신이다. 물론 법대로 한다는 데에는 나도 할 말이 없지만 노동조합이 생겼다고 해서 사전에 노사 간의 협의도 거치지 않고 일방적으로 작업시간을 단축한 것은 너무하지 않은가?"

적반하장의 말이었다. 노조를 파괴할 목적으로 조업 단축을 일방적으로 선언한 것은 회사인데 사장은 노조에서 그랬다는 것이다. 그렇다면 사장은 여태까지 이 사실을 모르고 있었단 말인가. 그래서 우리는 그것이 노조를 깨기 위해 회사에서 일방적으로 단행한 것이 아닌가를 따지고 일거리가 없어 조업 단축을 했다는 현장 관리자들의 말이 참말인지도 알아볼 겸 "정말 일거리가 없는가"를 물었다. 그랬더니 사장은 일거리는 충분히 있다는 것, 제품을 하청에 의존하자 품질이 떨어져 '크레임'을 당해 여간 손해를 본 게 아니라는 것, 제품의 품질을 보장하기 위해 공임을 더욱 비싸게 책정하더라도 본 공장에서 우리가 일해주면 좋겠다고 말하는 것이었다. 도대체 어떻게 돌아가는지 우리는 어리둥절했다. 결국 사장이 자기는 발뺌하며 하청 생산으로 손해를 보자 우리를 넘겨쳐서 하는 말이 아니면 외국인 기업주에게 맹목적으로 충성하려는 한국인 경영자들이 중간에서 농간을 부린 것이 틀림없었다.

사장과의 면담을 끝내고 나오면서 나는 사장도 사장이거니와 같은 피가 섞인 동족이면서 외국인 사장에게 붙어 알랑거리면서 온갖 수단 방법을 다 동원해 노동자들을 못살게 구는 한국인 관리자들의 태도가 매우 한심하다는 생각이 들었다.

동족의 피

1월 중순경부터 노사 간에 추진되어온 노사 단체협약이 3월에 들어서 임금 부분만 빼놓고는 회사와 합의가 이루어졌다. 단체협약이라야 노동조건의 최저 기준인 근로기준법 그대로여서 회사 측에서도 피하려야 피할 수가 없는 것이었다. 근로기준법을 지키도록 하는 것은 정부이어야 하고 단체협약을 통해선 그 이상으로 노동조건을 더욱 개선해야 한다고 생각했을 때 거기에 미칠 수 없는 우리의 현실이 안타깝기도 했다. 어쨌든 노동조건의 가장 관건이 되는 임금 부분만은 차후 회사와 교섭하기로 하고 단체교섭을 시작한 지 두 달 만에 노사 합의가 이루어질 수 있었다.

여기서 우리는 조합원의 가입 방법을 '종업원은 입사와 동시에 조합원이 된다'라는 규정을 마련함으로써 '유니온 숍(union shop)' 제도를 채택하게 되었다. 그러나 그 규정으로는 과장급 이하 사원도 모두 자동적으로 조합원이 되는데 회사 측에서는 사원들은 제외하

어느 돌멩이의 외침

고 공원만 조합원이 되게 하자고 주장하여 그 규정에다 "월급 근로
자는 예외로 한다"는 단서를 달았다. 사실 사원은 우리와 같은 종
업원들이면서도 생산 공원과는 다르다는 우월의식 때문인지 노동
자의 편에 서기보다는 항상 회사에 붙어 노조 활동을 적대시하고
있던 터였다. 이때부터 나는 전임 간부가 되어 노조 사무실에 상근
하게 되었다. 그리고 분회 사무실로 수위실 옆에 있는 면회실로 쓰
던 조그만 방 하나를 얻어낼 수 있어 노동조합으로서의 구색을 대
체로 갖출 수 있게 되었다.

이렇게 해서 우리는 노조를 결성한 지 4개월 만에 단체협약을
맺어 그런대로 노동조합의 구실을 할 수 있는 체제를 갖추었다. 그
리고 단체협약에 의해 형식적으로나마 근로기준법에 의한 노동조
건을 보장받게 되어 스웨터 공장으로서는 처음으로 근로기준법의
혜택을 받는 결과를 낳았다.

그러나 이 당시에도 현장에서는 노조 반대파의 계속적인 방해
공작으로 조합원들이 제대로 일을 할 수 없는 실정이었다. 3월 중
순 어느 날 뻔질나게 회사 사무실을 들락거리는 노조 반대파 몇 사
람이 또다시 편직부 조합원들에게 강제로 기계를 멈추게 하고 작
업을 하지 못하게 선동하고 있었다. 연일 계속되는 이들의 선동에
그날은 도저히 참을 수 없어 대판 말싸움이 벌어졌다. 생각 같아서
는 그들을 노조에서 제명이라도 시키고 싶었지만 같은 노동자의
처지로 그럴 수 없는 일이었다.

이렇게 이들과 옥신각신하고 있는데 회사 직원의 한 사람인 총무과 안 씨가 와서 우리의 싸움을 말리려고 했다. 때리는 시어머니보다 말리는 시누이가 더 밉다는 말이 있듯이 회사 관리자가 중간에 나서서 우리를 말리려 드는 것은 도저히 참고 넘길 수 없는 일이었다.

"너는 뭐야! 싸움을 시켜놓은 것은 너희들이면서 이제 와서 말려? 이 개돼지만도 못한 놈들아. 너희 같은 놈들도 한국 사람이냐. 일본 놈에 들러붙어 사는 기생충 같은 놈들이."

나는 벌컥 화를 냈다.

"분회장, 왜 그래? 왜?"

안 씨는 나를 달래려고 했다.

"왜? 내말이 틀렸소? 일본 놈 밑에서 꼭 그따위 짓이나 해야 되겠어?"

나는 가슴에 맺혀 있었던 것을 한꺼번에 토해내기라도 하듯 안 씨에게 마구 퍼부을 대로 퍼붓고 말았다. 이 바람에 반대파들은 잠잠해졌고 안 씨는 실컷 욕을 얻어먹고 사무실로 돌아갔다. 나는 욕을 하지 않으면 배기지 못할 것 같아 안 씨에게 한참 욕을 하고 나자 맺혔던 한이 한꺼번에 싹 풀리는 듯하기는 했지만 외국인 밑에서 같은 한국 사람끼리 이처럼 싸워야 한다는 사실이 한편으로 서글프기도 했다.

이 일이 있은 후, 안 씨는 책 몇 권을 들고서 터벅터벅 나를 찾아

어느 돌멩이의 외침

왔다. 그는 가지고 온 책을 내게 전해주면서 차분한 어조로 "분회장, 나 이 회사 그만두었소. 그리고 이 책은 노동조합에 기증해드리고 싶어서 가지고 왔소" 하는 것이었다. 안 씨가 갑작스럽게 회사를 그만둔다는 말에 나는 깜짝 놀랐다.

"아니, 안 형. 그게 무슨 말이오?"

"분회장, 그동안 미안했소. 하기야 욕도 많이 얻어먹기도 했지만. 나도 그동안 무척 갈등이 심했소. 말단 사원이라서 위에서 시키는 대로 할 수밖에 없고 나 같은 하급 사원이 이해한들 무슨 소용이 있겠소. 윗사람들이 있으니 마음대로 할 수는 없고 그렇다고 양심에 거리끼는 일을 맹종할 수도 없고. 그래서 이렇게 회사를 그만두기로 한 것이오."

침통한 어조로 한마디 한마디 하는 그의 말에 나는 전신이 얼어붙는 듯했다. 그날따라 안경 너머로 보이는 안 씨의 눈이 한층 충혈돼 보였다. 나는 안 씨에게 무어라고 말할지 몰라 차라리 가만히 듣고만 있었다.

얘기를 끝낸 안 씨는 가지고 온 책에다 사인을 하기 시작했다. 그가 가지고 온 책은 『항일민족론(抗日民族論)』, 『대일민족선언(對日民族宣言)』, 『항일민족시집(抗日民族詩集)』, 이렇게 세 권이었다. 그가 사인을 하는 동안 책을 바라보던 나는 책에 무엇이 지문과 함께 묻어 있는 것을 볼 수 있었다. 그것은 분명 피였다. 이상하다고 생각되어 그의 손을 보니 왼손가락이 붕대에 감겨 있었다. 나는 의아해 안 씨

진퇴양난의 괴로움

에게 그 이유를 물었다.

"안 형, 이건 피가 아니오?"

"맞소."

"손은 왜 그렇게 다쳤소?"

"아, 아무것도 아니오. 그냥 실수로 다친 것뿐이오."

안 씨는 거짓말을 하고 있었다. 나중에 알고 보니 그는 회사 직원회의 때 사장과 중역 간부 사원들이 전부 모인 자리에서 대검으로 손가락을 찢어 혈서를 썼다는 것이다. 그리고는 일본 놈 밑에 붙어서 별짓을 다하는 소위 간부라는 자들을 호통치고 그따위 짓을 하면 찔러 죽이겠다는 바람에 사장 이하 중역 간부들이 놀라서 도망치는 일까지 있었다는 것이다. 이것도 나중에 알게 된 일이지만 그는 사원으로서 자기 혼자서 열심히 노동자의 처지를 반영해보려고 애써온 사람이었다. 작년 12월 초에 있었던 3일간의 농성 때에도 그 진상을 정확하게 기록하여 진정까지 했으나 그럴 때마다 그의 의견은 묵살되기만 했던 것이다. 이런 사람이었기 때문에 그는 자연히 노동자들을 만나면 언제나 친근하게 대해왔는데 오히려 그러는 그가 더욱 미워 우리는 그를 두고 여기에도 붙었다 저기에도 붙었다 하는 '사꾸라'라고 부르고 있던 터였다. 중간에서 얼마나 아팠을까 생각하니 이제까지 우리가 그를 욕한 것이 한없이 가슴 아팠다.

사인을 마친 안 씨는, "이 책은 분회장에게 기증하는 것이오"라면서 『항일민족론』을 내게 주었다.

"분회장, 나도 한국 사람이오. 같은 피를 가진 동족이란 말이오."

안 씨는 씽긋 웃었다.

"안 형, 고맙소. 안 형의 심정을 십분 헤아리지 못한 것이 정말 죄송하오."

"원, 천만에…."

나와 그는 굳은 악수를 나누었다.

"노동조합을 꼭 성공시켜야 하오."

안 형의 말이었다.

며칠 후 우리는 한자리에 모여 떠나가는 안 형을 위해 송별연을 베풀었다. 송별연이라야 중국집에서 짬뽕 한 그릇씩을 먹으며 소주 몇 잔이 오가는 정도였지만 우리와 안 씨 사이에는 뜨거운 우애가 흐르고 있었다.

"안 형, 노래라도 한 곡조 듣고 싶습니다."

누군가가 이렇게 제의하자 모두들 환호성을 질렀다. 안 씨는 일어나 안경알을 번뜩이며 노래를 부르기 시작했다.

"잘 있거라, 나는 간다. 이별의 말도 없이…."

그날따라 안 씨의 노래가 그리도 구슬프게 들릴 수가 없었다.

진퇴양난의 괴로움

당시 우리는 삼원섬유를 포함하여 부평공단 내에 있는 5개 스웨터 업체의 노동자 임금을 평균화한다는 원칙 아래 다른 스웨터 공장에서도 노동조합이 결성되기를 기다리고 있었다. 3월 20일경이 되자 부평공단 내의 5개 스웨터 공장에 전부 노동조합이 결성되어 3월 21일에는 공단 본부 회의실에서 임금 문제를 협의하기 위해 5개 스웨터 업체의 사용자 측과 노동자 측이 모여 노사 간담회를 가지게 되었다. 그 자리에서 사용자 측과 노동자 측은 3월 25일부터 5개 업체가 공동으로 노사 간에 임금협정을 체결하기로 결정하고 교섭권을 위임받은 사용자 측 대표와 노동자 측 대표가 정해졌다. 거기서 사용자 측 교섭 대표로는 삼원섬유의 이 서무와 S물산의 최 공장장이 선정되었고 노동조합 측 대표로는 P교역의 분회장과 내가 선정되었다.

이렇게 해서 임금협정 체결을 위한 작업이 진행되고 있는 동안 우리 분회에서는 또 하나의 사건이 터져 노조를 궁지에 빠뜨렸다. 앞서 얘기했듯이 노조를 와해시키기 위한 노조 반대운동을 했던 몇 사람들이 연일 작업을 거부하자고 획책하다가 다른 조합원들의 불응으로 큰 효과를 거두지 못하자 다시 새로운 계획을 실행에 옮겼던 것이다. 그것은 "공임이 싸니 공임 인상을 위한 파업을 하자"는 내용의 연판장을 돌려 조합원들의 서명을 받는 것이었다.

어느 돌멩이의 외침

이들은 3월 22일, 그러니까 공단 본부에서 노사 간담회가 있던 이튿날 오후 연판장을 돌려 편직부 조합원들에게 일일이 서명을 받았다. 완력이 센 이들의 요구를 정면으로 거부할 수 없었던 조합원들은 이들의 압력에 눌려 본의 아니게 서명을 했다. 조합원들로부터 서명을 받은 그들은 연판장을 들고 의기양양하게 분회 사무실로 나를 찾아왔다.

"분회장, 조합원들이 공임투쟁을 하자고 이렇게 서명을 했는데 분회장 생각은 어떻소? 우리는 분회장의 허락을 받으려고 이렇게 찾아온 것이오."

그들은 나에게 결정을 내리라는 것이었다.

"아니, 당신들 마음대로 서명을 받을 때는 언제고 이제 와서 내게 허락을 받으려고 하는 것은 무엇이요? 당신들 생각대로 처리하면 될 게 아니오."

나중 문제가 발생하면 나에게 책임을 전가하기 위한 것이어서 나는 그들의 요구를 거절해버렸다.

"당신은 우리의 대표자가 아니오? 조합원을 위한 분회장이 조합원의 뜻을 거절할 것이오?"

이쯤 되니 누가 옳고 누가 그른지 분간할 수 없게 되었다. 진정 그것이 조합원들의 뜻이라면 그들의 말이 옳다. 그러나 지금까지 회사에 달라붙어 조합을 궁지에 빠뜨리는 일이라면 별짓을 다 해온 그들이 아닌가. 빤하게 그들의 계략에 말려든다는 것을 알면서

진퇴양난의 괴로움

도 내가 그들의 말에 찬동해야 한단 말인가. 조합을 깨뜨리려고 획책해온 그들이 오히려 조합원들을 운운하는 데에는 나는 차라리 바보가 된 기분이었다. 조합을 파괴하기 위한 것이라면 솔직하게 노조를 반대하니까 깨야겠다고 정정당당하게 말할 것이지 조합원을 위한 것인 양 위선의 탈을 쓰고 명분을 내세우는 그들의 이율배반적인 행위에 나는 아연해지지 않을 수 없었다.

그들이 내게 연판장을 가지고 와서 내 허락을 받고자 하는 데에는 두 가지 이유가 있었다. 첫째로 내가 그들의 요구에 승낙했을 경우 나중에 문제가 생겼을 때 자기들은 "분회장이 하라고 해서 그랬다"고 나에게 책임을 전가할 것이고, 만약 내가 승낙하지 않을 경우에는 "분회장이 조합원의 뜻대로 움직이지 않는다"는 선전을 하여 조합원과 나를 이간하려는 데 있었던 것이다.

사실 그렇지 않아도 그동안 반대파의 선동을 수차례나 막는 동안 누구의 입에서인지는 몰라도 "분회장이 회사 측으로 넘어갔다"고 하는 변절설과 "분회장이 회사에 백만 원을 받고 매수되었다"는 금전 수수설이 나돌고 있는 처지였다. 이런 뜬소문을 듣고 조합원들 간에는 혹시나 하는 생각을 아닌 게 아니라 가지고 있는 사람도 있었고 나를 잘 아는 조합원은 나를 찾아와 "그게 정말이냐"고 물을 때도 있었다. 그럴 때 나는 하도 어처구니가 없어 "겨우 백만 원이라더냐"고 쓴웃음을 지을 때가 많았다. 그러나 대부분의 조합원들은 그러한 말이 조합원과 나를 이간하려는 악선전에 불과하다는 것을 잘 알고 있었고, 사실은 흘러가는 뜬소문 정도에 지나지 않는 것들이었다. 그래서 나역시 그 말에 굳이 변명할 필요조차 없다고 여겼다.

그러나 오늘 그들은 나에게 이것이냐 저것이냐 중 하나를 결정하라는 것이다. 내가 그들에게 굳이 거기에 대해 대답을 하지 않은 것은 문제가 되었을 때 책임을 지는 것이 무서워서도, 또 회사에게 매수되었다는 소문을 듣는 것이 겁이 나서도 아니었다. 정말 그것이 필요한 일이라면 설령 나 자신 한 사람이 희생된다 할지라도 누구보다 앞장서서 싸울 용의가 있었다. 바로 지금까지의 내 기본적인 자세가 그래왔고 또 그런 정신으로 나는 이제까지 행동해왔다.

그들은 내가 답변을 하지 않고 가만히 있자 빨리 결정을 내리라고 거듭 재촉했다. 그러나 그들에게 무얼 어떻게 답변해야 한단 말인가. 간음한 여인을 데려와 이 여인을 어떻게 하면 좋겠느냐고 물었을 때 "죄 없는 자가 돌로 쳐라" 하셨던 예수님의 지혜는 무엇이었을까? 만약에 예수가 당시의 사회제도와 법률에 따라 그 여인을 '죽여라' 했다면 인간 생명의 존엄성을 주장하던 예수의 언행 모순을 흠잡아 헐뜯었을 것이고 '죽이지 말라' 했다면 그들은 예수를 사회의 질서와 제도, 법률을 파괴하는 불순분자로 몰아쳤을 것이다.

거듭되는 그들의 재촉에 나는 결국 "당신들이 하고 싶은 대로 하라"라는 말밖에 할 수 없었다. 그것이 확실한 대답이 아니어서 그들은 못마땅한 눈치였으나 내게서 더 이상 또렷한 대답이 나올 것

같지 않아서인지 서로 눈짓을 주고받더니 "그럼 분회장이 허락한 것으로 알고 가겠다"면서 분회 사무실을 나가버렸다.

어느 돌멩이의 외침

작은 이들의 모임

사주한 자

이튿날 아침에 출근해서 분회 사무실의 청소를 끝내고 현장으로 들어가려는데 부분회장인 양 형이 허겁지겁 달려와 현장에서 일이 벌어졌다는 것이다. 나는 기어코 일이 터졌구나 싶어 편직부 현장으로 들어가 보니 그들은 아예 조합원들을 현장 옆에 있는 원사(原 絲) 창고로 몰아넣고는 문까지 잠가버린 후였다. 우리가 창고 문을 열려 해도 박 씨 등 몇 명이 못 들어오게 떠미는 바람에 창고 속으로도 들어갈 수 없는 처지였다.

이러는 동안에 누가 전화가 왔다고 하기에 사무실로 가 받아보니 경기지부 지부장이 회사로부터 연락을 받고 내게 전화를 건 것이다. 지부장은 내게 전화로 호통을 쳤다.

"왜 자꾸 문제만 일으키고 야단이야! 노동조합이 매일 파업이나 하는 건지 알아. 난 이제 책임을 질 수 없으니 네가 알아서 해."

한참이나 호통 치던 지부장은 곧 내려가겠으니 기다리라고 하고서는 전화를 끊었다. 이윽고 지부장이 내려왔고 회사 사무실로 경찰도 들이닥쳤다.

회사의 얘기를 들은 경찰은 노조에서 파업을 주동한 것으로 단정하고 회사에서 제보해주는 대로 주동자 몇 사람과 분회 간부들을 연행해 가기 시작했다. 처음 경찰에 연행된 사람은 나까지 11명이었다. 우리가 경찰서에 있는 동안 뒤따라서 5명이 붙들려 와 모두 16명이 연행되어 온 셈이 되었다.

그날 우리는 밤새워 조사를 받고난 뒤 이튿날인 24일 오후, 16명 중 5명이 먼저 풀려나고 나를 포함한 나머지 11명은 25일까지 조사를 받다가 이번 사건이 노조를 반대하는 몇 사람이 연판장을 돌림으로써 발생했다는 사실이 밝혀지자 전원 훈방 조치로 풀려나왔다.

사건은 이런 식으로 일단 마무리되긴 했지만 조사를 받으면서 내가 받았던 충격은 이루 말할 수 없는 것이었다. 경찰은 이번 사건을 주도한 것이 노조이고, 또 우리를 배후에서 사주한 불순 세력이 있다는 것을 아예 처음부터 단정하고 있었다. 그리고 우리는 배후 조종을 받고 그들이 시키는 대로 장단이나 맞추는 광대에 지나지 않는다고 여기는 모양이었다.

수사 과정에서 경찰이 어떤 사건의 배후 세력이 있다면 그것을 캐내려고 하는 것은 매우 당연한 일이라 하겠다. 그러나 실제로 그런 사건이 일어나는 진정한 이유가 무엇인가는 도외시해버리고 남이 사주했기 때문에 사건이 발생했다는 식으로 계보 짜기에만 급급한다면 문제의 본질은 언제까지나 놓치고 만다는 것이 내 생각이었다.

더구나 우리는 경찰로부터 우리가 노동조합을 한다는 구실로 그룹 활동이다 뭐다 하면서 공산당 지하조직 같은 것을 만들어놓고 선량한 근로자들을 선동해 기업주에게 대항하고 파업을 능사로 삼고 있다는 것, 그리고 그러한 극렬한 투쟁 방법이 꼭 공산당과 같다는 지독한 비난을 받아야만 했다. 그런 말을 들으면서 나는 눈앞이 깜깜해지는 것 같았다. 언제 우리가 파업이나 일삼아왔던가. 우리들이 일어난 것은 일어날 수밖에 없었던 한계점에 도달했을 때뿐이다. 더구나 우리의 요구란 그야말로 최소한의 것이었지 그 이상의 것도 아니었다. 단지 우리를 선동해서 기업주에게 대항하게 한 사람이 있다면 그건 누구도 아니요, 오직 인간으로서 최소한의 것조차 무시하고 노동자를 학대하고 임금을 깎고 노조를 파괴하려한 기업주 자신이 아닌가. 처벌해야 할 장본인은 그들이지 노동자로서 최소한의 권리를 찾으려 했던 우리가 아닌 것이다.

어쨌든 '공산당', '지하조직', '배후의 불순 세력', '극렬적인 투쟁'

등 내게 주어진 그러한 어지러운 용어들은 그 뒤에도 항상 내 마음을 압박해왔다. 또 그러한 말들 속에서 나는 앞으로 우리가 가야 할 길이 얼마나 험난할 것인가를 다시 한 번 느끼지 않을 수 없었다.

임금협정 체결

이 사건으로 해서 3월 25일에 5개 스웨터 업체를 상대로 노사 간에 임금협정을 교섭하려던 것이 불가피하게 3월 28일로 연기되었다.

임금교섭은 참으로 어려운 일이었다. 한 푼이라도 더 주지 않으려는 회사 측의 태도를 대하면 그건 마치 커다란 무쇠 덩어리를 대하는 것과 같은 기분이 들었다. 더구나 개개의 회사에서 노사 간에 교섭하는 것도 아니요, 5개의 회사를 상대로 교섭하는 일이라 어려운 점이 더욱 많았다. 그렇게 해서 교섭을 시작한 지 한 달이 넘은 5월 초순경에야 비로소 노사 간에 임금협정이 체결될 수 있었다.

그때 새로이 체결한 임금협정에서 우리는 지금까지 도급제도라는 원시적인 임금제도의 허점을 이용해 회사에서 일방적으로 책정하는 편직공임 때문에 그것이 부당한 공임이든 아니든 울며 겨자 먹기 식으로 일할 수밖에 없었던 점을 감안해서 도급제 임금의 보장급(保障給)을 요구했던 것이다. 보장급의 하한선은 8시간을 기준으로 해서 380원 이상이 되도록 정했다. 이것은 편직공임의 책정은 종전대로 회사에서 하되 회사가 책정한 공임이 편직공들이 일해본 결과 평균 380원 이상이 안 되면 그 미달된 공임에 대해서 회사에서 다시 재조정을 해준다는 것이 골자였다.

그리고 가공부는 지금까지 150~160원 하던 양성공 초임을 8시간 기준으로 256원(18세 미만 노동자)~300원(18세 이상 노동자)으로 정하고 본공 임금을 400원 이상으로 정했다.

이러한 임금은 당시 타 업체 및 타 산업 노동자의 임금 수준에 비하면 비교할 수 없을 정도로 낮은 임금이었지만 지금까지의 스웨터 업체 노동자들의 고질적인 저임금을 당장 만족할 만한 수준으로까지 끌어올린다는 것은 무리였다. 그래서 우리는 다시 9월에 가서 재인상을 한다는 단서를 삽입하여 5개월 후에 다시 임금을 재인상하기로 합의하고 일단은 스웨터 업체의 무질서한 임금체계에 어떤 기준을 마련하는 것으로 만족할 수밖에 없었다.

나는 처음 우리가 생각했던 수준에서 회사 측의 허용 한계가 너무 낮아 우리 분회는 합의를 거부하고 차라리 노동청에 조정 신청이라도 내자고 주장했다. 분회의 이러한 반대에 부딪히자 회사는 우리 회사 종업원의 임금을 다른 업체의 근로자보다는 더 높게 책정해주겠다는 각서를 분회 앞으로 써주었다. 이렇게 되자 우리도 어쩔 수 없이 다시 인상될 9월에 기대를 걸고 회사와 합의를 보는 수밖에 없었다.

임금협정을 체결하기 위해 이렇게 바쁘게 뛰어다니던 4월, 그러니까 4월 19일 나는 상부 단체인 경기지부 1974년도 대의원대회에서 지부 조직부장으로 선출되는 영광을 얻기도 했다.

5월 10일, 임금협정을 체결한 후 처음으로 인상된 임금인 4월분 급료를 받고 보니 가공부 숙련공 평균임금을 400원 이상으로 협약한 것과는 달랐다. 분회에서 조합원들의 임금 봉투를 거두어 조사해본 결과 협약한 임금에서 5%나 미달되는 평균 380원으로 지급되어 있었다. 그나마 미운 사람은 조금 주고 고운 사람은 후하게 주는 식으로 편파적으로 책정했기 때문에 일부 노조 간부와 노조에 협력을 아끼지 않았던 세탁부 아주머니 등에게는 고작 10~20원이라는 소액의 임금밖에 인상되지 않았다.

그런데 이에 불만을 품은 분회 부녀부장 등 10여 명의 조합원들이 월급을 받은 다음 날 집단적으로 회사에 사표를 내고 말았다. 부녀부장 정 씨는 노조 결성 이전까지는 회사로부터 매월 본봉 외에 3~4천 원의 특별급여까지 받아왔으나 분회 임원을 맡게 된 이후부터는 회사의 미움을 받아 특별급여는 고사하고 임금 인상에서조차 편파적인 대우를 받게 된 것이다.

나와 분회 간부들은 퇴사를 적극 만류했다. 이번 문제는 어떤 일이 있어도 해결할 테니 같이 공장을 그만두는 날까지 함께 일해 나가자고 했으나 이들의 마음을 끝내 돌이킬 수 없었다.

이튿날 점심시간, 퇴사를 하는 이들과 회사에 남아 있는 동료들이 분회 사무실에 모여 석별의 정을 나누는 모습이란 실로 눈물겨 웠다. 서로가 얼싸안고 흐느껴 우는 우리 사이에는 그동안 말 못할 고생과 역경 속에서 같이 울고 같이 웃으며 맺어진 뜨거운 동료애 가 넘치고 있었다. '샘' 그룹 회원이었던 17살 행순이가 이불 보따 리를 내려놓고 "죄송해요. 우리만 떠나게 되어…" 하면서 말끝을 잊 지 못하고 나를 붙들고 울었다. 그 바람에 모두들 일어나서 서로를 붙들고 엉엉 울 땐 서로가 떨어진다는 슬픔보다도 '누가 우리를 이 렇게 만들었느냐'는 원망이 앞서는 것 같았다.

임금이 적고 차별대우를 받아 떠나는 이들이지만 우리만 떠나게 되어 미안하다는 그 말의 의미를 어찌 같이 겪어보지 않은 사람들 이 이해할 수 있겠는가. 가진 것 있고 힘 있는 자들에게 사람으로 태어났으면서도 사람대접을 받지 못하고 그들의 횡포에 시달려오 면서도 우리도 이제는 사람답게 살고 싶다는 힘겨운 싸움에서 "내 동료 내 친구는 저렇게 남아서 싸우는데 우리만 이렇게 떠나게 되 었으니 죄스럽다"는 그 말, 비록 나이 어리고 학력은 낮지만 우리 가 어떤 일을 해야 한다는 높은 자각만은 가지고 있던 이들이었다. 나는 차라리 이들이 내게 "당신은 분회장으로 있으면서 그런 것도 해결해주지 못하느냐"고 항의라도 했다면 오히려 마음이 후련해질 것 같았다.

점심시간이 끝나자 그들도 떠나가고 조합원들도 현장으로 들어 가고 난 뒤 분회 사무실에 혼자 남은 나에게는 갑자기 말 못할 외로움 같은 것이 엄습해 왔다. "왜 그들은 떠나가야 하고 나는 남아 있어야 하는가." 그들이 남아 있고 내가 떠나야 할 것을 분회장으로서 힘껏 싸우지 못하는 내 자신이 한없이 원망스럽고 내가 그들에게 용서받지 못할 죄를 짓고 있는 듯한 죄책감을 나는 어찌할 수 없었다.

그날 저녁 이 문제를 해결 짓기 위해 분회에서는 상무집행위원회를 개최하고 대책을 논의했다. 단체협약 체결 시 타 회사보다는 더 높은 임금으로 인상 조정해주겠다는 내용의 각서까지 분회 앞으로 써준 회사에서 협약된 임금보다도 더 낮게 임금을 지급한 처사도 문제이거니와 그것마저 편파적으로 지급한 일은 이다음을 위해서라도 좌시만 할 수 없다는 중론에 따라 우리는 이 문제를 끝까지 해결한다는 원칙에 합의했다. 그래서 우리는 5월 13일, 회사에 공문을 보내 '단체협약 불이행에 대한 시정'을 요구하고 만약 이를 시정하지 않을 때는 노동조합법 제39조 3항에 의거하여 회사를 사직 당국에 고발하겠다고 통고했다. 그러나 회사의 반응은 냉담했다. 이에 대한 시정은 고사하고 더욱더 조합원들에게 압력만을 넣는 것이 회사의 답이었다.

하루는 이번에 임금이 조금밖에 인상되지 않은 세탁부 아주머니들이 나를 찾아와서 "분회장님, 우리도 연장 작업을 하게 해주세요"라고 말을 해 왔다. 나는 아주머니들의 말이 이상해 연장 작업을 하고 있지 않느냐고 물었더니, 아주머니들은 지금까지 계속 했는데 이번에 월급을 타고부터는 우리가 분회장에게 임금이 적게 인상됐다고 불평을 해서 분회장이 회사에 항의를 했다고 하면서 벌써 며칠째 우리만 연장 작업을 못 하게 한다는 것이었다.

"애들하고 살자니 한 푼이라도 더 벌어야겠다"는 아주머니들의 얘기를 듣고 나는 착잡한 심정을 어찌할 수가 없었다.

'먹고 살 수 없으니 임금을 인상해달라고 하지는 않고 일을 좀더 하게 해달라는 저 순박한 사람들을 회사에서는 왜 못 잡아먹어서 저렇게도 안달일까.'

오히려 나는 너무 순박한 아주머니들을 보자 속이 상하는 것 같았다. 왜 그렇게도 욕심이 없냐고…. 내가 힘써 해결해드리겠다고 하자 아주머니들은 몇 번이고 고맙다고 말하고서는 사무실을 나갔다.

이러한 문제들로 우리는 몇 차례 회사와 교섭을 진행했으나 회사 측의 불응으로 끝내 사직 당국에 고발한다는 원칙을 세우고 있었다. 그때만 해도 노동법의 처벌이 상당히 강화되어 있는 시기여서 우리는 그렇게 하기로 마음먹은 것이다.

이럴 즈음 하루는 서울에 있는 지부장이 내려와서 내게 고발을 만류했다.

"유 분회장, 왜 회사와 자꾸 싸우고 그래! 지금이 어디 노동조합할 때야, 더구나 유 분회장은 경찰이 감시를 하고 있잖아."

"경찰이 왜 감시하는지는 모르겠습니다마는 이런 부정을 그대로 묵인한다는 것은 수많은 조합원들의 권익을 위해 일한다고 하는 노동조합 대표자로서 양심이 허락하지 않습니다."

"물론 이념도 좋지만 노동조합은 현실 운동이야. 현실과 타협하면서 기술적으로 권익을 찾아야지. 자네가 자꾸 그러면 기관에서 감시를 받고 있는 처진데 분회장 자리까지도 난 책임질 수 없어."

지부장의 의미 있는 한마디였다.

"지부장님, 전 편안하게 타협하면서 분회장 자리에 오래 있고 싶은 생각은 없습니다. 노동조합을 만든 목적이 조합원의 권익을 찾기 위한 것이지 제가 분회장 자리를 오래 차지하려고 한 것이 아니지 않습니까? 내일 당장 분회장 자리를 내놓는 한이 있더라도 전 목적을 잃은 조직체의 노예가 되고 싶은 생각이 없습니다. 또한 그러한 노동조합을 조합원들이 결코 용납지 않을 겁니다. 아무튼 이번 문제만은 어떤 방법을 통해서라도 꼭 해결해야지 그렇지 않으면 조합원들이 가만히 있지 않을 것입니다. 우리 분회는 분회장이 마음대로 하는 그런 노동조합이 아니니까요."

사실 우리 분회는 대표자가 모든 일을 좌지우지하는 그런 분회가 아니라 조합원 전체의 뜻이 무엇보다 존중되는 민주적 조직체로 발전하고 있었다. 조합원들은 자기의 문제를 대표자에게만 일임하는 수동적인 존재가 아니었고 자기의 문제를 동료와 함께 해결해 나간다는 강한 책임의식을 지니고 있었다. 물론 나 개인에 대한 신뢰도 있었겠지만 공적인 일에 대한 감시는 게을리 하지 않았

어느 돌멩이의 외침

다. 그렇기 때문에 우리 분회는 대표자가 생각하는 대로 좌우되는 하향식 조직이 아니라 구성원들이 너나 할 것 없이 함께 참석하는 공동체적인 조직체로 성장하고 있었던 것이다.

회사와의 교섭이 최종적으로 결렬된 5월 25일, 우리는 회사를 상대로 '단체협약 불이행'을 들어 노동청 인천지방사무소에 진정을 내었다.

이렇게 해서 노동청 근로감독관의 중재로 회사와 '임금 재인상 조정'에 합의를 보고 분회에서도 진정서를 취하했다. 이 때문에 나는 개인적으로 회사에 더 미움을 사게 되었지만 조합원들은 9월부터 종전 평균 380원에서 440원이라는 협약 임금보다 훨씬 상회하는 임금을 받을 수 있게 되었다.

당시 이 문제를 해결하기 위해 애써주던 노동청 인천지방사무소의 박 근로감독관의 고마움을 나는 지금도 잊을 수 없다. 꼭 우리의 문제를 해결해주어서가 아니라 그분은 지금까지 내가 본 공무원 중에서 가장 양심적이고 사려 깊은 분이라고 여겼기 때문이다. 국민의 공복으로서 편견 없이 일을 처리해주었고 전혀 관료적인 면을 찾아볼 수 없었던 소박한 그분을 내가 다시 한 번이라도 찾아뵙고 인사를 드리지 못한 것이 지금도 아쉬움으로 남는다. 임금이 조금 인상되자 조합원들은 무척 좋아했다. 조금만 잘해주어도 고마워하는 순진한 이들을 회사는 지금까지 그 점을 이용해 못살게 굴어왔던 것이다. 이때부터 조합원들은 노조 결성 이전보다는 그래도 약간 좋아진 노동조건 속에서 그동안 숱한 고생을 겪으면서 지켜온 노동조합의 보람을 찾는 듯했다. 세탁부 아주머니들도 이번에는 제법 임금이 많이 인상되어 내게 몇 번이나 고맙다는 말을 하면서 혼자 사니까 빨래하기 귀찮을 거라며 나만 보면 빨래를 가져오라 하여 오히려 내가 민망할 지경이었다.

같이 배우면서

분회가 어느 정도 안정 궤도에 들어선 5월 어느 날, 나에게 한문을 배워오던 '샘' 그룹 회원과 '다이어몬드' 그룹 회원이 중학교 과정을 공부하고 싶다면서 내게 가르쳐달라는 부탁을 했다. 하지만 나는 그들에게 중학 과정을 가르쳐줄 만한 능력이 없었다. 나 자신이 중학교 문턱에도 가보지 못했기 때문이다.

그러나 나는 그들의 어린 꿈을 꺾을 수가 없어 어떻게 해서라도 그들의 요청을 들어주고 싶었다. 그래서 그들을 가르칠 수 있는 교사를 물색하던 중 편직부에서 일하는 최 씨에게 부탁을 했다. 최 씨는 나보다 두어 살 아래로 고등학교를 나온 사람이었다. 내 말을 들은 최 씨도 쾌히 승낙했다. 이렇게 해서 한 사람은 구했으나 또 한 사람은 구할 재간이 없어 최 씨가 15~16세의 나이 어린 '다이어몬드' 회원들에게 중학교 교과서를 중심으로 공부를 지도하기로 하

어느 돌멩이의 외침

고 나는 그보다 조금 나이 많은 17~18세의 '샘' 그룹을 맡아 가르치기로 했다.

내가 그들을 가르친다기보다는 강의록을 사다 놓고 같이 배운다는 것이 옳은 표현이었다. 나와 같이 공부를 한 '샘' 그룹 회원은 모두 9명이었다. 그들은 퇴근을 하면 전부 내가 자취를 하는 방으로 와서 매일같이 함께 공부를 했다. 나는 그들을 위해 방에다 칠판도 사다 걸어놓았다. 이렇게 해서 저녁이 되면 내 방은 공부하는 교실로 변했다.

그들의 배움에 대한 열망은 실로 진지했다. 비록 가르치는 사람은 없었지만 배우고자 하는 노력만은 어느 누구에게도 뒤지지 않았다. 그중에서 아마 내가 제일 열등생이었던 것 같다. 그들 앞에서 모르는 문제가 있으면 곤란할까봐 나는 매일 밤늦도록 참고서를 뒤적이면서 공부를 했지만 막상 다음 날 그들에게 설명을 해주려 하면 벌써 어젯밤에 알았던 것도 까맣게 잊어버릴 때가 많아 쩔쩔매기가 일쑤였다. 이럴 때면 그들이 먼저 문제를 알고 "분회장님 그것도 몰라요?" 하면서 핀잔을 주는 것이었다. 그럴 때면 나는 "응, 엊저녁에는 알았는데…" 하면서 무안해했는데 이런 나를 보고 모두 웃음바다가 되기도 했다. 그러나 정말 어려운 문제가 나와 그들도 모르고 나도 모르는 상황에 처하면 우리의 답답한 심정이란 이루 말할 수 없었다. 내가 중학교라도 나왔으면 하는 안타까운 마음이 절실했다.

나는 하는 데까지 해보자, 정말 안 될 때 다른 사람에게 부탁하는 한이 있더라도 끝까지 이들이 공부를 계속할 수 있도록 해주어야 한다고 마음먹고 있었다. 초롱초롱 빛나는 18개의 눈동자를 나는 배신하고 싶지 않았던 것이다. 내가 그들을 지도할 교사를 마련하지 못한 것은 몇 가지 이유가 있었다. 같은 공장 사람들 중에서 누군가 그들을 지도해준다면 제일 좋겠지만 학력이 너나 나나 다 엇비슷해 지도할 만한 사람이 있는 것이 아니었다. 그렇다고 외부 사람을 섣불리 끌어들일 수도 없는 처지였다. 그렇지 않아도 형사들이 회사까지 찾아와서 그룹의 명칭과 회원들을 조사하고 그룹 활동을 감시하고 있던 터라 내가 만약 외부 사람을 끌어들였다가 알려지기라도 하는 날이면 경찰로부터 어떤 소리를 들어야 할지 몰랐기 때문이다.

　정말이지 그룹 활동에 대한 형사들의 감시는 도에 지나치기까지 했다. 형사들이 그러는 통에 심지어는 그룹 회원들 중에서까지 처음에는 나를 수상한 자라고 생각하고 모임에 의식적으로 빠지는 사람이 있었다. 그들은 나중에 형사들이 하도 조사를 하길래 처음에는 우리도 분회장님이 꼭 간첩인 줄 알았다면서 모임에 빠지려 한 사실을 고백해 나도 그들도 웃음을 참지 못했다. 그러나 사실을 알고 난 그들은 "강도나 도둑놈이나 잡을 일이지 뭐 할 일이 없다고 우리 같은 노동자들 뒤꽁지만 따라다니지?" 하면서 경찰이 하는 일을 못마땅해했다.

그러나 나는 기관의 그러한 감시 속에서도 열심히 그룹 활동을 지도했고 또 같이 공부하는 일을 게을리 하지 않았다. 좀 더 생각하고 배우며 의미 있는 삶을 찾기 위해 발버둥치는 그들의 소중한 꿈과 희망이 외부로부터 오는 방해 때문에 중단되어야 할 이유가 없지 않은가. 오히려 나는 기관과 회사의 방해가 심하면 심할수록 내 결의를 굳혀 나갔다. 진실과 앎에 목말라하는 동료들의 갈망을, 그들의 빛나는 눈빛을 나는 언제까지나 지켜 나가고 싶었던 것이다.

어떨 때는 간혹 조합원들이 "구태여 경찰과 회사로부터 미움을 받아가면서까지 일할 필요가 없지 않은가?" 하고 나를 진심으로 걱정해주기도 했다. 그럴 때면 나는, "현실에서 가장 고통을 받고 괴로움을 당하는 우리 노동자들이야말로 세상의 비정과 횡포를 가장 잘 느낄 수 있다. 바로 다른 사람이 아닌 우리가 항상 그러한 비리를 직접 몸으로 체험하면서 가장 많은 고통을 받고 있지 않은가. 그런 만큼 우리야말로 그러한 비리를 깨뜨리고 정의로운 사회를 만들 참된 능력이 있고 또 책임이 있다. 그러기 위해선 우리는 깨어나야 하고 현실이 아무리 어렵고 힘들다 하더라도 용기를 가지고 떳떳하게 행동해야 한다"고 종종 말하기도 했다. 이러한 신념 때문에 나는 경찰이나 회사의 숱한 감시와 모함을 받으면서도 내가 하는 일이 오히려 즐거울 수 있었던 것이다. 나와 조합원들 간에는 점차 아무런 인간적 간격이 없는 사이가 되어가고 있었다. 나는 분회장이 되고서도 어떤 경우에서든 단체의 대표자라는 권위의식을 가지지 않으려고 노력했다. 조합원들의 충실한 일꾼으로서 모두의 무한한 능력을 함께 모으는 안내자로서 일할 수 있기를 바랐을 뿐이다.

조합원들도 내 이러한 소박한 면을 좋아하는 것 같았다. 남성이든 여성이든 조합원들은 누구나 나를 친구로, 동생으로, 형, 오빠로 거리낌 없이 대해주었다. 한번은 내가 조합원들 몇몇이 모인 자리에서 대화를 나누는데 23살의 한 여성 조합원이 내게 "분회장을 보면 꼭 우리 아버지 같은 생각이 든다"고 말하는 것이었다. 그러자 모두들 "정말 그래요" 하면서 맞장구를 치는 바람에 오히려 내 얼굴이 부끄러움으로 상기된 적이 있었다. 또한 나는 남성 조합원들로부터 집으로 초대되어 저녁식사를 대접받는 일이 많았다. 두세 명 자취를 하는 그들의 집에 초대되어 식사 대접을 받을 때면 "반찬이 없어 죄송하다"면서 그들이 도리어 미안해했다. 자기들끼리 먹을 때면 간장이나 한두 가지 반찬으로 끼니를 때우는 그들이 정성이 깃든 여러 가지 반찬을 장만해 나를 대접해줄 때면 나는 너무나 고마워 오히려 밥이 넘어가지 않았다.

이들은 하루라도 내가 보이지 않으면 무척 불안해하는 것 같았다. 그래서 나는 하루에 한두 번씩 꼭꼭 조합원들이 일하는 현장을 둘러보았다. 내가 혹시 아침부터 볼일이 생겨 현장에 가보지 못할 때라도 있으면 조합원들은 쉬는 시간만 되면 분회 사무실로 달려

어느 돌멩이의 외침

와 나를 찾곤 했다.

"분회장님이 보이지 않으면 그날은 왠지 불안하고 마음이 안정되지 않아 일을 할 수가 없어요"라며 무슨 일이 있더라도 아침에 현장에는 꼭 좀 들려달라고 했다.

그러나 현장관리자들은 내가 조합원들이 일하는 현장에 들어오는 것을 제일 싫어하는 눈치였다. 하루는 총무부장인 이 씨가 나를 보고 이렇게 말하는 것이었다.

"분회장은 현장에 들어가지 않았으면 좋겠어. 분회장이 현장에 들어가면 현장관리자들이 위축돼서 제대로 일을 시킬 수 없다는 거야."

"제가 그들에게 뭐라고 합니까? 위축될 필요가 없잖아요."

나는 차라리 실소하고 말았다. 그처럼 기세등등하던 현장감독이 우리에게 위축되다니. 그러나 사실 이러한 분위기가 현장에서는 새로이 형성되고 있었다. 이제 조합원들은 뭐든지 시키는 대로만 하는 그런 존재가 아니었다. 일을 하더라도 우리도 그들과 대등한 인격체라는 사실을 점차 자각하고 있었던 것이다. 나 역시 현장감독자들이 조합원들에게 가하는 부당한 처사에 대해서는 결코 묵인하거나 넘어가지 않았다. 맡은 바 일은 성실하게 해서 그들에게 꼬투리를 잡히는 일이 없도록 하자는 말은 자주했지만 그들의 부정은 일벌백계로 대처해 나갔다. 그래서인지 내가 현장에 들어가는 것이 그들에게는 위축감을 주는 일이었는지 모른다.

사실 나는 '샘' 그룹과 같이 공부를 하기 이전에는 특별한 경우를 제외하고는 조합원들보다 먼저 퇴근해본 적이 없었다. 가공부 조합원들의 매일처럼 계속되는 연장근로 때문에 나는 그들의 연장근로가 끝날 때까지 회사에 남아 그들을 기다렸다. 휴일에도 조합원들이 특근을 하면 나도 꼭 출근을 했고 또 철야 노동을 할라치면 그들과 현장에서 밤을 새웠다. 그러나 그들의 고생에 내가 한걸음 더 접근해서 체험해보려고 노력은 했지만 실제로 당하는 그들의 고통에 비하면 호화스러운 것에 지나지 않았으리라.

이러는 동안 우리들 사이에는 무언가 새로운 인간적, 사회적 관계가 싹트고 있다는 기분이 들었다. 어느새 우리는 어느 누구도 떼려야 뗄 수 없는 우애와 신뢰로 뭉쳐진 하나의 견고한 운명 공동체로 발전하고 있었다. 하루라도 동료를 보지 못하면 아쉽기만 하고 만나면 친형제보다 더 반가운 관계가 맺어졌고 같이 자고 같이 고락을 나누며 공동으로 운명에 대처해 나간다는 연대감을 서로 나눌 수 있었던 것이다. 이와 더불어 체념, 자포자기, 동료에 대한 시기나 질투심, 상사에 대해 눈치 보기와 같은 우리들이 예전에 갖고 있던 부정적 측면들이 하나씩 사라지기 시작했다. 또한 비록 못살고 어려운 처지에 있지만 일하지 않고 떵떵거리며 사는 무위도식하는 자들을 부러워할 것이 하나도 없고 일하는 우리야말로 세상에서 가장 소중한 존재라는 노동자로서의 긍지감과 자부심을 아울러 가지게 되었다. 이렇게 몰라보게 변모하는 우리들의 관계는 실

어느 돌멩이의 외침

로 우리 모두가 한결같이 갈망하면서도 포기해오기만 한 새로운 사회 건설의 참다운 모습들이 아니던가.

물론 개중에는 이러한 우리의 전진에서 이탈되어 회사의 회유에서 벗어나지 못하는 사람들도 있었다. 노동자로서의 위치를 찾지 못한 채 오히려 동료들이 하는 일을 시기하고 방해하는 사람들을 보면 우리에게 좀 더 능력이 있다면 하는 아쉬움으로 안타까울 때가 많았다. 노조가 정상 궤도에 오른 6월 하순경부터는 회사에서 도리어 편직부 조합원들에게 연장근로와 휴일특근을 해달라고 간청하는 사태로 변했는데, 자기들이 친 올가미에 스스로 걸려든 꼴이 된 이 문제를 가지고 회의를 가진 7월 11일에도 그들의 난폭한 언사로 회의장이 온통 어수선해진 일이 있었다. 그들은 작업시간임에도 불구하고 무단으로 작업장을 이탈하여 옥상에 올라가 노는가 하면 밖에 나가 술을 먹고 들어오기도 하고 심지어는 남들이 일하는 작업장에서 잠을 자는 등 이해 못할 행동을 하기 예사였다. 그러나 다른 사람들에 대해서 그토록 까다롭게 사규를 내세우는 회사가 이들 행동만은 무엇이든 묵인해주고 보호해주는 데에 조합원들은 모두 분개하고 있는 처지였다. 그래서 조합원들은 회사에서 아무리 생산성 향상이니 노사 협조니 하면서 연장근로와 휴일특근을 해달라고 간청해도 "우리에게 작업 합리화니 노사 협조니 하는 것을 말하기 전에 회사 측의 태도를 분명히 하고 난 뒤 그런 말을 하라"고 불응해왔던 것이다.

그래서 회사에서도 한번은 마지못해 그들에게 시말서를 받은 일이 있긴 했지만 회사에 대해서도 결코 도움이 되지 않는 이율배반적인 그들의 존재를 회사가 계속 두둔하는 것을 보면 회사는 회사 나름대로 깊은 속셈이 있었던 모양이다. 나 역시 그들과 다투어야 할 때는 정말 밉기도 했지만 언젠가는 그들도 우리를 이해하고 같은 대열에 참여할 것이라는 기대감으로 스스로를 달랠 수 있었다.

이름만 조직부장

나는 분회 일 외에도 노동조합이 조직되지 않은 미조직 업체에 대해 노동조합이 결성되도록 노력을 아끼지 않았다. 우리 노동조합은 부평공단에서 제일 처음 결성된 노조였기 때문에 공단 안에 있는 많은 다른 업체의 노동자들이 나를 찾아와 노동조합이 무엇인가를 문의하기도 했고 또한 그들이 노조를 결성할 때면 내게 협조를 구하기도 했다. 그럴 때마다 나는 내 일처럼 그들을 정성껏 도왔다. 이런 일 때문에 경찰로부터 다른 공장 노동자들까지 선동한다는 비난과 압력을 받긴 했지만 그런 것에 아랑곳하지 않고 나는 경찰이 알게 모르게 그들에게 내가 아는 것을 가르쳐주고 또 협조해주었다.

6월 초로 생각되는 어느 날이었다. 그날도 공단 안에 있는 봉제

업체인 S공업(주)에서 일하는 22세쯤으로 보이는 노동자 한 사람이 나를 찾아왔다. 현장에서 반장으로 있던 그는 동료들에게 노동조합 얘기를 하다가 회사에 들켜 이틀 전에 해고를 당했다는 것이다. 그러면서 그는 지금 회사에서 자기들이 당하고 있는 어려움을 내게 털어놓았다. 그의 얘기를 듣고 보니 지난날 삼원섬유에서 일하던 우리들의 고통이 생생하게 떠올라 그들에게 무언가 도움을 주고 싶었다.

그는 나에게 자신의 복직과 노동조합 결성에 대한 협조를 부탁했다. 나는 쾌히 승낙했다. 그 자리에서 진정서를 써주고 그로 하여금 노동청 근로감독관실에 부당하게 당한 해고를 진정케 했다. 그 일이 있은 후 그는 자기 친구 한 사람을 데려와 노동조합에 대한 교육을 좀 해달라고 부탁했다. 때문에 나는 이들 둘을 자주 만나 근로기준법과 노동조합에 관한 얘기를 해주면서 이들의 의식을 깨우치려고 노력했다. 이들은 나와 몇 번 만나는 사이 점차 노동조합을 결성해야겠다는 결심을 굳히는 것 같았다.

하지만 나는 이들이 섣불리 노동조합을 만들어야겠다는 생각에는 찬성할 수 없었다. 노동조합이란 우리에게 조금 이익이 된다고 그냥 만들고 불리할 땐 없애버리는 그런 식의 조직체가 아니다. 적어도 여기에는 사회 정의에 입각하여 언제나 가진 것 없는 자들의 이익을 위해 싸우겠다는 어떤 이념을 요구하는 법이다. 그렇지 않을 땐 주위의 압력과 회유에 쉽게 변질하거나 좌절해버리는 경우가 허다하며, 그런 노동조합은 오히려 없느니만 못할 때가 많았다. 그래서 나는 이 운동을 하려면 누구나 노동운동에 대한 어떤 철학 내지 신앙이 있어야 한다고 생각해온 터였다.

평등을 향한 움직임이 있는 사회는 바로 그 사회가 평등하지 않다는 반증이며, 또 힘(경제, 권력, 기회)이 편재해 있는 사회에서 그러한 움직임은 불가피하게 가진 자와의 충돌을 가져온다. 또한 가진 자와의 충돌은 이에 맞서는 가지지 못한 자들의 희생을 요구한다. 그러한 희생의 가치를 알고 그 희생을 이겨낼 만한 내면적인 자세가 아직 되어 있지 않는 상태에서 일시적인 기분으로 그러한 운동을 이끌어가려 한다면 오히려 그를 따르는 많은 사람들에게 더 큰 위험을 안겨주는 일인 것이다. 내가 우려했던 것은 바로 그 점이었다.

그래서 나는 그들에게 그러한 일을 하다가 고통을 당해도 후회하지 않겠느냐고 몇 번이나 다짐을 했다.

"우리가 어떤 고통을 당하더라도 동료들이나 우리 주위 후배들을 위해서라도 이 일만은 우리 손으로 꼭 해내야겠습니다. 도와주십시오."

그들의 결심은 비장한 듯했다. 옳은 일을 알았을 때 외면하지 않는 그들의 뜻이 고마워 나는 그들과 굳은 악수를 나누었다.

그 후 그들은 매일같이 퇴근 후에 회사 몰래 현장 종업원들을 10여 명씩 데려와서 내게 교육을 부탁했다. 봉제품 생산공장이라 그들 중 대부분이 여성들이었고 또한 18세 전후한 어린 사람들도 많았다. 학력을 물어보니 대부분이 초등학교 졸업이었고, 나는 그들에게 우리 분회 조합원 교육 내용으로 만들어놓았던 차트를 펼쳐가면서 알기 쉽게 노동조합에 대해 설명해주기도 하고 왜 우리가 뭉쳐 노동조합을 만들어야 하는가를 내 나름대로 역설하기도 했다. 그들의 반응은 처음에는 새로운 것에 대한 호기심과 또 그것을 아는 데서 오는 불안감으로 뒤얽혀 있는 듯했으나 곧 무척 고무적인 반응으로 변했다. 한번 나왔던 사람들이 또 다른 동료들을 데려와서 같이 교육을 받고 가는 열성을 보여주었다. 그러는 동안에 나를 처음 찾아왔던 해고당한 반장이라는 사람은 근로감독관에게 진정한 것이 효력을 보아 복직의 기쁨을 맛보았고 이로 말미암아 인간답게 살고자 하는 그들의 발걸음에 생기가 넘쳐흘렀다.

이때부터 그들과 나는 허물없이 가까운 사이가 되었고 정의를 위한 머나먼 길의 동반자로서 뜻을 함께 묶어가고 있었다. 그런데 어느 날 나를 그림자처럼 따라다니며 감시하던 형사들에게 내가 그들과 만나고 있다는 사실이 발각되고 말았다. 나는 예외 없이 형사로부터 들을 소리 못 들을 소리로 또 한차례 호통을 당해야 했고, 그들과 손을 끊지 않으면 안 될 처지에 놓이게 되었다. 김 형사에게 호통을 당한 며칠 후 나는 지부장을 만났는데 그는 내게 "유 분회장은 경찰의 감시가 심하니 신규 조직에는 다음부터 아예 손을 대지 말고, S공업에 대해서는 지부 송 부장에게 넘겨주라"는 것이었다. 그래서 나는 어쩔 수 없이 그들과 손을 끊어야 했고 지부 조직부장이라는 내 지위는 유명무실한 직책이 되고 말았다.

그 뒤로부터 송 부장이 그들과 관계를 맺으면서 S공업에 노동조합을 결성했으나 노조 결성을 며칠 앞두고 처음 나와 만났던 반장을 했던 친구로부터 슬픈 이야기를 들어야 했다. 그는 분회 사무실로 나를 찾아와서 서운한 표정을 감추지 못한 채 이렇게 말하는 것이었다.

"선생님(그는 나를 선생님이라고 불렀다), 저는 또 회사에서 해고를 당했습니다. 근무 태도가 불량하다는 거예요."

나는 깜짝 놀랐다.

"아니, 왜? 지부장한테 말씀드려 복직을 시켜달라고 그러지. 지부장은 해고당한 사실을 모르고 있나?"

"알고 있어요. 하지만 복직시켜줄 생각은 않더군요."

그는 힘없이 말했다. 노동조합 문제로 회사의 눈총을 받아 근무 불량이라는 핑계로 해고당한 사람을 이대로 두다니. 그의 말을 들은 나는 무슨 짓지 말아야 할 죄를 지은 것 같아 가슴이 아팠다.

"나 때문에 괜히 해고를 당했구려."

"아닙니다. 저는 해고를 당했지만 그래도 S공업에는 노조가 결성될 것 아닙니까? 저는 그것으로 만족합니다. 제가 선생님을 원망한다면 이렇게 찾아오지 않았을 겁니다. 오히려 많은 것을 배웠습니다."

그는 힘주어 말했다. 나는 그 말이 너무 고마워 귀한 동지를 얻었다는 생각에서 그를 덥석 껴안고 싶었다. 그에게 다시 복직을 위해 싸워보자고 했으나 일할 것이 있다면서 떠나려는 그를 끝내 만류할 수 없었다.

그다음 날 지부장을 만났을 때 지부장은 내게 그 얘기를 했다.

"유 분회장은 섭섭할지 모르지만 회사에서 그 사람을 절대 받아들일 수 없대. 그래도 유 분회장이 처음 손잡은 사람인데. 그렇지만 노동조합은 곧 결성될 테니까 염려 마."

회사에서 받아들일 수 없다고 그렇게 포기할 수 없는 일이지 않은가. 그 말을 듣고 나는 '지부장님이 정말 그 사람을 복직시키기 위한 노력을 한 번이라도 했습니까?' 하고 반문하고 싶었지만 이미 다른 곳으로 취업하러 간 그를 생각하고 아무 말도 하지 않았다. 이렇게 해서 한 사람이 희생한 대가로 S공업에서 7월 8일 노조가 결성되는 모습을 보게 되었다. 또한 나도 다른 회사 사람들과는 마음 놓고 만날 수 있는 형편은 되지 않았지만 그래도 감시하는 눈을 피해 끊임없이 나를 찾아오는 사람들이 있어 오히려 더욱 긴밀한 대화를 나눌 수 있었다.

작은 이들의 모임

8월 2일 밤, 나를 포함한 부평 지역에 사는 몇몇 기독 청년들은 그동안 몇 차례나 준비 모임을 가져왔던 가칭 '부평지역선교회'의 창립총회를 부평공단 근처 성당에서 가졌다.

이 모임의 뜻은 우리가 지역사회 속에서 일어나는 여러 문제에 대해 신앙인으로서 사회적 책임을 자각하고 자유·정의·평등의 실현을 통한 하나님의 선교적 사명을 다한다는 것이었다. 그 구체적인 활동 목표는 자기가 속해 있는 공장 속에서 그룹 활동 등을 통해 노동자의 의식을 계발하고, 기업주의 부당한 횡포로부터 그들을 보호하여 노사 평등의 원리에 입각한 산업 민주주의를 실현토록 하며, 지역 주민들의 구체적인 생활 문제에 관심을 가지고 그러한 문제를 해결하는 데 노력해 주민들의 의식을 계발하는 것이었다. 한편 신용조합이나 공동 구매소를 설치해 그 경제적 이익에 이바지하도록 하고, 사회와 괴리된 성전이라는 영역 안에서 개인 구원에만 몰두하고 아집과 독선에 빠져 있는 종교를 개혁 갱신하여 종교의 사회적 책임을 다하도록 하며, 건전한 서민(대중) 문화를 보급해 새로운 정신 풍토를 앙양하고, 지역 주민의 친목을 도모하는 등 정치·경제·사회·문화 등 다방면에 걸친 모순과 부조리를 제거함으로써 하나님의 정의를 실현한다는 것이었다.

이러한 거창한 목적에 비해 이 모임을 만든 우리들은 정치·경

어느 돌멩이의 외침

제·사회·문화·종교의 여러 분야에 대한 어떤 전문적인 지식을 조금이라도 가지고 있었던 것은 아니다. 도리어 이런 여러 분야에 대해 문외한들이었고, 종교적으로는 평신도, 정치적으로는 피치자, 경제적으로는 빈자, 사회적으로는 소외당하고 냉대받는 노동자, 문화적으로는 무식자들인, 어쩌면 그러한 일들을 하기에 가장 부적합한 존재인 바로 노동자였던 것이다. 말 그대로 '작은 이들'의 모임이었다. 그러나 비록 무지하고 가난하고 힘없는 작은 이들이 모였지만 그 속에는 이제 남이 하는 대로 끌려가는 존재로서가 아니라 사회와 세계에 주인으로서 능동적으로 참가하려는 작은 이들의 뜨거운 숨결과 호흡이 맥박치고 있었다.

"우리는 가난한 사람들입니다. 또한 많이 배우지도 못했고 권력도 없는 약한 사람들입니다. 그러나 하나님께서는 약한 자 편에 서 계시고 이러한 약한 자들을 통해 이 세계에 정의를 실현코자 하십니다. 바로 우리들이 힘을 모아 이 사회 속에서 가난하고 억눌리고 천대받는 힘없는 사람들의 대변자가 됩시다. 이러한 사명을 다하기 위해 우리 작은 이들이 여기에 모인 것입니다."

한마디 한마디에 굳은 결의가 담겨 있던 그날의 사회자인 완식이의 개회 인사였다.

이 모임이 처음으로 움트기 시작한 것은 작년, 그러니까 삼원섬유에서 노동조합이 결성된 직후인 1973년 12월 19일, 부평공단 및 부평 지역의 노동자들이 모여 직접 대본을 쓰고 연극을 연습해서

"작은 이들의 숨결"이라는 노동자의 밤을 가졌을 때다. 그때 우리가 직접 대본을 써서 공연한 작품은 당시 사회적으로 물의를 일으켰던 '기생관광'을 배경으로 해 국민경제의 발전을 위한 외화 획득이라는 허울 좋은 명분을 내세워 인간마저 상품화하는 사회의 잔인성을 고발하고 황금만능주의로 인한 인간의 도덕적 타락과 인간 존엄성의 몰락으로 고뇌하는 젊은이들의 방황을 그린 〈심판자〉라는 연극이었다. 그리고 기업주의 부당한 횡포를 풍자한 토막극 〈흥부 놀부〉도 그날 참석했던 수백 명의 관중들에게 뭔가 강한 감동을 안겨준 작품이었다. "작은 이들의 숨결"이라는 이 모임에 관여했던 우리는 그 이후에도 수시로 만나면서 공동의 뜻을 키워 나갔다. 이러한 만남을 통해 우리의 뜻은 더욱 가까워졌고 마침내 우리가 맡아야 할 참다운 사명을 보다 체계적이고 조직적으로 구체화한다는 취지에서 '부평지역선교회'란 이름의 모임을 탄생시켰다.

그러나 이 작은 이들의 모임은 태어나자마자 수난을 겪어야 할 운명에 처해 있었다. 우리가 이 모임의 창립총회를 가진 지 이틀이 되지 않아 정보기관에서 이 사실을 눈치채고 형사들이 직장마다 관련자들을 찾아다니며 조사했고 나는 어느 사이 이 모임의 주동자 중 한 사람이라는 명예로운(?) 낙인이 찍히고 말았다.

당시 이 모임에는 약 15명의 임원이 있었는데 대개가 공단 내의 각 공장에서 일하는 노동자들이었고 공단 밖 노동자는 4~5명 정도였다. 그리고 회장에는 공단 내 S산업에서 노동조합을 만들었다가

어느 돌멩이의 외침

해고당한 유완식이가 선출되었고 나는 종교개발부장직을 맡게 되었다. 그때 우리 공장 사람들로서는 나 외에 여성 노동자 4~5명이 임원직으로 있었다.

정보과 형사들은 매일같이 우리 공장으로 찾아와 관련자들을 조사하면서 그런 모임을 만들었다고 호통을 쳤다. 결국 경찰의 물 샐 틈 없는 수사에 모임 임원들의 명단이 밝혀지고 누구의 손에 의해서인지 임원 명단은 노동청, 시청, 도청, 노동위원회 등 각 기관에 일일이 배포되었다. 우리가 이런 기관에 볼일이 있어서 갈라치면 어디에서든지 그 명단부터 먼저 꺼내들고 이것저것 캐묻는 것이었다.

경찰로부터 한바탕 곤욕을 치르고 있던 당시 8월 9일경, 나는 볼일이 있어 지부 사무실에 갔다가 지부장으로부터 또 한차례 추궁을 당하지 않으면 안 되었다.

"유 분회장은 노동조합 활동을 한다는 사람이 왜 그따위 사조직을 만들어서 말썽을 피우고 그래! 그것 때문에 기관에서 얼마나 말이 많은지 알아? 나도 오늘 아침 불려갔다 왔단 말이야. 네가 들어오기 전에는 그렇게도 조용하던 우리 지부가 너 하나 때문에 왜 이렇게 시끄러워야 하느냐 말이야!"

지부장은 나를 보자마자 잔뜩 벼르고 있던 화를 한꺼번에 토해내기라고 하듯 흥분해서 호통을 치는 것이었다. 나는 왜 지부장에게서까지 호통을 들어야 하는지 이해할 수 없었다. 신앙인으로서 내 활동을 노동조합의 지부장이라고 해서 참견할 권리는 없었다. 나는 흥분을 참지 못해 어쩔 줄 모르는 지부장을 향해 말했다.

"지부장님, 저는 신앙인의 양심에 따라 종교 활동을 한 것입니다. 종교 활동을 한 것으로 지부장님에게까지 이런 꾸중을 들어야 할 이유를 알지 못하겠습니다. 기관에서 저를 조사하고 감시하는 것은 어디까지나 제 개인의 문제이지 노동조합에서 그것을 문제삼을 필요는 없지 않습니까?"

"왜 노동조합에서 참견하지 말아야 돼? 그룹 활동이다 뭐다 해서 그따위 사조직을 만들어 노동조합의 조직 분열을 조장하는 것을 왜 가만히 보고만 있어야 해! 너 혼자만 감시를 받으면 됐지 왜 나까지 기관에서 귀찮게 만들도록 하느냐 말이야. 네가 잘못을 뉘우치고 사과하기 전에는 지부장으로서도 도저히 용납할 수 없어."

삼원섬유 노동조합이 지금까지 그토록 많은 회사의 파괴 활동과 반대파의 극성 속에서도 꿋꿋이 견뎌온 것은 한마디로 말해 그룹 활동을 통해서 조합원들의 의식을 계발시킨 덕분이었으며, 또한 노동조합을 결성하게 된 자체가 그룹 활동을 통한 의식화 때문이었다. 그리고 나 자신이 부당하게 억눌리고 학대받는 힘없는 노동자들의 권익을 찾는 데 기여해야겠다는 참다운 신앙적 자세가 없었다면 노동조합의 불모지였던 부평공단에서 노동운동에 뛰어드는 일이 없었을 것이다. 그런데 종교인으로서 내 신앙적 활동과 노동조합 발전의 핵심이 되었던 그룹 활동을 사조직을 만드는 반조직

행위로 몰아붙이다니! 나는 말문이 막혔다. 잘못을 뉘우치고 사과하라지만 내가 무엇을 뉘우치고 무엇을 사과해야 한단 말인가. 구태여 내게 잘못이 있다면 그것은 내 신앙적 양심에 따라 기업주의 횡포 속에서 억눌리는 힘없는 노동자들의 권익을 옹호하기 위해 그들과 더불어 노동조합운동을 함께했다는 것밖에 없지 않은가. 이것이 잘못이라면 몰라도 그밖에는 내가 지부장에게 잘못을 뉘우치고 사과를 해야 할 이유는 없었던 것이다.

내가 대답을 하지 않고 가만히 있자 옆에서 우리를 지켜보던 지부의 이 부장이 나를 좀 보자고 하면서 한쪽으로 데려가 "무조건 지부장에게 사과하라"는 것이었다. 나는 이 부장에게 "종교인으로서의 활동이 왜 노동조합 조직을 분열시키는 불순 행위로 오해받아야 하는가"를 따졌다. 그러자 이 부장은 내게 눈을 껌뻑이며 "지금 사과하지 않으면 앞으로 어떤 일이 분명히 있을 것이니 잘못이야 있든 없든 우선 사과하라"면서 의미심장한 말로 나를 타이르는 것이었다.

결국 나는 마지못해 지부장에게 사과하고 조금 후 밖으로 나왔다. 그러나 내 발걸음은 또 한차례 거센 바람이 불어올지 모른다는 어두운 생각으로 말미암아 무겁기만 했다.

조합이 강해지려면

지부장에게 호통을 당한 다음 날, 나는 전날 지부장이 지시한 대로 지부 이 부장과 함께 성남시에 있는 산업분회로 찾아갔다. 전날 내가 지부장에게 무작정 사과하자 그는 승리자로서의 여유를 보이며 K산업의 노사 문제를 알아보라는 지시를 내렸던 것이다.

K산업분회는 우리 분회와 마찬가지로 스웨터 공장에 만들어진 노동조합인데 그곳에서 일하는 노동자의 노동조건은 한마디로 말이 아니었다. 스웨터 공장의 열악한 노동조건이 이 회사라고 해서 예외는 아니었던바, 이를 견디다 못한 노동자들은 자신들의 짓밟힌 권익을 찾고자 반년 전 1974년 2월 19일 드디어 노동조합을 결성하기에 이른 것이다.

그러나 노동조합의 결성이란 문제 해결의 첫 출발이지 그 이상은 결코 아니다. 오히려 기업주 측에서는 노동조합이 결성되자 노동자에 대한 탄압과 박해를 더욱 가중시켰고 노동조합을 유명무실화하기 위해 갖은 책동을 다했다. 이 때문에 이곳 노동조합도 단체협약 체결 때 유니온 숍 제도를 채택하게 되어 종업원 전체가 조합원으로 가입되어 있긴 했지만, 대부분의 조합원들은 노동조합이 무엇인지조차 모르고 있는 실정이었다. 그들은 오히려 노동조합에 협조하면 회사의 미움을 산다며 노동조합에 관한 것이라면 무조건 기피하는 바람에 조합 간부들은 숱한 애로를 겪고 있었다.

"이젠 더 이상 도저히 배겨날 수 없어요. 회사는 갈수록 더욱 악랄하게 나오고 조합원들은 우리가 아무리 노조에 협조해달라고 해도 통 들어줄 생각을 하지 않아요. 아예 노동조합에 대해선 관심을 보이지 않으니 분회에서 교육을 한다고 나와달라고 해도 통 들어주지 않고 개인적으로 붙들고 얘기하려 해도 피하기만 해요. 우리 간부들만 잘살려고 하는 것이 아닌데…. 이젠 우리도 지쳤어요. 이대로 가다간 얼마 안 가서 노동조합도 깨지고 말 것 같아요."

처음 몇몇 소수의 사람들이 모여 결성한 노동조합이 가지는 문제점을 여실히 드러내는 이야기였다. 그러한 곳에선 아무리 유니온 숍 제도가 채택되어 전 종업원들이 입사와 동시에 자동적으로 조합원이 된다 하더라도 그것만으로 조합이 튼튼해지는 것은 아니다. 대개의 조합원들은 아직 노동조합이 무엇이며 왜 노동조합을 지켜야 하는지 절실하게 깨닫지 못하고 조합의 일이란 단지 조합 간부들이 알아서 처리해 나가야 한다고 생각하는 곳에선 조합원의 참여를 기대할 수 없다. 또한 조합원의 참여를 기대할 수 없는 한 그 노동조합은 무기력해질 수밖에 없는 것이다.

어느 단체를 막론하고 단체가 발전할 수 있는 길은 그 단체를 구성하고 있는 구성원들 자신이 단체의 목적을 이해하고 단체에서 자기가 해야 할 일이 무엇인가를 분명히 깨달을 때다. 그러나 그러한 것을 처음부터 기대한다는 것은 무리다. 언제 직장을 잃고 다시 거리를 방황해야 할지 모르는 노동자들 사회에선 더욱 그러하다.

단돈 10원이라도 더 받을 수 있는 곳으로 옮기고 싶어하는 절박한 생활의 요구에 직면해 있는 노동자들에겐 자기들 나름대로 민감한 자기 보호의 감정이 앞설 수밖에 없다. 따라서 그것을 무작정 탓할 수는 없으며 또한 조합을 중심으로 단결하자고 마냥 외친다고 해서 조합 의식이 저절로 생겨나는 것도 아니다. 그러한 의식이 싹트기 위해선 그럴 수 있는 밑바탕이 갖추어져야 한다. 개인이 아니라 서로 뭉쳐서 함께 운명에 대처해 나가는 길만이 자기 개인의 문제뿐 아니라 우리 모두의 문제를 해결하는 바른 길이라는 사실을 깨달을 때 비로소 그 기반이 마련되는 것이다.

그러한 생각은 노동자 개개인 모두에게 잠재되어 있다. 그러나 문제는 어떻게 해서 잠재되어 있는 의식을 활성화하느냐 하는 것이다. 그것을 위해서 무엇보다 중요한 것은 모두가 더불어서 같이 참여하여 공동의 문제 해결을 위해서 싸우는 경험을 축적하는 일이다. 함께 싸운 경험을 갖지 못한 채 소수의 사람이 조용히 노동조합을 결성한 곳이나 조합이 결성된 이후에도 간부 몇 명만이 조합 일을 독점하고 조합원들에게는 그 간부들이 활동해서 얻은 성과만을 베풀어주는 곳에서는 조합원들의 진정한 조합 정신을 좀처럼 기대하기 어렵다. 임금 문제를 예를 들어 간부 몇 명만이 노력하여 40%를 인상한 것과 전 조합원이 더불어 같이 노력해 30%를 인상한 것 사이에는 전자가 후자에 도저히 미칠 수 없는 차이가 있다. 후자에 있어서는 그를 인상하는 데 자기 자신의 귀중한 노력이 배여 있기 때문에 그 인상은 자기들에게 값지고 보람 있는 것이며, 자기도 이처럼 능동적으로 움직이는 운명의 주체라는 체험 속에서 조합을 중심으로 함께 일해야 하고 끝까지 조합을 지켜나가야 한다는 적극적인 자세가 생겨난다. 이러한 속에서는 조합이 곧 자기의 것이라는 깊은 인식이 있다. 그러나 전자의 경우에는 조합원들에게 임금 인상이 그냥 그대로 던져진 것이고 조합 간부들이 더 잘했더라면 더 많이 인상되었을지도 모르는 선물일 뿐이다. 조합 일은 조합 간부들이 하는 것이고 자신과는 무관하다. 조합에 자기가 구체적으로 연관되어 있지 않기 때문에 그들이 잘해주면 그런대로 좋고 조합 때문에 피해가 생긴다면 구태여 내가 손해를 볼 필요는 없다. 즉 여기에서 조합이란 자기와는 특별히 상관이 없는, 이익이 될 땐 있는 것이 좋고 불리할 땐 버릴 수도 있는 대상물인 까닭에 조합이 위기에 처했을 때 자연히 무기력해질 수밖에 없는 것이다.

이와 같이 노동조합이란 만들어놓기만 하면 되는 고정체가 아니라 항상 살아서 움직이는 운동체(활동체)이어야 한다. 무작정 조합을 지지해달라가 아니라 조합이란 우리가 지켜야 할 바로 우리들 자신의 것이라는 사실을 조합원들이 참으로 느끼게 하는 계기가 부단히 주어지도록 해야 하는 것이다. 대립되는 노사 간에 있어서 금권(金權)이라는 막강한 힘을 가진 기업주와 싸워야 한다는 점에서 노동조합은 더욱 생명력 있는 조직체로 힘을 기르지 않으면 안 된다. 노동조합의 이념이 아무리 좋고 또한 그러한 활동이 법적으로 보장되어 있다고 해서 그것이 곧 노동자의 권익을 찾아 주는 것은 아니다. 우리가 단결하여 공동으로 노력할 때 비로소 우리의 권익을 찾을 수 있다는 노동조합 본래의 존립 이유에 따라 함께 더불어서 우리의 짓밟힌 권익을 찾으려는 부단한 실천이 있어야 한다.

이러한 측면에서 볼 때 K산업분회는 아직 이름만 노동조합이지 실제로 노동자의 권익을 위해 일할 수 있는 조합 내부의 자세가 갖추어져 있지 못했다. 그날 분회 간부들은 저마다 기업주의 횡포에 원망하거나 분노하고 있었다. 물론 기업주의 부당한 횡포는 마땅히 문제가 되어야 하고 지탄을 받아야 한다. 그러나 어차피 기업주의 부당한 횡포는 예상한 것이고 또 그러한 기업주의 횡포로부터 해방되기 위해 노동조합을 만든 이상 그것을 원망만 하고 있을 수 없다. 하루바삐 그러한 횡포와 싸워 이길 수 있는 힘을 가질 수 있는 태세를 완비하는 것이 무엇보다 시급한 일이다.

K산업분회의 사정을 전해 들은 이 부장과 나는 그날 우리와 만난 몇몇 분회 간부들과 기초적인 몇 가지 이야기만 나누고 다음 날 다시 이곳으로 와서 기본적인 교육을 실시하기로 했다. 이날은 휴일이라 우리 분회의 여성 부분회장인 권병희 씨도 같이 참석했다. K산업분회에는 210명의 조합원들 중 180명이 여성 조합원이라서 우리 분회 부분회장과 동행한 것이었다.

이날 K산업분회에서는 7~8명의 분회 간부와 3~4명의 조합원만이 교육을 받으러 나왔을 뿐이다. 다른 조합원들은 아예 조합에 관심조차 없었으니 당연한 일이었다. 우리는 이들 10여 명을 K산업분회의 재기를 위한 일종의 특공대로 만들었다. 이틀 동안의 교육을 받고 그들도 어느 정도 자신이 생겼는지 처음 만났을 때의 풀죽은 기색은 사라졌다. 그들의 사기도 높아져 그날로 오랜만에 상집회의를 열어 지금부터 자기들이 해야 할 과제를 정리하면서 새로운 결의와 각오를 굳히는 것이었다. 이틀간의 교육을 끝낸 후 우리는 그들과 간단한 저녁식사를 하고 성남시를 떠났다. K산업분회의 재기를 마음속으로 빌면서….

8

얼마나 사실인가!

두 조합원의 해고

8월은 내게 무척 바쁜 달이었다. 작은 이들의 모임이 있기 전 8월 2일 낮에는 분회의 요구로 회사와 분회가 처음으로 1차 노사협의회를 개최했다. 노사 간 쌍방에서 다섯 명씩 노사협의위원이 참석하여 고정(苦情) 처리 문제와 생산성 향상에 관한 문제를 가지고 근 세 시간에 걸친 회의를 가졌는데, 회의는 우리가 바라는 대로 성공적으로 끝마칠 수 있었다. 그날 노사 간에 합의한 11개 사항 중 가장 관건이 된 것은 유해약품 취급 노동자에 대한 건강관리 문제였다.

스웨터 공장에서는 제품에 기름이 묻었거나 비누로 빨아도 지워

지지 않는 오물이 묻었을 때 그것을 빼기 위해 대개 빵빵이(아세톤
을 고도의 압축으로 뿜어 제품의 오물을 제거하는 분무기 같은 기계로, 사용할 때
빵빵 하는 소리가 나기 때문에 빵빵이라 불렸다)를 사용한다. 그런데 이 빵
빵이 속에 압축해 넣은 아세톤이라는 화학약품은 상당히 독성이
강해서 이 약품을 많이 사용하면 기관지나 위 같은 곳이 나빠져 몸
이 야위고 얼굴에 검버섯 같은 것이 필 뿐 아니라 여성들의 경우에
는 임신 불능까지 일으키기도 했다. 이 약품은 근로기준법에도 유
해약품으로 정해져 있지만 대개의 스웨터 공장에서는 이것을 아무
런 위생 시설 없이 그냥 사용해왔고, 이 공장에서도 가공부에서 일
하는 세탁부 아주머니들이 지독한 냄새를 풍기는 아세톤을 그냥
들이마시면서 일해왔던 것이다. 그날 우리는 노사협의회에서 이 문
제를 제기하여 지금까지 빵빵이를 사용해온 아주머니들에 대해서
는 건강검진을 실시키로 하고 치료를 요할 때는 치료비 일체를 회
사에서 부담하기로 합의했다.

그런데 이날 회의 때 있었던 일로 그냥 지나쳐버릴 수 없는 일은
사용자 측 위원들의 반말에 대한 분회 부녀부장 이계문의 따끔한
일침이었다. 이날 회의에서 우리들은 사용자 측 위원들에게 존댓
말을 사용했으나 사용자 측에서는 이전 버릇대로 여전히 반말을
사용하는 것이었다. 그러나 우리 분회 조합원들은 이것을 그대로
간과해버릴 사람들이 아니었다. 처음 몇 마디는 무의식중에 나오
는 말이려니 하고 지나쳤지만 그들의 말이 계속 그런 식으로 나오

자 부녀부장이 벌떡 일어나 잠시 회의 중단을 요청했다.

"지금까지 회의를 하면서 우리 측에서는 깍듯이 존댓말을 사용하는데 사용자 측에서는 계속 반말을 쓰고 있습니다. 여기는 엄연히 회의 석상입니다. 노사 간에 대등한 자격으로 나와 회의를 하는데 한쪽은 경어를 쓰고 한쪽은 반말을 한다는 것은 있을 수 없는 일입니다. 물론 우리가 나이가 어려 사석에서는 이해할 수 있으나 여기는 동등한 위치에서 회의를 하는 공적인 자리인 만큼 즉각 시정해주십시오."

이 부장의 항의에 사용자 측 위원들은 그제야 "모르고 그랬으니 미안하다"는 사과를 하지 않으면 안 되었는데 노사 평등이란 멀리 있는 것이 아니라 가까이 있는 아주 작은 일에서부터 이루어져야 한다는 교훈을 일깨워준 사건이었다.

8월 19일, 나는 5일 동안 S대학 경영대학원에서 실시하는 노동교육에 참석하기 위해 수원 '말씀의 집'으로 갔다. 분회도 어느 정도 안정되어 있던 터라 나는 좀 더 배워볼 욕심으로 이 교육에 참가 신청을 냈던 것이다. 수원으로 내려간 나는 우선 분회에다 전화를 걸어 무슨 일이 있으면 연락을 달라고 하고 전화번호를 알려주었다. 내가 없는 사이 무슨 일이 일어나지 않을까 하는 걱정에서 연락을 취한 것인데, 그날 저녁 분회 사무실에서 내게로 시외전화가 걸려 왔다. 전화를 받으니 권 부분회장의 다급한 음성이 수화기를 타고 들려왔다.

"분회장님, 빨리 올라오세요. 조합원 두 명이 해고되었어요."

나는 더 들을 필요가 없었다. 이미 밤이 늦어 인천으로 가는 차가 없었지만 다행히 그날 강의를 마친 S대학의 ○○○ 교수님이 부평까지 차를 태워줘 밤 11시가 조금 넘어서 분회 사무실에 도착할 수 있었다. 사무실에 들어서니 기숙사에 있는 분회 여성 간부들이 전부 모여 있었다. 이유를 들어보니 현재 3차 검사부에서 일하고 있는 조합원 황 양과 박 양을 회사가 일방적으로 부서를 옮기게 했으나 이들 둘이 거부한 것이다. 그러자 가공부 현장기사인 윤 기사가 이들을 해고해버리겠다면서 "회사에서 너희들을 해고해버리면 퇴직금을 주지 않아도 된다. 그러니 회사에서 해고하기 전에 자퇴하라"고 윽박지르면서 강제로 사직서를 쓰게 하고 지장을 찍게 했다. 기숙사에 있는 이들 둘을 오게 하여 사직서에 지장을 찍었다 해도 아무 상관이 없으니 퇴사할 생각은 아예 말고 그냥 회사에 있으라고 달랬다. 그러나 이들 둘은 "어차피 우리는 사정이 있어 나가려고 했고, 그자하고 같이 일하려니 더러워서 못 참겠다"면서 굳이 퇴사를 고집했다. 다음 날 나는 분회 간부들에게 어떤 일이 있더라도 그들이 퇴사하는 것을 막아달라고 부탁하고 다시 수원으로 내려갔다.

교육을 마치고 회사로 올라오니 분회 간부들의 만류에도 불구하고 이들 둘은 회사를 떠나고 없었다. 나는 무척 화가 났다. 이튿날 오전 나는 부분회장인 양 형과 함께 현장 책임자인 김 과장을 분회 사무실로 불러 "그런 식으로 조합원들을 괴롭히면 우리도 가만히 있지 않겠다"고 으름장을 놓았다. 그가 잘못했다고 사과하는 바람에 더 이상 왈가왈부할 수 없었지만 우리가 얼마나 큰 소리로 나무랐든지 분회 사무실로 구급약을 타러 왔던 여성 조합원 한 명이 겁에 질려 약을 탈 생각도 못 하고 그냥 현장으로 돌아갔다는 것이다.

이 일로 인해 이튿날 여러 조합원들이 모인 자리에서 그 조합원이 어제 목격했던 일을 자랑삼아 늘어놓으면서 "김 과장님을 보니 꼭 선생한테 꾸중 듣는 초등학생 같더라" 하는 바람에 "작은 고추가 맵다", "우리 분회장은 악바리다"라는 평판을 듣게 되었다.

제명의 전야

두 조합원의 퇴사 사건으로 나는 김 과장에게 한바탕 호통을 쳤지만 근래에 없었던 회사 측의 이런 행위에 대해 나는 상당한 의문을 가지지 않을 수 없었다. 사실 회사가 지금과 같은 분위기에서 그런 식으로 분회에 도전을 했다는 것은 일대 모험을 스스로 자초하는 일이었다. 왜냐하면 분회장인 나나 조합원들 모두 회사 측이 저지르는 조그마한 부정도 용납하지 않았고 현장에서는 일은 열심히 하되 당당한 인격체로서의 정당한 대우를 받는다는 원칙을 고수하고 있었기 때문이다. 얼마 전에도 3차 검사부 정 반장의 횡포에 항의해서 3차 검사부 조합원 20여 명이 회사의 이 부장을 만나 반장교체를 요구한 일이 있었고, 또 현장관리자들이나 회사 측이 행하는 어떤 부당한 처사라도 조합원은 이에 항의하고 그래도 시정되지 않으면 작업 거부로 맞서왔던 것이다. 이 때문에 나는 항상 관계 기관 사람들이나 지부로부터 "유 분회장은 노동조합을 너무 강하게 만든다"는 칭찬 아닌 비난을 받아왔다.

그러나 나 자신은 결코 그러한 비난이나 비판이 옳다고 생각하지는 않았다. 노동조합이 강하다는 것은 바로 노사 간에 힘의 균형을 가져왔다는 것을 의미하고 또 힘의 균형이 이루어졌다는 것은 그만큼 조합원이 사람대접을 받고 있다는 것을 의미하기 때문이다. 나는 또한 우리 분회 조합원들의 성향을 누구보다 잘 알고 있었다. 우리는 우리의 힘이 강하다는 사실로 어떤 무분별한 폭력이나 파괴를 일삼은 적이 없다. 다만 가진 자의 횡포로부터 우리의 권익이 침해당하지 않게끔 하기 위해서나 정당한 교섭의 수단으로 한정했을 따름이고 또 그것을 위해 부단히 우리의 힘을 키워왔던 것이다. 그렇기 때문에 우리 조합원들은 회사의 부당한 처사에는 불굴의 자세로 싸웠으나 그러한 것이 지켜지는 한 스스로 생산성 향상과 원가 절감 운동까지 솔선수범하고 있었다. 바로 이것이 삼원섬유분회 조합원들의 참다운 멋이었다. 그런데 이러한 조합원들의 성격을 잘 아는 회사가 근간에 없었던 일로 조합에 도전을 보내

얼마나 사실인가!

온 것은 대체 무슨 까닭일까? 나는 그때까지는 거기에 대한 어떤 해답을 얻을 수가 없었다.

이 일이 있은 후 회사는 나로 하여금 의혹을 품게 하는 일련의 행위를 연달아 일으키기 시작했다. 이틀 뒤인 8월 25일, 나는 분회 사무실에서 9월에 인상키로 한 조합원의 임금 문제와 생산성 향상을 위한 작업 합리화 방안을 검토하면서 거기에 필요한 자료를 만들고 있었는데 가공부 현장관리자인 최 주임이 느닷없이 분회 사무실로 들어와 "우리 사원들도 노조에 가입하겠으니 가입원서를 달라"는 것이었다.

그 말에 나는 무척 놀라지 않을 수 없었다. 사원이라는 신분만으로도 그토록 노조를 방해해왔고 유니온 숍이 채택되어도 사원들만은 노조에 가입하지 않겠다면서 "월급 근로자는 제외한다"는 예외 규정까지 우겨서 만든 그들이 이제 와서 불쑥 노조에 가입하겠다는 말을 건네 온 것이다. 분명히 무슨 꿍꿍이수작을 꾸미고 있는 것이 분명했다. 그러나 나는 최 주임의 요청에 대해 나 자신은 원칙적으로 찬성하나 분회 조합원들과 지부장과 상의해본 다음 통보해주겠다고 하고서는 그를 돌려보냈다.

이틀 후인 8월 27일, 최 주임은 다시 나를 찾아와서 "어떻게 되었느냐"면서 그 문제를 다시 끄집어냈다. 그래서 나는 "왜 그렇게 조급하시오. 아직 지부장님과 상의해보지 못했으니 조금 기다리시오. 오는 31일 지부 상무집행위원회 회의가 있어 서울로 올라가니 지부장님께 말씀드린 다음 가입시켜주겠소" 하고 말했다. 그랬더니 최 주임은 더 이상 묻지도 않고 잘 알았다면서 그냥 나가버렸다. 도대체 그들이 노조에 가입하겠다고 나선 까닭은 무엇이었을까.

춤추는 회의

8월 31일, 이날은 경기지부 제23차 상무집행위원회가 지부 사무실(서울)에서 열리는 날이었다. 지부 산하 분회장 18명이 모인 가운데 진행된 이날 회의는 별다른 일 없이 각종 안건들이 일사천리로 통과되고 마지막 기타 토의 사항만을 남겨두게 되었다. 이때까지만 해도 나는 조금 후에 시도될 내 제명을 위한 각본극을 조금도 눈치채지 못한 채 나름대로의 상념에 젖어 있었다.

기타 토의 사항에 들어가자 부평지부 사무실에서 근무하는 지부 총무부장인 송 부장(그는 조합원이 아닌 지부 직원이었다)이 신상발언이 있다면서 불쑥 자리에서 일어났다. 그리고선 자신의 사표서를 제출하면서 "부평공단의 조직 분열의 책임을 통감하고 사표를 제출한다"라는 서두를 꺼냈다. 그런 다음 그는 곧장 나를 탄핵하기 시작하는 것이 아닌가.

"유동우는 삼원섬유분회장으로 있으면서 삼원섬유분회의 조직을 분열시켰고, 제23차 지부 상집회의에서 결의된 지부 사무실 상근 명령에 불복하였고, 개인이 요구하여 기획한 YMCA 제1차 노동 조합 간부 훈련에 자기를 추종하는 몇몇 분회장과 조합원을 이끌고 참석한 다음 지부장에게는 허위사실을 보고하였고, 지부 조직을 분열시킬 목적으로 사조직(작은 이들의 모임)을 만들어 조직의 분열을 조장하였고, 분회 조직 내부에서는 노동조합 이외의 ○○써클을 만들어 집단행동을 함으로써 조합의 정상적 운영을 방해하였고, 또 자기의 사조직을 공고히 할 목적으로 나를 부평 사무실에서 쫓아내려고 한 만큼 우리 노동조합 발전의 암적 존재인 그를 마땅히 제명해주기를 건의합니다.”

그는 마치 재판정에서 검사가 피의자의 논고를 읽기라도 하듯이 사전에 작성된 '사건 경위서'를 줄줄 읽어 내려가는 것이었다. 나는 너무도 허구에 찬 그의 중상모략을 듣고 어안이 벙벙해지지 않을 수 없었다.

송 부장의 말이 끝나자 각본은 지부장에게로 옮겨졌다. 그러자 지부장은 그가 낸 사표서를 곧장 되돌려주었다.

“부평공단 내의 조직 분열 책임은 유동우에게 있는 것이지 송 동지에게 있는 것이 아니에요. 송 동지가 사표를 낼 이유는 없어요”라고 하더니 이어서,

“유동우는 그것뿐이 아니에요. 내가 공단에 내려가면 사람들이 경기지부에는 지부장이 둘이냐고 묻는다구. 창피해서 도대체 고개를 들 수 있어야지. 그리고 여기 삼원섬유 종업원들이 낸 탄원서가

있어요" 하면서 호주머니에 넣어두었던 탄원서라는 것을 읽기 시작했다.

> "…저희들이 노조에 가입하려 해도 분회장이 받아주지 않아 혜택을 못 받고 있는 실정이오니 현명하신 지부장님께서 저희들의 사정을 깊이 이해하시어…."

1974년 8월 30일 삼원섬유(주)

종업원 22명 일동

탄원서를 읽고 난 지부장은 "이렇게 종업원들이 노조에 가입하려 해도 자기 파가 아니라고 분회장이 받아주지 않는다는 것입니다"라면서 송 부장의 말을 받아 열심히 나를 탄핵했다. 나는 이 어설픈 조작극에 도대체 무어라고 말을 해야 할지 알 수 없었다. 그런데 한 가지 의문이 가는 것은 최 주임이 내게 노조에 가입시켜달라고 한 것이 25일과 27일인데 어떻게 해서 벌써 지부장의 손에 탄원서가 들어와 있는가 하는 것이었다. 이 조작극은 회사에서 분회에 행한 일련의 행위와 어떤 연관이 있는 것임에 틀림없었다.

지부장은 탄원서를 다 읽은 후 송 부장이 작성한 '사건 경위서'를 일일이 들춰가면서 줄줄 읽고 나서 "유동우의 행위는 지부 운영 규정 제77조 9항에 저촉되므로 제명에 처해야 합니다"라고 강경한 어조로 말하고는 말문을 닫았다.

나는 더 이상 참을 수가 없어 지부장에게 신상 발언을 요청했다. 그러나 지부장은 "유 동지는 말할 필요가 없어요. 앉아요, 앉아" 하면서 내 신상 발언 요청을 한마디로 거절하고 빨리 내 징계를 결정하라고 다시금 다그쳤다. 회의장의 분위기는 무거웠다. 이때 의정부에 있는 제사분회 분회장이 발언권을 얻어 "유동우는 노동조합을 얼마나 했길래 지부에까지 말썽을 일으키느냐"면서 "유동우를 제명하여 노동조합의 기강을 확립해야 한다"고 내 제명을 찬동하고 나섰다. 우리 분회에 한 번도 와본 일이 없고 또 우리 분회 사정을 하등 모르는 그가 지부장과 한통속이 되어 내 제명을 주장하는 것은 차라리 가소로웠다. 더구나 그는 지부장이 속해 있는 공장과 같은 방계 공장에 있는 사람이었다. 나는 하고 싶은 말이 가슴속에서 한 덩어리씩 치솟아 오르는 것을 느꼈으나 지부장의 발언 봉쇄에 걸려 말할 수 있는 기회를 얻을 수가 없었다.

이때 한 분회장이 용감하게 일어나서 내가 하고 싶은 말을 대신해주었다. 그는 K공업분회 분회장으로서 노조가 결성된 지 얼마 되지 않아 지부 집회에는 처음 참석하는 사람으로 나와는 아직 안면조차 없는 사람이었다. 그는 지부장에게 발언을 요청하더니,

"저는 처음으로 이 회의에 참석하는 사람으로 한 사람의 동지가 쫓겨나는 데 대해 매우 가슴 아프게 생각합니다. 설령 그 사람이 그런 비위사실이 있다 하더라도 먼저 그 분회에 가서 사실을 확인한 다음 그때 가서 징계를 논의해도 늦지 않다고 생각합니다. 그러니

먼저 조사단을 구성해서 사실을 규명해주기를 요청합니다."

　서슬 퍼런 지부장 앞에서 그는 용기 있는 발언으로 좌중을 압도했다. 그러나 지부장의 태도 역시 단호했다. "이미 조사했으니 더 조사할 필요가 없다"는 말로 지부장은 그의 말을 묵살해버리고 마는 것이었다. 이때 다시 S물산분회 분회장이 발언권을 얻어서 일어났다.

　"유 분회장이야말로 부평공단의 노조 창설자로서 가장 큰 어려움을 당해온 사람입니다. 삼원섬유분회가 지금까지 발전해온 것도, 또 우리 경기지부가 이 정도까지 성장한 것도 유 동지의 공로 때문이라고 생각합니다. 그런 동지에게 표창은 못 할지언정 제명한다는 것은 어불성설입니다. 재고해주기 바랍니다."

　그는 나를 변호해주었다. 지부장의 위압적인 태도에도 불구하고 회의의 분위기가 나를 옹호하는 쪽으로 기울자 지부장은 초조해진 모양이었다.

　"자, 더 이상 왈가왈부할 필요 없이 유동우의 제명에 대해서 반대하는 사람만 거수하시오."

　지부장은 좌중을 한번 쭉 훑어보았다. 그리고선 곧장 "그러면 유동우의 제명은 거수에 의해 결정되었음을 선포합니다"라며 서둘러 폐회를 선언해버렸다. 이렇게 해서 나는 그날 지부 상집회의에서 한마디 말조차 하지 못한 채 제명을 당하는 신세가 되고 말았다.

　회의가 끝나자 회의 때 조사단을 구성하자고 제안했던 J분회장이 내게로 와서 악수를 청했다. 한번 만나고 싶었다고 자신을 소개하면서 "이런 자리에서 만나게 되어 무척 섭섭하다"고 나를 위로하는 그의 말을 듣자 나는 그만 그때까지 참았던 눈물이 한꺼번에 쏟아져 나올 것 같아 얼굴을 돌리고 말았다.

얼마나 사실인가!

그런데 지부장과 송 부장이 나를 제명하는 구실로 삼은 그러한 사건들이 얼마나 허위에 가까운 것인가를 여기서 밝혀두고 싶다. 아무리 거짓에 의해 진실이 파묻히는 사회라 할지라도 진실은 어디까지나 진실이기 때문이다.

지부장의 나에 대한 징계 사유를 열거해보면 그 첫째가 삼원섬유분회의 조직 분열이다. 그러나 우리 분회의 조직력과 단결력은 자타가 공인하는 것이어서 지부장의 주장이 얼마나 허구적인 것인가는 더 이상 거론할 필요조차 느끼지 않는다.

그리고 그 두 번째가 상근 명령 불복인데 여기에 대해서는 어느 정도의 설명이 필요하다. 7월 16일 경기지부 제22차 상집회의 시 지부장은 지부 연차 대의원대회에서 지부 조직부장으로 선출된 나를 쟁의부장 서리로 경질하면서 "유 분회장은 부평에서 말이 많으니 서울 사무실로 상근을 시키자"고 해서 그것을 상집회의에서 통과시켜버렸다.

　나는 본인의 의사도 사전에 타전해보지 않고 그것도 일방적으로 상집회의에서 통과시킨 것이라, 분회의 상근 임원은 나뿐인데 내가 서울 사무실로 옮겨 가버린다면 누가 분회 일을 돌보라고 하는 건지 알 수 없어 그 결정을 지부장에게 따졌더니 "우선 분회에서 일을 보고 나중에 서울 사무실이 소사(부천)로 이전되면 그때 상근해도 관계없으니 크게 생각하지 말라"고 했다. 그런데 이제 와서 그것이 지부 상근 명령 불복으로 둔갑해버린 것이다.

　그리고 세 번째가 YMCA 교육 문제인데 그 교육은 분회 부녀사업의 일환으로 분회 상집에서 결정된 대로 실시한 것이며 이 사실은 지부장 자신도 알고 있었고, 이틀째 되던 날에는 지부장 자신이 "송 부장도 데려가 교육을 받게 하라"고 내게 부탁해서 송 부장까지도 참석한 사실이 있음에도 불구하고 그것을 내 징계 사유로 삼았다는 것은 한마디로 말도 되지 않는 것이다. 설령 지부에 사전 연락을 하지 않고 교육을 실시했다손 치더라도 분회에도 상집이 있고 사업 계획과 예산 및 운영 규칙이 있는 만큼 그 범위 안에서 자율적인 교육을 실시하는 것은 분회의 고유한 업무이며 그것을 가지고 지부가 가타부타할 성질의 것이 아니다.

　네 번째가 사조직을 만들어 지부의 조직을 분열시켰다는 것인데 그 사조직이란 바로 작은 이들의 모임을 가리키는 것으로 여기에 대해선 더 이상의 설명은 필요없으나 여기서 다시 한 번 헌법 제20

조와 노동조합 및 노동관계조정법 제9조 및 근로기준법 제6조를 상기시키고 싶다.

헌법 제20조는 "모든 국민은 종교의 자유를 가진다"라고 되어 있고, 노동조합 및 노동관계조정법 제9조에는 "조합원은 어떠한 경우에도 인종·종교·성별·연령·신체적 조건·고용형태·정당 또는 신분에 의하여 차별대우를 받지 아니한다"고 되어 있으며 근로기준법 제6조에는 "사용자는 근로자에 대하여 남녀의 차별적 대우를 하지 못하고, 국적·신앙 또는 사회적 신분을 이유로 근로조건에 대한 차별적 처우를 하지 못한다"라고 규정되어 있는 것이다.

그리고 다섯 번째가 내적으로 노동조합 이외의 모호한 서클을 만들어 집단행동을 통해 조합의 운영을 방해했다는 것인데 그 모호한 서클이란 바로 그룹 활동을 말한다. 그러나 이 그룹 활동은 조합원의 의식화를 위해 장려하고 보호했으면 했지 문제 삼을 바는 안 되는 것으로 더 이상 논란의 여지가 없는 문제이다.

여섯 번째로 사조직을 공고히 할 목적으로 송 부장을 부평 사무실에서 내쫓으려 했다는 것에 대해선 여기서 좀 설명을 해야겠다.

7월 31일, 그날은 경기지부 산하 분회 업무실태 조사가 있는 날이었다. 그런데 공단 지역의 노동조합은 대개가 결성된 지 얼마 되지 않는 신규 조직이라 경험이 부족한 탓으로 업무실태 조사 결과 지적을 당한 분회가 많았다. 그날 우리 분회와 S물산분회가 부평 지역에서는 마지막으로 업무실태 조사를 받았고 나는 그 일이 끝난 뒤 퇴근시간이 거의 다될 무렵 이웃 분회인 J염직 분회장으로부터 좀 만나자는 전화 연락을 받았다. 만난 자리에서 그는 "부평 지역은 신규 조직이라서 업무실태 조사 결과 지적을 많이 받았는데 우리 지역 분회장에게는 노동조합 행정 처리에 관한 교육이 있어야겠다"고 말하는 것이었다. 나 역시 그의 의견에 찬성했더니 그는 "지금 부평 사무실에 와 있는 송 부장과 서울 사무실에 있는 이 부장을 바꾸는 것이 어떨까? 이 부장은 실무 경험이 많아 우리를 충분히 지도할 수 있을 것 같은데…" 하는 의견을 내놓았다.

내가 "그렇게 되면 좋기야 하겠지만 지부장이 오해하지 않을까" 했더니 그는 "우리 분회장들이 모두 요구하면 들어줄 것이다"라고 자신 있게 말하는 것이었다. 그래서 우리는 부평 지역 분회장을 백마장 사무실로 모아 모두의 의견을 타진하고 그때 연락을 받고 온 지부장에게 송 부장과 이 부장을 교체하는 것이 어떻겠느냐고 의사를 타진했는데 지부장이 우리의 요구를 거절하는 바람에 그 문제는 그것으로 일단락되었다. 이것을 가지고 지부장은 내가 사조직을 공고히 할 목적으로 송 부장 배척운동을 벌였다고 덮어씌운 것이다.

일곱 번째로 사원들의 노조 가입 문제는 최초 단체협약 당시 사원들이 굳이 조합원이 되지 않겠다고 하여 회사 측의 요구대로 사원을 조합원에서 제외한다는 예외 규정까지 둔 것으로 단체협약 체결 당시 참관인으로 참석했던 지부장 자신이 그 문제를 가지고 회사 측과 옥신각신한 터였다. 또한 2~3일 전 사원들이 조합원으로 가입하겠다고 했을 때도 나는 그들의 노조 가입을 굳이 반대하지 않았을 뿐 아니라 지부장과 상의해서 조합원으로 가입시켜주겠다고 말했다. 그리고 최 주임이 내게 조합원 가입 문제를 지부장과 상의해보았느냐고 물은 것이 엊그제인데 벌써 지부장이 사원들로부터 탄원서를 받았다는 사실은 무엇을 말해주는지 충분히 암시하고도 남음이 있다.

사실 지부장이 주장한 나에 대한 징계 사유란 굳이 논할 가치도 없는 문제이다. 더구나 나는 지부 임원이기 때문에 임원의 징계는 본부 규약 제21조 7항에 의해 본부 중앙위원회에서 하게 되어 있고 나아가 지부 임원을 징계할 경우 지부 대회의 결의를 거쳐 중앙위원회에서 하게 되어 있는데도 불구하고 아무런 제명 결정 권한이 없는 지부 상집에서 그것도 회의라고도 할 수 없는 강압적인 분위기에서 내 제명을 결정해버린 것은 지부장의 명백한 규약 위반 처사라 하지 않을 수 없다. 모략과 음모를 멋대로 일삼는 자가 저지르는 파렴치한 행동의 전형적인 본보기라고나 할까.

조합원들의 눈물

그날 오후 지부에서 회사로 돌아와 보니 송 부장이 이미 나보다 먼저 와서 총무부장과 만나 무언가 얘기를 주고받고 있었다. 그날로 회사는 단체협약 제2조에 규정된 유니온 숍 제도에 따라 나를 회사에서 해고한다는 통고를 보냈다. 퇴근을 한 조합원들은 그제야 내가 조합원에서 제명되었다는 소식을 전해 듣고 내게로 우르르 몰려와 "어찌된 일이냐"면서 나를 둘러싸고 우는 바람에 회사는 갑자기 온통 눈물바다로 변하고 말았다. 모두들 통곡하는 바람에 나도 말문을 열지 못한 채 마냥 눈물을 흘리고 있었다.

그날 저녁 내 자취방으로 조합원들이 떼를 지어 가득히 몰려들었다. 방과 부엌 그리고 마당까지 비좁도록 모여든 조합원들의 울음소리로 내가 사는 집은 때아닌 초상집이 되고 말았다. 밤이 깊도록 돌아갈 줄도 모르는 그들을 겨우 달래 보내고, 끝내 이 방에서 밤을 새우겠다는 20여 명도 눈물이 말라서 나오지 않을 때까지 울고 또 울었다. 그날 저녁 내가 볼일이 있어 잠깐 나간 사이에 회사 기숙사에 있는 어느 여성 조합원이 왔다가 내가 없자 기숙사 마감 시간은 다 되고 해서 이런 글을 써놓고 갔다.

분회장님께
… 분회장님, 분회장님이 지금 이런 일을 당하다니 눈앞이 깜깜해지는군요. 이제 와서 무어라고 위로해드릴 수 있을지 가슴이 답답할 뿐입니다. 회사 사람들이 좋아서 시시덕거리며 빈정대고 으시대는 꼴이란 도저히 바라볼 수가 없군요. …

생각하면 분하고 원통할 뿐이에요. 도대체 이런 일이 있을 땐 저희들은 어떠한 자세가 필요합니까? 너무도 분하기만 하군요. 다른 일이 아니라 바로 이게 우리의 일이 아닙니까.

저는 조합원의 한 사람으로 성심껏 열심히 노력했습니다만 이제는 그러한 욕망도 다 사라지고 마는군요. 도대체 이게 어떻게 되는 것인가요? 우린 앞으로 어떻게 무슨 일을 해야 하나요?

— 1974년 8월 31일 이○○ 올림

그날 밤 회사와 지부장의 야합 의혹을 짙게 하는 한 명의 증인이 나타났다. 이 양, 그녀는 삼원섬유에 다니다가 얼마 전에 퇴사했으나 내가 제명을 당했다는 소식을 듣고 늦은 밤에 달려왔다. 그의 말에 따르면 내가 제명당하기 4일 전인 8월 27일 밤 9시 30분경 부평 보리수다방에서 경기지부 지부장과 송 부장이 회사 총무부장과 만나 모종의 얘기를 나누는 모습을 목격했다는 것이다.

그 말을 들은 조합원들은 너무나 놀라운 사실에 경악을 금치 못했다. 그도 그럴 것이 분회 조합원들에게는 숫제 얼굴조차 내밀지 않는 지부장이 회사의 중역 간부인 이 부장과 밤늦게 만났다는 사실이 우리로 하여금 분노와 배신감을 뼈저리게 느끼게 했던 까닭이다. 그것도 회사 사원들이 노조에 가입하겠다고 수작을 하던 바로 그날 밤이었다.

이튿날 9월 1일은 휴일이었다. 아침부터 내 방으로 몰려드는 조합원들의 행렬이 끊임없이 줄을 이었다. 내가 제명되었다는 소식을 듣고 다른 약속까지 취소하고 찾아온 조합원들도 허다했다. 나는 이들에 대한 고마움을 무어라 표현할 수 없었다.

"나 때문에 휴일까지 빼앗기고… 이를 어쩌지."

"무슨 말씀이세요. 이것이 다 우리 자신의 일 아닌가요?"

그들과 한마디 한마디 말을 나눌수록 나는 형언할 수 없는 감회에 젖어들었다.

"분회장님은 평소 언젠가는 이런 일이 벌어질지 모른다고 하더니 기어이 일을 당하고 말았군요"라고 말하는 정구(여)의 눈에는 눈물이 어리고 있었다.

"응, 그래도 생각보다는 늦은 걸."

나는 씁쓸하게 웃었다.

"안 돼요. 그동안 어떤 고생을 했는데… 분회장님은 절대 떠나서는 안 돼요."

또 한바탕 눈물바다가 되었다. 이들을 바라보던 내 가슴도 고마움과 애처로움이, 또한 분노가 한데 엉겨 묘한 감정으로 소용돌이쳤다.

"여러분은 결코 약해져서는 안 돼요. 우리가 노동조합을 만든 것은 내가 해고당하지 않기 위해서가 아닙니다. 언젠가는 내가 쫓겨나리라는 것을 나는 각오하고 있었고 그렇기 때문에 여러분들에게 항상 힘을 길러야 한다고 했잖아요. 여러분들이 내 뒤를 이어 내가

얼마나 사실인가!

하던 일을 더욱 멋지게 해준다면 나는 결코 죽지 않는 겁니다. 비록 억울한 중상모략을 당해 쫓겨나긴 하지만 우리가 함께 가꾸어 온 이상과 정신은 여러분들 속에서 언제까지나 사는 것이에요. 이렇게 해서 우리들은 영원히 이어지는 것이겠지요. 나는 비록 9개월이라는 짧은 기간을 일했지만 결코 그 시간이 짧다고는 여기지 않아요. 조금의 미련도 없어요. 왜냐하면 나는 나대로 최선을 다했으니까요. 물론 내가 한 일에 대해서는 여러분들이 평가해주겠지만… 나는 복직이 안 되어도 아무 상관없어요. 다만 여러분들이 나보다 더 우리 분회를 잘 발전시켜준다는 그것으로 나는 만족할 수 있어요. 왜냐하면 여러분들이 곧 나 자신이기 때문에."

내 말을 들은 조합원들은 고개를 흔들었다.

"분회장님의 말씀은 충분히 이해해요. 우리는 언제까지나 우리 분회를 끝까지 지킬 겁니다. 그러나 분회장님 문제도 이대로는 절대 넘기지 않겠어요. 왜냐하면 분회장님이 부당하게 제명당한 것은 곧 우리가 부당하게 제명당한 것과 같으니까요. 우리는 우리들 자신을 위해서라도 끝까지 진실을 위해 싸우겠어요."

조합원들의 태도는 어떤 시련이 닥쳐와도 이 문제와 군세게 싸워 이기겠다는 굳은 결의로 가득 차 있었다. 이를 바라보던 나도 무언지 모를 힘이 샘솟는 것 같았다.

사실 내가 제명당한 뒤 조합원들은 매일같이 내 방으로 찾아와 많을 때는 70~80명이, 적을 때는 3~4명에 이르기까지 퇴근 후면 언제나 이곳부터 들르는 것이 습관처럼 되었다. 비가 오나 눈이 오나 하루도 빠짐없이 나를 찾아오는 조합원들의 발길에는 인간다운 삶과 정의를 갈망하면서 진실과 참된 해방의 자유를 얻기 위해 싸운 그들의 피나는 투쟁의 역사가 숨어 있었다.

해고 통지서를 손에 쥐고

9월 2일, 지부에서 징계를 당한 지 3일째 되던 날 아침, 회사 총무부장인 이 부장은 분회 간부들을 불러 "유 분회장이 지부장과 회사가 야합해서 자기를 징계했다는 허위사실을 유포하기 때문에 회사 출입을 금지시키겠다고 하면서 지부장과는 만난 사실조차 없다"고 하더라고 분회 간부들이 내게 전해주었다. 그날로 회사에서는 "단체협약 제2조에 의해서 노동조합에서 제명되었기 때문에 회사에서도 8월 31일부로 분회장 유동우를 해고한다"는 내용의 공고를 게시판에 내다 붙이고 나서 이 부장이 나를 보자고 하더니 회사 출입을 하지 말라는 것이었다.

나는 그 자리에서 이 부장에게 "정말 지부장과 송 부장을 만난 적이 없느냐"고 따졌더니 그는 정말 그런 사실이 없다고 일축해버리는 것이었다.

"8월 27일 오후 9시경 부평 보리수다방에서 만난 사실을 알고

얼마나 사실인가!

있는데도 안 만났다고 하시겠습니까?"

그제야 이 부장은 당황하면서 만났다는 사실을 부인할 수는 없던 모양이다.

"우연히 그 다방에서 만나게 되었을 뿐이야."

"부장님이 먼저 오셔서 거의 30분이나 기다리다가 9시 30분경이 되어서야 지부장과 송 부장이 들어오면서 '이거 기다리게 해서 죄송하다'면서 악수까지 하는 것을 보았다는데 그래도 우연히 만난 것입니까?"

내가 틈을 주지 않고 계속 다그치자 이 부장은 무어라고 앞뒤가 맞지 않는 변명을 하고서는 "어쨌든 회사에서는 분회장을 해고했으니 회사 출입을 금지한다"면서 화제를 바꾸는 것이었다.

"해고를 하려면 정식으로 해고 통지서를 주시오."

나는 근거 서류를 남기기 위해 해고 통지서를 요구했다. 그랬더니 이 부장은 "해고 통지서가 필요하면 게시판에 붙은 공고문을 사진으로 찍어 가라"는 것이었다. 나를 놀리는 듯한 그의 말에 내가 "해고 통지서를 내게 직접 주지 않으면 나는 해고를 인정치 않겠다"고 했더니 이 부장은 "그럼 내일 퇴직금을 받아가는 동시에 해고 통지서를 주겠다"는 것이었다. 퇴직금을 받으면 해고가 기정사실화된다는 사실을 그는 염두에 두고 있었던 모양이다.

이튿날 9월 3일, 나는 해고 통지서를 받기 위해 회사로 갔다. 수위실에서 나를 회사 안으로 들어가지 못하게 막았으나 내가 퇴직금을 받으러 왔다 하니 그제서야 인터폰으로 연락해 내가 왔다는 사실을 알렸다. 총무과 조 과장이 나와 나를 사무실로 데려갔다.

현장 옆에 붙은 사무실 창 너머로 조합원들의 작업하는 모습이 내 시야에 들어왔다. 이제 저들과 나는 영영 떨어져야 하나….

"해고통지서 여기 있소. 도장을 주시오."

내 감상을 깨뜨리는 조 과장의 말에 나는 번쩍 정신이 들었다. 조 과장은 퇴직금과 해고 통지서를 건네주면서 퇴직금 수령부에 도장을 찍기 위해 내게 도장을 달라는 것이었다. 퇴직금을 받아든 내 손은 떨리고 있었다. (받아서는 안 된다. 절대로….)

"퇴직금은 오늘 받아 가지 않겠습니다."

나는 퇴직금을 책상 위에다 내려놓았다.

"퇴직금을 안 받겠다니…, 그럼 해고 통지서를 내놔."

조 과장은 독수리가 병아리를 움켜 채기라도 하듯 갑자기 내게 덤벼들었다. 나는 주먹을 꽉 쥐었다. 이를 보고 있던 이 부장이 "해고 통지서를 빼앗아!" 하고 소리를 지르고는 내게 달려들었다. 그 바람에 직원 3~4명이 합세해 나를 덮쳤다. 나는 필사적으로 몸을 뒤틀면서 빼앗기지 않으려고 발악했다.

"일본 놈 밑에서 잘해봐라."

분노에 못 이겨 나는 소리를 냅다 질렀다. 이 한마디가 그들에게 충격을 주었을까.

"관둬, 뺏지 마."

이 부장은 조 과장에게 잡혀 있는 나를 빼내더니 소파 있는 곳으로 밀쳤다.

"그래, 우리가 일본 놈 밑에서 아부하고 있단 말이지. 요즘 사회에서 외자기업체에 대한 비판이 높으니까 사회에 여론화하겠다는 거지."

그는 나를 매섭게 쏘아보더니, 쓰러졌다 일어서는 나를 향해 "나가라고, 나가! 나가서 복직을 위해 투쟁을 하든지 여론화하든지 맘대로 하라구!" 하면서 내 몸을 밀어냈다.

지부장의 태도

나를 제명한 뒤 지부장은 분회 부분회장으로 있는 양기태 씨에게 분회장 직무대리를 위촉하고 양 형으로 하여금 빨리 분회장 직무대리를 맡으라고 재촉했다. 회사 측에서도 이것을 은근히 바라고 있는 눈치였다.

그러나 지부장이 양 형에게 분회장 직무대리를 맡도록 위촉했다고 해서 양 형이 호락호락 그의 요구를 들어주리라 생각했다면 그것은 지부장의 큰 계산 착오였다. 분회 간부들이나 조합원들이나 나에 대한 지부장의 징계 결정이 너무나 허구에 찬 것이라는 점을 잘 인식하고 있었다. 회사와 노조 반대파 몇 명만이 좋아라 날뛰었

어느 돌멩이의 외침

을 뿐 누구나 나에 대한 징계 자체를 거부하고 있었고 양 형 자신
도 그 소리를 듣고서는 펄쩍 뛰었다.

"내가 그놈들의 꼭두각시가 될 줄 알아. 어떤 일이 있어도 직무
대리를 맡을 수 없어. 유 동지가 우리 분회장이야."

주위에서도 우리 분회에 대해서 우선 부분회장이 분회장 직무를
대행하고, 그런 다음 분회장 문제를 차근차근 해결하도록 하라는
권유가 많았다. 어쩌면 그것이 정도(正道)였는지도 모른다. 그러나
조합원들은 우리는 유동우 분회장 동지에 대한 지부장의 탈법적인
징계 자체를 인정치 않는다고 결의를 하면서까지 지부장의 요구를
거절하는 한편 분회장의 징계 사유가 어떤 것이며 규약을 위반하
면서까지 지부 상집에서 분회장을 징계한 데 대한 지부장의 해명
을 요구하고 나섰다.

그때 지부장은 8월 31일 지부 상집에서 나를 징계한 후 그 사실
을 회사 측에만 연락을 취하고 분회에는 경기지부 제81호 공문으
로 '분회장 직무대리 위촉'에 관한 문서만을 보내왔을 뿐 그 문서
에서조차 내 징계 이유를 "차후에 통고한다"고만 적었다.

이에 대해 조합원들은 분회장에 대한 징계 이유가 구체적으로
무엇인가를 밝히라고 하면서 지부장의 직접 대면을 요구했다. 그
러나 지부장은 끝내 징계 이유를 분회 조합원들에게 밝히지 않고
분회에는 발걸음조차 하지 않았다.

9월 5일, 부분회장 양 형의 주선으로 이 문제를 지부장과 솔직하

얼마나 사실인가!

게 담판하기 위해 부평의 어느 다방에서 지부장과 만날 기회가 있었다. 그 자리에는 지부장과 평소 잘 아는 유 선생님도 같이 동석했는데, "선배 된 입장에서 아량을 베풀라"는 유 선생님의 요청도 지부장은 끝내 거절해버렸다.

소용돌이치는 현장

중앙위원회의 징계 철회 결정

지부장과의 대면도 무위로 끝나자 이 사실을 섬유노조 본부에 진정하고, 때마침 열리는 본부 노조 중앙위원회에 이 사실을 호소하기 위해 9월 10일 아침 10여 명의 분회 간부들이 결근을 하면서까지 조합원들로부터 서명을 받은 호소문을 들고 서울에 있는 본부 노조 사무실로 몰려갔다.

분회 간부들은 우리가 믿을 곳이 이곳밖에 없다는 생각으로 우리의 억울한 사정을 적은 호소문을 사무실로 들어오는 중앙위원들에게 일일이 나누어 주면서 매달렸다.

"저희들의 억울한 사정을 호소합니다."

"선생님, 저희들을 도와주세요."

"우리 분회장님이 억울하게 제명당했어요."

한 사람이라도 놓칠세라 엘리베이터에서 내리는 중앙위원들을 붙들고 눈물로 호소하며 호소문을 나누어 주는 2명의 남성와 8명의 여성 조합원들의 모습은 차라리 가련한 것이었다.

회의가 시작되었지만 우리는 방청을 금지당한 채 문틈으로 새어나오는 말소리에 가슴을 두근거려야 했다. 회의가 거의 끝날 무렵 문틈에 바짝 기대어 있는 우리들의 귀를 번쩍 띄게 하는 한 위원의 말소리가 들렸다. 나에 대한 징계 문제가 거론된 것이다. 때를 같이하여 본조 집행위원이기도 한 경기지부 지부장의 발언이 들려왔다.

"… 분회장이 조합비를 들어먹는 등 숱한 일로 저는 어려움을 당했습니다. 저는 지역지부 지부장으로서 더 참고 견딜 수 없어 어린 사람을 징계할 수밖에 없었습니다."

그의 말은 우리들의 귀를 의심케 했다. 당시 부평공단 K분회 분회장이 조합비를 들어먹은 사실을 그는 마치 내가 한 사실인 양 그럴 듯하게 늘어놓았다. 생각 같아서는 회의장의 문을 부수고 들어가서라도 그의 날조된 말을 폭로하고 싶었지만 그대로 참을 수밖에 없었다.

"저런 죽일 놈 봐라!"

"사람으로서 어떻게 저런 거짓말을 태연하게 씨부리지."

분을 참지 못해 발을 동동 구르는 동료들의 눈은 증오심으로 불탔고 그자의 허황된 말을 더 이상 들을 기운마저 잃었는지 오히려 회의장을 외면했다.

조금 후 회의를 끝마치고 중앙위원들이 회의장 밖으로 쏟아져 나왔다. 지부장의 얼굴도 보였다.

"여기서 분명히 밝혀라!"

"우리 문제를 해명하고 가라!"

회의가 끝나자 도망치듯 사무실을 나가는 지부장을 붙들고 동료들은 사실을 사실대로 밝히라고 울부짖으면서 옷소매를 잡고 늘어졌다. 그의 힘에 못 이겨 질질 끌려가는 여성 조합원들…. 그는 끝내 도망쳐버리고 동료들은 아무 사람이나 붙들고 지부장의 날조된 조작극을 폭로하기에 여념이 없었다. 그때 회의 석상에서 "유동우의 징계는 우선 규약상 하자가 있으므로 철회해야 한다"고 주장했던 정 씨가 내게로 다가왔다.

"조합비까지 들어먹었다면서?"

지부장의 횡설수설을 듣고 중앙위원들은 모두 그렇게 인식했던 모양이다.

그날 중앙위원회에서 "삼원섬유 분회장의 징계는 규약상 하자가 있으므로 일단 원직에 복직시키고 차후 사실 조사를 확인하여 처리하기로 한다"는 결정이 내려졌다는 사실을 뒤늦게 듣고 우리는 사필귀정이라는 진리를 새삼 깨달으면서 기쁜 마음으로 부평으로 되돌아올 수 있었다. 그날 저녁 퇴근 후 내 방으로 몰려온 조합원들도 이 소식을 전해 듣고 너나할 것 없이 환호성을 질렀다.

그러나 이 기쁨도 잠시뿐이었다. 중앙위원회의 결의로 징계가 곧 해제될 것이라고 믿었던 우리들은 며칠이 지나도 아무 소식이 없자 또 불안감으로 술렁이기 시작했다.

"왜 이렇게 소식이 없을까?"

"또 지부장이 중간에서 농간을 부리는 것이군."

불안감을 이기지 못한 조합원들은 3명의 분회 여성 간부를 본조에 보내어 사실을 알아볼 겸 또 본부 중앙위원회가 규약상의 하자만을 내세워 징계를 철회한 데 대해 "징계 사유 자체가 사실무근이니 본부에서 직접 우리 분회에 와 사실을 조사해달라"고 요청을 하기로 했다. 그날 밤 본조에 올라간 3명의 분회 간부가 밤이 늦도록 돌아오지 않아 결과를 알기 위해 내 방으로 몰려온 조합원들이 불안해하기 시작했다.

밤이 너무 늦어 멀리서 출퇴근하는 조합원들은 먼저 돌아가고 끝까지 이들을 만나보고야 가겠다는 20여 명의 조합원들이 남았을 때 그제야 그들이 방문을 열고 들어섰다.

"야, 왔다!"

안절부절못하던 조합원들이 반가움에 소리를 질렀다.

"왜 이렇게 늦었지?"

"응, 오전에 가니까 위원장도 없고 사무국장도 없어서 사무차장에게만 이야기했어. 그대로 기다리고 있는데 웬걸, 부평경찰서 김 형사와 노 형사가 노조 사무실로 들어오지 않아. 그런데 경찰서에 서는 우리가 수십 명 올라온 줄 알았나봐. 아주 잡아가려고 호송차 까지 몰고 왔어. 그런데 사실은 우리 셋뿐이잖아. 그걸 알고서는 호 송차는 먼저 보내고 그들도 계속 안 내려가잖아. 그래서 우리도 그 냥 앉아 있었지 뭐. 나중에 시간이 너무 늦어 우리가 내려오려 하 니까 우리더러 경찰서에 가재. 그래서 경찰서에 가서 한바탕 혼 좀 나고 이제 오는 거야."

"어쩐지 그런 것 같더라. 그래서 경찰서로 다 같이 가보려고 하 던 참이야."

누군가의 말에 모두들 폭소가 터졌다.

"근데, 본부에 가선 뭐라 했어?"

"응, 직접 조사를 나와서 사실을 확인하라고 했어. 본부에서도 그 렇게 할 것이니 걱정하지 말래. 그리고 분회장님도 복직이 된대."

"정말? 와, 신난다."

조합원들은 또다시 환호성을 내질렀다.

"조금 빨리 와서 알려주지 않고…. 한바탕 모였다가 다들 돌아갔 잖아."

직장에서의 고달픔도 잊은 채 조합원들의 얘기는 밤늦도록 계속 되었다.

부분회장의 사퇴

또다시 며칠이 지났으나 기다리던 복직 통고는 오지 않았다. 본부에 다시 찾아가봤더니, 지부장에게 복직시키라는 공문을 발송했다는 것이다. 본부 중앙위원회에서 복직시키라는 공문을 보냈는데도 지부장은 이것을 분회에다 통보조차 해주지 않았던 것이다.

지부장은 계속 부분회장 양 형에게 분회장 직무대리를 수락하라고 몇 번이나 요청했고 양 형을 서울 사무실로까지 불러 갖은 말로 설득했다. 그러나 양 형은 그 설득을 계속 거절하고 내 복직을 위해 투쟁해주었다. 또한 9월 25일 분회 제11차 상집회의에서는 "유동지를 본 분회 분회장으로 계속 인정하며 현시점에서는 조합원 어느 누구도 분회장 직무대리를 맡지 않는다"는 내용과, 아울러 "지부장의 유 분회장에 대한 탈법적인 징계에 대해서는 끝까지 투쟁한다"는 내용의 결의도 했다.

조합원들은 분회 간부들을 중심으로 하나같이 굳게 뭉쳐 있었다. 뭉치는 것이 우리가 사는 길이요, 진실을 밝히는 첩경이라는 사실을 누구나 깨닫고 있었던 것이다. 이들은 한데 뭉쳐서 회사와 지부장을 상대로 싸워나갔다. 이들의 싸움은 외로운 싸움이었다. 어느 누구도 이들의 편이 되어줄 사람은 없었다. 그러나 이들은 결코 실망하지 않았고 또 외로워하지도 않았다. 진실은 끝내 밝혀진다는 평범한 진리를 이들은 무엇보다 소중하게 여겼던 것이다.

어느 돌멩이의 외침

내가 해고된 뒤부터는 회사 측 현장감독들의 감시가 더욱 노골화되었다. 반장들의 눈초리도 사나워졌다. 노조 반대파들도 다시 극성을 부리기 시작했다. 내가 해고당한 것이 무슨 큰 경사나 된 듯 좋아라 날뛰었다. "분회장의 잘못이 있으니까 정계가 됐지, 잘못이 없는데 그렇게 됐겠느냐"고 하면서 조합원들을 회유하고자 했다. 하지만 회사의 탄압도 반대파의 책동도 강철같이 단결된 조합원들의 힘을 꺾을 수는 없었다. 오히려 조합원들은 그들의 탄압이 심하면 심할수록 더욱 굳게 뭉쳤고 가공부 조합원들은 작업이 바쁠 때는 잘해주던 연장근무나 휴일특근까지 거부해가면서 회사에 대항했다.

지부장은 분회 조합원들의 '분회장 징계 사유에 대한 해명'을 요구받고도 분회에는 얼굴조차 내밀지 않았다. 송 부장을 시켜 자주 회사 측과 접촉을 가졌을 뿐이었고, 다만 지부의 이 부장과 J염직 분회장을 시켜 분회 간부들에게 분회장 직무대리를 맡으라는 권고만을 해왔다. 그러나 분회 간부들은 "지부장의 해명이 있기 전에는 어떤 제의도 수락할 수 없다"고 강경하게 맞섰다.

9월 27일에는 노동청에서 '외국인투자기업 노동조합 대표자회의'에 참석하라는 공문을 분회 앞으로 보내왔다. 회사는 이 공문을 가로채 "양기태 씨가 참석할 것"이라는 사인까지 해서 분회로 넘겨주었다. 노동조합 대표자회의에 분회에서 누가 참가하든 회사가 참견할 성질의 것이 아니건만 회사는 분회로 온 공문을 임의로 결재까지 해서 분회로 넘긴 것이다. 이것은 부분회장 양기태 씨를 분회 대표로 은근히 강조하여 조합원들을 분열시키려는 술책이었다. 부분회장 양 형은 자기에게 집중되는 이러한 회유를 못마땅하게 여기고 "부당하게 징계당한 분회장을 나는 끝까지 분회장으로 인정한다"고 선언하고 그들의 요구를 피하기 위해 10월 7일 부분회장직을 사임했다.

감투싸움에만 급급한 노동조합의 허다한 현실을 감안할 때 동료와의 신의를 지키고 부정에 항거하기 위해서 부분회장직까지 훌훌 던져버린 양 형의 결연한 자세에 나는 고개를 숙이지 않을 수 없었다. 사표를 낸 뒤에도 변함없이 분회에 협조를 아끼지 않은 그야말로 우리가 마음속으로 존경해야 할 참된 인간의 진실한 모습이 아닌가!

비조합원으로서의 복직

양 형이 사표를 낸 다음 날 나는 만나자는 지부장의 전갈을 받고 서울로 올라갔다. 다방에서 어색한 인사를 건네고 만난 지부장의 얼굴은 한 달 동안에 무척 수척해져 있었다.

"유 동지, 복직시켜줄 테니 나하고 한 가지 약속을 해줘야겠어."

지부장은 내 복직 문제를 무슨 선심 쓰듯이 끄집어냈다.

"무슨 약속인지 말씀해보세요."

"다른 게 아니고, 유 동지를 복직시켜줄 테니 다시 분회장 자리에 앉을 생각은 말어."

"아니, 그게 무슨 말씀입니까?"

"복직은 되지만 조합원이 아닌 그냥 공원으로 복직하란 말이야."

지부장의 말에 나는 놀라지 않을 수 없었다.

"아니 지부장님, 조합원도 아닌 사람이 어떻게 회사에서 일을 할수 있습니까? 단체협약 제2조에 의해서 조합원이 아닌 사람은 회사가 해고하게 되어 있는데. 저도 노동조합에서 제명당했기 때문에 회사가 해고한 것이 아닙니까?"

"음, 그 문제는 걱정 말어. 회사와 얘기가 되어 있으니까."

회사와 지부장 사이에 이미 어떤 묵계가 있었다는 것이다.

"결과적으로 탈법(脫法)을 하라는 것이군요. 징계 자체가 규약상 하자가 있어 본부 중앙위원회에서 복직을 시키라는 것인데 그러면 당연히 원직으로의 복귀이지 어째서 비조합원이 됩니까? 또 조합원이 아니라면 노동조합에서 복직을 하라 마라 할 이유도 없지 않습니까?"

지부장은 갑자기 얼굴색이 변하면서 벌컥 화를 냈다.

"본부에서 공문이 그렇게 왔다구!"

"그럼 본부에서 온 공문을 좀 보여주십시오."

"못 보여주겠어."

나는 당치도 않은 지부장의 말을 가지고 더 이상 논란을 벌이기 싫었다.

　"지부장님, 더 이상 저를 괴롭히지 마십시오. 저는 정말 지부장님과는 다투고 싶은 생각이 없습니다. 왜 그렇게 사리에 맞지 않는 말로 저를 괴롭히려 합니까?"

　"좌우지간 복직은 되더라도 분회장이니 조합원이니 하는 소리는 하지 말라구. 그로 인해 말썽을 피우면 재미없어."

　나는 지부장과 여기서 왈가왈부해봤자 소용이 없다고 여겨져 회사로 돌아가 문제를 해결해볼 생각으로 그와 헤어졌다. 그날 저녁 조합원들과 상의한 끝에 일단 회사에 들어와서 싸우자는 의견에 따라 일단 회사에 출근하기로 마음먹었다.

　10월 10일 아침, 회사로 출근하니 이 부장이 나를 사무실로 불러들였다.

　"지부장한테서 얘기 들었지?"

　"무슨 얘긴데요?"

　이 부장은 매우 난처한 표정을 지었다.

　"지부장한테서 얘기를 들었겠지만, 복직을 해도 비조합원으로서 복직이야."

　"그런데 부장님, 저도 지부장님한테 그런 얘기를 듣긴 했지만 그 것이 정당한 요구라면 얼마든지 수락하겠습니다. 그러나 징계 자체가 규약 위반이어서 복직을 하는 것인데 당연히 원직으로의 복직이지 어떻게 조합원도 아니라는 말입니까? 더구나 회사에서는 내가 조합원이 아니라는 이유를 가지고 해고한 것이 아닙니까? 결국 조합원이 아니면 일할 수 없다는 것인데 제가 조합원도 분회장도 아니라면 도대체 어떻게 복직이 될 수 있습니까?"

"물론 단체협약 제2조의 취지로 보나 규약을 위반한 징계 자체로 보나 다시 복직이 되면 당연히 조합원으로서 원직에 복귀해야겠지. 하지만 지부장이 다시 복직시켜달라고 하니까 회사에서는 제명할 때는 언제고 다시 복직시키라는 말은 무어냐, 회사를 놀리는 거냐, 우린 한번 해고했으니 복직시켜줄 수 없다고 했더니, 다시 지부장이 비조합원이라도 복직시켜달라고 간청하기에 그냥 종업원으로서 일하게 하는 거야. 그것이 싫다면 어쩔 수 없어. 그러니 자네가 알아서 해."

논리나 정당성을 인정하면서도 억지를 부리는 것은 지부장과 다름이 없었다. 비조합원으로서 일하든지 아니면 그만두라는 양자택일을 강요받고 한참을 생각한 나는 일단 복직을 해놓고 봐야겠다는 심산으로 편직공으로 일하겠다고 작정했다. 거기에는 내 나름대로의 계산이 있었다. 지부장이나 회사에서는 나를 비조합원으로 일하라고 했지만 그것은 어디까지나 그들의 탈법적인 처사에 불과한 것이고 일단 복직한다면 그것은 그들 스스로 자기들의 잘못을 인정하는 것인 만큼 복직했다는 근거만 남기면 다시 원직으로의 복직을 주장할 수 있다고 생각했기 때문이다. 사실 지부장이나 회사나 내게 어떤 근거를 남기지 않으려고 무슨 일이든 구두로만 통고할 뿐 절대 문서로는 통고해주지 않았기 때문에 나중에 가서 얼마든지 자기들이 유리한 대로 번복할 수 있었다.

내가 비조합원으로 일하겠노라고 하자 이 부장은 회심의 미소를 지으며 김 계장을 불러 내게 편직기 한 대를 내주라고 지시했다. 김 계장을 따라 사무실 문을 열고 현장으로 들어서니 가공부 조합원들의 일하는 모습이 한눈에 들어왔다. 모두들 잠시 손을 멈추고 나를 쳐다보면서 말없이 눈인사를 보냈다. 편직부로 들어서니 그동안 편직부에는 조합원들이 무척 줄어든 것 같아 보였다.

"이 기계에서 짜!"

김 계장은 종이로 꼭꼭 싸놓은 기계 한 대를 가리키며 내게 말했다. 나는 기계를 덮은 종이를 벗겼다. 오랫동안 쓰지 않은 탓에 기계에는 먼지가 쌓이고 녹이 많이 슬어 있었다. 먼지 낀 기계를 본 나는 2년 전 삼원섬유에 처음 입사해서 기계를 잡던 일이 생각나 감개무량해졌다.

"분회장, 어떻게 된 거요!"

김 계장이 나가자 편직부 조합원들이 내게로 몰려왔다.

"회사에서 현장에서 일하라고 합디까?"

"개자식들, 죽일 놈들."

그들은 나와 만난 반가움에 기뻐하면서도 회사의 처사에 분개하고 있었다.

"비조합원은 무슨 놈의 빌어먹을 비조합원이야!"

"현장에서 일하지 말고 분회 사무실에 가 분회 일이나 보시오."

"제깟 놈들이 어거지를 쓰면 얼마나 쓰겠소. 분회장은 분회 일이나 보시오. 회사에서 지랄하면 한바탕 벌일 테니."

조합원들은 어서 빨리 분회 사무실로 들어가라고 내 등을 떠밀기까지 했다. 이런 조합원들을 보니 내겐 또다시 무언지 모를 힘이 밑바닥에서 샘솟는 것이었다.

"고맙소. 여러분들이 나를 이렇게 생각해주니 힘이 납니다. 내일부터는 분회장 직무를 제가 계속 수행할 테니 협조해주십시오."

나는 그들에게 고맙다고 다시 인사하고 그 길로 조퇴증을 끊고서 밖으로 나왔다.

신경전

내가 조퇴증을 끊은 것은 다시 회사에 복직했다는 증거 서류를 남기기 위해서였다. 일단 복직했다는 증거를 남기고 원직으로의 복직을 주장하려고 생각한 것이다.

이튿날 나는 조합원들의 협조를 받으면서 회사에 출근해 분회장으로서 직무를 수행하게 되었다. 아침 일찍 출근한 나는 평소처럼 조합원들이 일하는 작업 현장을 둘러보고 그동안 밀린 분회 업무를 정리했다. 그러나 그것도 그날뿐 회사에서는 내가 편직공으로 일하지 않는다고 이튿날부터 내 현장 출입을 금지했다. 그러나 우리는 이에 굴하지 않고, "본부 노조에서 나를 비조합원으로 복직시키라고 했다"는 지부장의 주장이 사실인가를 확인하기 위해 10월 14일자로 '삼원분회 제20호' 공문을 지부장 앞으로 보내 본부 노조에서 지부로 보낸 내 복직에 관한 공문 사본을 분회로 보내달라고 요청했다. 한편 회사에도 공문을 발송해 10월 17일자로 조합원의 임금 인상과 노사 간의 현안 문제를 협의하기 위해 노사협의회를 개최하자고 요구했다.

그러나 회사는 10월 17일 회신 '삼원 제66호'에서 "회사는 경기 지부로부터 조합원 및 분회장 자격으로의 복귀가 아닌 편직부 종업원으로의 복직을 시켜달라는 요청을 받고 편직공으로 복직을 시켜 일을 하게 한 것이나 유동우가 계속 분회장으로서 일을 하겠다면 회사로서는 유동우의 복직을 취소할 수밖에 없다"고 통보하고, 또 노사협의회 개최 건에 대해서는 '삼원 제67호' 공문을 보내 "회사는 노조 분회의 분회장도 조합원도 아닌 유동우가 참석하는 노사협의회 개최에는 참석할 수 없다"는 회시를 보내 왔다. 또한 회사는 위의 공문 두 개 외에도 내 개인 앞으로 '경고장'을 보내면서 "편직공으로 일하지 않고 계속 분회장으로 일하겠다면 다시 해고하겠다"고 통보했다.

물론 모든 문제의 열쇠가 되는 본부 노조에서 지부로 보낸 내 복직에 관한 공문 사본만 있다면 흑백은 자연히 가려질 것이다. 그러나 지부장은 우리 분회의 공문을 받고서도 끝내 그것을 보내주려고 하지 않았다.

이에 더 이상 분회장 직무를 수행할 수 없었던 나는 10월 21일 다시 회사에 회신을 보냈다.

"아직 본인에 대한 징계가 확정되지 않았는데 경기지부장의 일방적인 비조합원 주장을 본인이나 본 분회로서는 도저히 받아들일 수 없으며, 또 지금까지 본인이나 본 분회에서는 지부장으로부터 본인에 대한 징계 건의 구체적인 내용과 지시 사항을 공식적으로 접한 사실이 없다. 그러므로 경기지부장으로부터 본인에 대한 징계 건과 복직에 관하여 회사에 어떤 내용의 공문이 와 있는지도 모르면서 회사의 일방적인 지시를 따를 수 없음을 명백히 밝히며, 만약 회사의 주장이 사실이라면 지부장이 회사로 보낸 징계 건과 복직 건에 대한 공문 일체를 본인에게 송달해주면 검토 후 본인의 거취를 밝히겠다"는 내용이었다.

오후가 되자 회사로부터 즉각 공문을 복사한 사본이 내게로 왔다. 공문 사본은 모두 3장이었는데 첫째는 1974년 8월 31일 날짜로 나를 제23차 지부 상집회의에서 만장일치로 제명 결의했다는 것이었고, 둘째는 본조에서 나에 대한 복직 명령이 있자 1974년 9월 18일부로 당 지부의 징계 처분으로 해고당한 내 해고 집행을 거두어달라는 내용이었고, 셋째는 위의 공문을 취소하는 '경기지부

제101호' 서신으로서 유동우를 비조합원으로 복직시켜달라고 회시한 것이었다.

회사 측으로부터 이러한 공문 사본을 받아본 나는 실로 어처구니가 없는 노릇이었으나 더 이상 어쩔 수가 없었다. 그래서 단체협약에 약정된 대로 9월부터 인상키로 한 조합원들의 임금 인상 문제도 있고 해서 나는 본조에 가 원직으로 복직시키라는 공문 사본을 얻어가지고 와 다시 회사와 싸울 결심으로 10월 25일 결근계를 제출했다. 한편 분회 조합원의 임금 문제 교섭을 위해 부분회장인 권병희 씨를 분회장 직무대리로 선임하고 임금 인상을 위한 노사교섭에 대비했다.

결근계를 낸 이튿날 나는 본부에 가 J사무차장에게 본부 노조에서 나를 비조합원으로 복직시키라고 지부장에게 전했느냐고 물었다. 그랬더니 J차장은 "무슨 소리냐, 복직이 되면 분회장으로서 복직이지 비조합은 또 뭐냐"면서 오히려 이해가 안 간다는 것이었다. 나는 J차장에게 지부장 앞으로 보낸 공문 사본을 주면 문제 해결이 쉬울 것 같다고 했지만, J차장은 이 요청을 거절했다.

"이 사람아, 지부장이 보여주지 않는 공문을 본부에서 보여주면 본부가 지부장과 삼원섬유분회를 싸움 붙이는 꼴이잖아. 지부장이 감정으로 그러는 것이니 나이 어린 자네가 무조건 빌어. 그게 도리야."

"저도 빌지 않은 것은 아닙니다. 누가 잘했고 누가 못했든 저는 어린 사람이고 후배로서 지부장님께 용서를 빌었습니다. 그러나 아무 소용이 없어요. 더 이상 제가 어떻게 합니까? 본부에서 명령한 것도 어기면서 회사와 결탁해 나를 비조합원으로 만들어버리려는 것을 어떻게 보고만 넘길 수 있습니까?"

나는 J차장에게 본부에서 지부로 보낸 공문만 주면 회사에 가서 이를 확인시키겠다면서 공문 사본을 계속 요청했다. 하지만 J차장은 "이 사람아, 열 번이고 백 번이고 지부장에게 살려달라고 빌어. 그것이 가장 쉬운 길이야"라며 끝내 공문 사본 요청을 거절했다.

하기야 지역 지부에 속해 있는 이름 없는 분회의 한 조합원이 지역 지부장이고 본조 중앙위원이며 집행위원의 한 사람을 상대로 진실을 밝히겠다고 도전한 자체가 그들에겐 어리석은 일처럼 보였을 것이다. 허탈한 심정으로 본조를 나온 나는 며칠 밤을 생각하다 지부장에게 마지막으로 한번 빌어볼 작정으로 지부장을 찾아갔다. 지부장을 만난 나는 무조건 제가 잘못했으니 부모 같은 입장에서 나를 용서해달라고 간청했다. 그러나 그는 우리 사이는 이미 끝났다면서 아무런 반응을 보여주지 않았다. 그러는 그를 보고 나는 내가 왜 여기 와서 이런 꼴을 당해야 하나 하는 후회와 수치감으로 몸을 떨지 않으면 안 되었다.

참된 싸움이란

지부장과 헤어진 나는 집으로 돌아왔고 저녁에 찾아온 조합원들에게 이 사실을 얘기해주었다. 내 얘기를 듣자 지금까지 그토록 밝기만 하던 그들의 얼굴이 갑자기 나에 대한 실망감으로 일그러졌다.

"그래, 분회장님이 지부장한테 가서 빌었다구요!"

"나 때문에 고생하는 여러분들이 보기 딱했어요. 그래서 어떤 방법이든 빨리 복직해야겠다고 초조했던 나머지 너무 성급하게 굴었던 것 같군요."

그러나 우리 분회 조합원들은 이유와 동기가 어쨌든 내 이러한 행위를 그대로 묵과할 사람들이 아니었다.

"분회장님이 지부장한테 잘못을 빌었다는 것은 저희들로서는 도저히 용납할 수 없는 일이에요. 왜 분회장님이 빌어야 하나요? 잘못을 저지른 자가 누군데요? 물론 분회장님이 저희들을 생각하는 마음은 이해가 가요. 하지만 저희들은 그런 비굴한 동정은 받고 싶지 않아요. 비록 우리가 어렵고 힘든 싸움을 하고 있지만 그 싸움은 진실을 밝히기 위한 정정당당한 싸움이잖아요? 진실을 위한 정당한 싸움이니 방법도 정정당당해야지요. 그건 지금까지 분회장님 자신이 스스로 강조해온 것이잖아요. 어떤 동기에서든 이 사건을 해결 짓는 데 분회장님이 잘못도 없이 지부장에게 용서를 빈다는 것은 우린 결코 용납하지 않을 거예요. 설령 분회장님이 지부장에게 빌어 다시 복직이 된다 해도 그땐 분회장님을 환영하지 않을 거예요. 우리가 원하는 분회장은 그런 사람이 아니니까요. 끝내 떳떳하게 못할 바에야 애초부터 비굴했더라면 아예 이런 일도 없었겠지요. 싸우더라도 끝까지 떳떳하게 싸우고 그래도 안 되면 그땐 하늘에 맡기는 거예요."

얘기를 마친 상남이는 북받쳐 오르는 서러움을 억제치 못해 방바닥에 엎드려 흐느끼며 울었다. 나도 울고 있었다. 이 얼마나 참된 인간들의 진실한 외침인가! 조합원들과 나는 한참이나 붙들고 울고 또 울었다.

지부장과의 담판

본부로부터도 아무런 협조를 얻지 못한 채 회사의 방해로 출근조차 못 하고 있던 나는 조합원과 함께 D일보를 찾아가 이 사실을 호소했다. 이튿날 10월 31일자 D일보에서 우리 분회 사건을 다룬 기사가 6면에 대문짝만 하게 실렸다. 그리고 분회 조합원들과 의논한 결과 기한이 넘기 전에 최악의 경우를 대비해서 나중에 법적으로라도 해결하기 위해 부당노동행위 구제 신청을 내놓고 싸우자는 의견에 따라 10월 31일 회사를 상대로 경기도 지방노동위원회에 부당노동행위 구제 신청을 내었다.

한편 분회에서는 그동안 몇 차례 회사에 대해 노사협의회의 개최를 요구한 결과 11월 5일에 가서 분회장 직무대리를 맡은 부분회장 권병희 동지를 대표위원으로 한 노조 측 협의위원 5명과 회사 측 위원 5명이 참석한 가운데 제2차 노사협의회를 열었다. 여기에서 문제가 되고 있는 기숙사 난방 문제를 해결 짓고, 조합원 임금 인상 문제는 구체적인 자료를 노사 쌍방이 검토한 후 다음번 노사협의회에서 교섭하기로 결정을 보았다.

11월 13일, 분회는 임금 인상에 관한 구체적 자료를 작성해서 회사 측으로 보내면서 임금 인상을 위한 노사 교섭을 11월 15일에 개최하자고 요청했다. 이에 대해 회사는 노사협의회를 11월 21일에 개최하자는 회신을 보내왔다. 이렇게 분회에서는 회사와 임금 인상을 위한 교섭을 진행하는 한편, 내 문제가 해결될 전망이 없자 분회 상집회의를 개최하고 상집회의 결의에 따라 이 문제를 법적으로 해결하고자 11월 18일 서울민사지방법원 인천지원에 지부장을 상대로 '제명결의 무효확인' 청구소송을 제기하기에 이르렀다.

11월 21일, 노사협의회를 열기로 한 날이 찾아왔다. 퇴근 후 노사협의회에 참석하기 위해 분회 위원들이 회의 장소로 가자 회사 측에서는 돌연 지부장으로부터 삼원섬유분회는 사고 분회니 현 집행부를 인정할 수 없다는 통고가 왔다면서 노사협의회 개최를 거부하고 나섰다. 이에 분회 간부들은 오늘 임금 문제를 협의하자고 해놓고서 그럴 수 있느냐면서 항의했으나 회사 측에서는 지부장한 테서 그런 연락이 왔으므로 우리에게는 책임이 없다는 식으로 얼버무렸다. 이로 말미암아 임금 인상 교섭은 그 날짜로 무산되고 말았다.

도대체 지부장은 누구를 위한 지부장인지 의심하지 않을 수 없었다. 다른 문제도 아닌 노동자의 생계 문제와 직결되는 임금 인상 문제를 협의하는 회의인데 노동자의 권익을 위해 일한다는 노동조합의 대표자가 회사로 통보해 회의를 못 하게 하다니. 더구나 우리 분회에는 조합원들의 신임을 받는 집행부가 건재함에도 불구하고 회사에 사고 분회라고 통보한 처사는 무엇이며, 그것도 회사에만 통고한 것은 무엇을 뜻하는가.

더 이상 참을 수 없는 일이었다. 임금 인상을 위한 노사협의회 결렬로 한참이나 회사와 다투다가 밤늦게 찾아온 그들로부터 얘기를 전해 들은 나 역시 너무 어이가 없어 아연실색하지 않을 수 없었다.

"소위 지부장이라는 자가 이럴 수가 있습니까?"

"개자식, 내일 당장 지부로 가 이 문제를 따집시다."

모두들 흥분해 있었고 내일 지부로 올라가 지부장에게 항의하자는 의견으로 집약되었다. 간부들과 조합원들은 저마다 가겠다고 나섰다. 우리는 가고 싶은 사람은 전부 같이 가기로 결정하고 이튿날 11월 22일 아침 서울에 있는 지부 사무실로 출발했다.

모두 19명의 동료가 지부 사무실에 도착하니 마침 지부장이 자리를 지키고 있었다. 우리가 사무실로 들어서자 지부장은 예상치 못한 우리들의 출현에 무척 놀라는 기색이었다.

"왜 우리 분회가 사고 분회입니까?"

"지부장 마음에 안 들면 사고 분회입니까?"

"분회장을 정말 비조합원으로 복직시키라고 본부에서 공문이 왔습니까? 정말 그런지 공문을 좀 봅시다."

우리들의 쏟아지는 질문에 지부장은 한마디 대답조차 하지 않았다.

"왜 대답을 못 합니까?"

"노동조합의 기강과 규율을 그렇게 강조하는 지부장 자신은 왜 분회에는 한마디 연락도 않고 회사하고만 연락을 합니까?"

분에 못 이겨 울며불며 따지는 조합원들에게 지부장은 할 말을 잃었는지 신호도 울리지 않은 전화통으로 달려가서 수화기를 들더니 "네 네, 그리로 곧 가지요" 하면서 전화 받는 시늉을 하더니 바쁜 듯 벗어놓은 상의를 껴입고는 사무실을 나가려 했다. 어설픈 연극이었다.

"어딜 가려고 그래?"

"우리 문제 해결해놓고 가란 말이야."

"우린 임금 인상이 안 돼 굶어 죽게 되었단 말이야."

조합원들은 자리를 피하려는 지부장에게 매달려 나가지 못하게

어느 돌멩이의 외침

막았다. 말씨도 거칠어졌다.

"확실한 해명만 하면 될 거 아니야."

"당신이 노동조합 하는 사람이야!"

뿌리치고 나가려는 지부장을 붙드느라 지부장의 상의가 쭉 찢어졌다. 지부장은 상의를 벗더니 자기 손으로 옷을 쫙쫙 찢었다.

우리들에게 심리적인 압박을 줘 자리를 피하려는 시도였으리라. 그러나 우리에겐 그것이 별 문제가 아니었다. 누구 하나 길을 비켜서는 사람이 없었다.

"당신의 행위가 정당하면 왜 말 한마디도 하지 못하는가?"

지부장을 끌어다가 다시 자리에 앉힌 후 우리들은 계속해서 사실을 밝히라고 소리쳤다. 그때 이제까지 침묵을 지키면서 우리가 이곳에 올 때부터 사무실 한쪽 의자에 앉아 있던 중년의 신사가 우리 사이에 개입하려고 들었다.

"우리는 지부장과 얘기를 하러 왔을 뿐이요. 당신이 왜 개입을 하오?"

"저분과는 얘기할 필요가 없어. 지부장의 확실한 대답만 들으면 되니까."

나는 우리 틈에 개입해 무슨 얘기를 하려는 그 사람의 말을 막는 한편, 조합원들에게도 그렇게 소리쳤다.

"유동우 씨, 당신은 날 모르겠지만 나는 당신을 잘 알고 있소. 나는 기관원이오. 오늘이 무슨 날인지 알잖소. 국빈이 오시는 날 당신네들이 이렇게 해서야 쓰겠소. 만약 당신네들로 인해서 오늘 여기서 무슨 일이 일어나면 그때는 알아서 하시오. 전부 잡아 끌어가버릴 테니."

기관원이라는 말에 무척 신경이 쓰였으나 나는 태연히 말했다.

"선생님이 기관원이라는 것을 의식해서 그런 말을 한 것은 아닙니다. 다만 저희들과 지부장님 간의 문제에 다른 사람이 개입할 성질의 것이 아니었기 때문에 그런 말을 했을 뿐입니다."

내가 이렇게 말하자 그 사람은 "별 문제 없도록 해주시오" 하고서는 사무실을 나가버렸다. 그 사람의 말을 듣고 보니 오늘이 바로 미국의 포드 대통령이 한국을 방문하는 날이었다.

조금 후 부평경찰서 정보과 형사들이 지부 사무실로 들이닥쳤다. 형사들은 우리를 보자 호통부터 쳤다.

"조용히 해결할 문제를 왜 이렇게 집단농성을 하고 난동을 부리고 야단이야. 빨리 해산해서 내려가지 못해!"

지부장과 회사의 수단 방법을 가리지 않는 노조 활동 방해에 대해선 일언반구도 하지 않는 형사들이 우리만 나무라자 나는 화가 치밀었다.

"지부장님, 우리 한번 솔직히 얘기해봅시다. 이게 다 누구 때문에 이런 일이 일어났는지 솔직히 말해보시오. 꼭 우리를 이렇게 못살게 굴어야 속이 시원하겠소. 지부장님은 내가 없는 데서는 항상, 유동우를 아들처럼 사랑했는데 나를 배신했다고 악선전을 하면서 우리를 매장하려 드는데, 난 지부장님의 인격을 그렇게까지는 보지 않았소. 그게 사람으로서 할 행동이오! 더구나 나이 많은 사람으로서!"

내 말에 지부장은 고개만 숙이고 있을 뿐 한마디 대답도 없었다.

"왜 말이 없습니까? 김 부장(형사부장)님도 계시니 여기서 솔직히 말해보시오."

이러고 있을 때 이 소식을 전해 들은 신문 방송 기자 6~7명이 사건을 취재하기 위해 몰려왔다. 그러는 사이 지부장과 형사들은 밖으로 나가고 우리는 밤 9시까지 지부장을 기다렸으나 나타나지 않아 어쩔 수 없이 부평으로 내려오고 말았다.

이 사건이 있자 회사는 지부 사무실로 올라간 조합원 18명에게 시말서 제출을 요구했다. 그러나 아무도 이에 응하는 사람이 없었다. 한편 회사는 시말서 제출뿐 아니라, 11월 23일 권병희 동지에 대해 "분회장 직무대리를 인정할 수 없으니 원직인 가공부 현장에서 일하라"는 경고장을 보내왔다. 10월 31일 분회 상집회의에서 권병희 동지를 분회장 직무대리로 선임해서 11월 2일부터 노조에 전임할 것을 회사에 통보했고, 11월 5일에는 권병희 분회장 직무대리의 요청으로 노사협의회가 개최된 적이 있음에도 불구하고 지부장의 말만 듣고 내린 결정이었다.

소용돌이치는 현장

우리는 또 한 번 진퇴양난의 고비에 처했다. 회사의 요구를 거부하고 권병희 동지가 분회장 직무대리를 그대로 계속하자니 회사에서는 당장 해고라도 할 것이 뻔한 이치였고, 그들의 요구를 들어주자니 노조 활동의 마비가 예상되었기 때문이다. 그러나 우선 한 사람이라도 해고당하면 조합원들의 사기만 죽을 것이기 때문에 당분간 현장에서 일하면서 분회 일을 보도록 하자는 결론을 내리고 권병희 동지는 11월 25일부터 현장 작업에 들어가기로 했다.

이렇게 권병희 동지로 하여금 분회 일을 보지 못하게 만든 회사와 때를 같이해 지부장은 그녀의 분회장 직무대리를 인정할 수 없다는 공문을 보낸 뒤 또다시 다른 음모를 준비하고 있었다.

한편 조합원들은 12월 2일 본부 중앙위원회 제57차 회의가 열리던 날 재심을 청구하고 지부장의 비위를 폭로하는 호소문을 들고 서울로 올라갔다. 그러나 이들의 호소에도 불구하고 본부 중앙위원회는 우리 문제를 위원장에게 위임한다는 결정을 내리고 말았다. 자기들의 고유한 업무를 위원장에게 넘겨준 것이다. 하는 수 없이 우리는 위원장의 판결에 의지할 수밖에 없었는데 그 결과를 기다리던 12월 6일 저녁, 나는 퇴근한 조합원들로부터 청천벽력 같은 소식을 전해 듣게 되었다.

사연인즉, 지부장이 삼원섬유분회의 현 집행부는 인정할 수 없다고 사고 분회로 규정짓고 회사 측의 측근이며 평소 노조를 방해해온 조합원 몇몇을 지부장이 은밀히 만나 이들에게 '수습대책위원회'라는 명칭을 붙여주고서는 그들 중 신○○(40세)이라는 아주머니에게 수습대책위원회 위원장 임명장을 주었다는 것이다.

전체 조합원들의 총의와 지지로 선출된 현 집행부가 건재해 있건만 이를 무시하고 회사 측에 동조하는 몇몇 사람들에게 수습대책위원회라는 그럴싸한 간판을 안겨준 것은 한마디로 우리 분회를 아예 말살시키겠다는 음모였다.

지부장으로부터 위촉받은 소위 수습대책위원이라는 사람들은 제철을 만난 듯이 조합원들을 자기들 세력으로 규합하려고 "우리에게 협력하면 임금 인상도 되고 크리스마스 떡값도 탈 수 있다"고 하면서 안간힘을 쓰고 있다는 것이었다. 조합원들은 흥분과 분노에 어쩔 줄 몰라 하며 상황을 설명했고, 그 얘기를 들은 내 마음은 어둡기만 했다.

정말이지 우리는 그동안 3개월이 넘도록 힘차게 싸워왔으나 우리가 얻은 성과라고는 아무것도 없었으며 오히려 상황은 더욱더 불리해지고만 있었다. 너무 오래 싸운 나머지 조합원들도 이젠 허탈감에 빠지는 것 같았다. 이것을 이용해 회사와 지부장이 온갖 사탕발림으로 조합원들을 회유한다면 그 결과는 어떻게 될까. 이대로 우리는 침몰해야 한단 말인가. 사실 지부장이나 회사가 그토록 상식을 벗어나는 불법을 마구 쓰면서 지연작전을 펴올 때는 먼저 이러한 계산을 염두에 두고 있었을 것이다.

피로에 지친 조합원들, 지부장과 회사를 등에 업고 출현한 수습대책위원회. 나는 머리가 어지러웠다.

'삼원섬유노동조합은 이것으로 끝장인가!'

어두워지는 마음은 갈피를 잡지 못했다. 자꾸만 절망의 심연으로 떨어지게 만드는 온갖 생각들이 내 뇌리를 스쳐 갔다. 지방노동위원회에 신청한 부당노동행위 구제 신청도 벌써 한 달이 넘었건만 판결을 보류하고 있었다. 이것조차 무슨 야로가 있단 말인가!

"내일 아침부터 내가 회사에 출근하겠소."

나는 조합원들을 둘러보고 힘주어 말했다. 무슨 일이 생기더라도 이제부터 분회장의 직함을 가지고 회사에서 떳떳하게 싸우겠다는 결심이었다. 모두들 그렇게 하자고 얼굴을 밝히면서도 한편으론 근심이 되는 모양이었다.

"회사에서 들어오지 못하게 하면 어떻게 해요?"

"그냥 깡다구로 들어가는 거지. 어쨌든 부닥쳐보는 거야."

이튿날 12월 7일, 나는 누구보다 일찍 회사로 출근했다. 의외로 수위실의 제지는 없었다. 식당에 가서 아침식사를 끝내고 출근하는 조합원과 반가운 인사를 나눈 뒤 나는 작업시간이 되자 조합원들이 일하는 현장을 둘러보았다. 오랜만에 현장에서 대하는 따스한 얼굴들이었다. 반가워하는 조합원들 중에 성순이가 휴식시간을 이용해 기숙사에 가 생고구마를 깎아서 비닐봉지에 싸두었다가 내가 그 옆을 지나자 "저희 집에서 가지고 온 거예요. 잡숴보세요" 하며 건네주었다.

오전 내 현장을 돌아보고 있던 중 11시 30분경, 회사 사무실 여직원 임 양으로부터 부평경찰서 김 형사와 노 형사가 나를 찾는다는 전갈을 받고 분회 사무실로 갔다. 내가 사무실로 그들을 만나러 가자 옆에 있던 수습대책위원이라는 정과 최 등 몇 명도 나를 따라나섰다. 이들은 작업시간 중인데도 회사로부터 무제한의 자유를 부여받고 있는 것 같았다. 그들이 어제는 사내 게시판에 수습대책위원회의 이름으로 공고문을 붙이기도 했으나 화가 난 부녀부장 이계문 동지가 그 공고문을 찢어버리는 바람에 그들과 다투기도 했다는 것이다.

내가 그들과 함께 분회 사무실에 들어서자 김과 노 형사는 "오늘 어떻게 나왔느냐?"고 묻는 것이었다.

"분회장으로서 회사에 출근을 했을 뿐입니다."

당연한 것을 묻는다는 식으로 나는 태연하게 내뱉었다.

"회사에서 분회장으로 인정해주지 않고 있잖아?"

"회사에서 인정하지 않는 것이야 그네들 사정이고 제가 분회장인데 굳이 부당한 주장을 하는 회사의 말을 따를 필요가 없잖아요."

"그럼 회사에서 인정하지 않더라도 계속 분회장 일을 보겠다는 거야?"

"그럼요. 당연히 분회장 직무를 수행해야지요."

형사들과 헤어진 후 나는 다시 오후에 현장에 들어가 조합원들이 일하는 모습을 둘러보고 있는데 편직부 현장기사인 석 기사가 내게로 와서 사무실에서 유 형을 현장에서 내보내라고 하니 나가 달라는 것이었다. 나는 "분회장으로서 조합원들이 일하는 현장을 둘러보는데 왜 나가라고 하느냐?"고 대답하고 그대로 현장을 계속 둘러보았다. 오후 3시경 가공부로 들어갔는데 가공부 현장기사인 윤 기사가 재차 나에게 현장을 나가라는 것이었다. 그 말에 대꾸조차 하기 싫어 그냥 "알았다"고 대답하고 계속 현장에 있는데 10분쯤 지나서 윤 기사가 내게 할 말이 있다면서 현관으로 나를 데려가더니 다시 현장으로 들어오지 말라고 말하는 것이었다.

　　"분회장이 조합원들이 작업하는 곳을 둘러보는 것은 분회장의 당연한 임무다"라고 답하고 다시 현장으로 들어가려고 하는 나를 윤 기사는 "회사에서는 당신을 분회장으로서 인정하지 않아!" 하면서 제지했다.

　　"누가 회사더러 나를 분회장으로 인정해달라고 그랬어! 분회장을 회사가 지명하는 것이야? 분회장은 조합원들의 인정을 받아서 되는 거야."

　　나는 윤 기사를 밀치고 다시 현장을 들어갔다. 조그맣고 약한 체구로 힘이 센 윤 기사를 어떻게 밀치고 현장으로 들어올 수 있었는지 모를 일이었다. 그 바람에 내 옷이 찢어졌다. 현장으로 다시 들어오자 쫓아온 윤 기사가 현장 밖으로 끌어내려고 나를 잡아끌었다.

"이거 못 놔! 어떤 놈이 나를 분회장으로 인정한다 만다 하는 거야. 네가 뭐야! 사장을 직접 데려와."

나는 고함을 내질렀다. 내가 윤 기사의 힘에 못 이겨 다시 밖으로 끌려가는데 그때까지 보고만 있던 가공부 여성 조합원들이 일제히 일하던 손을 팽개치고 우르르 몰려와 나를 안으로 잡아끌기 시작했다.

"왜 분회장님을 밖으로 끌어내리려고 해!"

"네가 사장이야!"

"분회장을 회사가 만드는 거야?"

한번 불붙은 조합원들의 열화와 같은 분노로 현장은 온통 소란해졌다. 나는 차라리 죽음으로써 내 진실을 밝히고 싶었다. 갑자기 억울하고 분한 생각이 몰려와 나는 손으로 가슴을 치며 기계에다 머리를 들이받았다. 내가 머리를 기계에 받으며 울부짖자 나를 말리던 조합원들도 따라 울었다. 편직부 조합원들도 몰려왔다. 이윽고 현장은 울부짖는 조합원들과 내 통곡으로 수라장이 되었다. 경찰서로부터 무장한 경찰이 수십 명 몰려왔다. 그들도 너무나 거센 조합원들의 움직임에는 어떻게 손을 쓸 수 없었는지 멍하니 구경만 하고 있었다.

나는 완전히 이성을 잃어가고 있었다. 차라리 여기서 자결을 하자. 약한 자들의 실오라기 같은 권리조차 박멸하려고 책동하는 저들에 대항하는 길은 오직 죽음으로써 진실을 밝히는 길뿐이다. 기계에 머리를 받는 것이 동료들의 제지로 불가능해지자 언뜻 재단용 가위가 눈에 띄었다. 내가 가위를 집어 들고 배를 찌르려고 하자 동료들이 울부짖으면서 내 손을 잡고 가위를 빼앗았다. 나는 닥치는 대로 아무것이나 집어 들어 내 몸을 때렸다. 머리가 찢어지고 피가 흘렀다.

"일본 놈 사장을 데려와라. 이놈들아!"

경찰들은 나를 에워싸고 있는 조합원들을 한 사람 한 사람씩 떼어내기 시작했다. 그런데 우리를 떼어내고 있는 경찰들 속에 지부 사무실에 근무하는 송 부장이 눈에 띄었다. 그는 지부장과 각본을 짜고 나를 중상모략했던 지부장의 충견이었다.

그를 보는 순간 내 눈에는 불꽃이 튀었다. 나를 에워싼 동료들을 헤치고 번개같이 뛰어가 송 부장의 멱살을 잡았다.

"이 노동자의 피를 빨아먹고 사는 더러운 놈아! 여기는 왜 왔어. 이 기생충 같은 놈아!"

멱살을 잡은 손을 끌며 그의 배때기를 찼으나 동료들의 틈으로 내 발이 나가지 못했다. 송 부장을 보자 동료들의 눈에도 불이 일었다.

"이 더러운 놈아! 우리가 이렇게 된 것이 보기 좋아 구경이라도 온 것이냐, 이놈아!"

여기저기서 아우성이 일어나고 조합원들이 그의 머리칼을 잡고 늘어졌다. 그 바람에 경찰에 의해 나를 에워싼 동료들이 떨어져 나가고 경찰이 나를 붙잡았다. 양팔에 한 사람씩 붙어 나를 개 끌 듯이 질질 끌었다.

"우리 분회장을 왜 끌고 가느냐!"

"왜 우리만 못살게 구느냐!"

조합원들은 끌려가는 내 양 다리를 잡고 안으로 끌어 들였다. 양쪽에서 끄는 바람에 내 몸은 허공에 뜬 채 이리저리 요동했다. 결국 경찰의 힘에 못 이겨 조합원들은 떨어지고 나는 경찰의 손에 끌려 창고 속으로 내던져졌다.

"하나님, 이것이 당신이 바라는 정의인가요?"

나는 실성한 사람처럼 땅을 치며 통곡했다. 나를 지키고 있던 경찰은 발작하듯 일어섰다 넘어지는 나를 꼼짝도 못하게 붙잡았다.

한참이 지났다. 이젠 울 기운도 없었다. 나는 멍한 눈으로 허공만 바라보고 있었다. 내가 조금 조용해지자 경찰은 나와 분회 간부인 병희, 정구, 계문, 금순이를 끌어다가 호송용 트럭에다 실었다. 경찰은 다시 회사 총무부장 이 씨를 경찰 지프차에 태웠다. 이를 본 병희가 크게 소리를 질렀다.

"왜 회사 놈만 지프차에 모시는 거야. 연행해 가려면 같이 차에 태워라!"

"조용히 해, 이 쌍년아!"

경찰이 병희에게 욕설을 퍼부었다.

"네가 뭔데 지랄이야?"

병희는 지지 않고 되받았다.

차가 달리기 시작했다. 차가운 겨울바람이 찢어진 러닝셔츠만 입은 나를 몹시 떨게 만들었다.

경찰서에 도착한 우리는 정보과 형사실로 끌려갔다. 경찰은 나와 분회 여성 간부 4명을 격리시켰다. 형사실에 앉아 있던 나는 또 한차례 설움이 북받쳐 두 눈에서 눈물이 줄줄 흘렀다. 이렇게 울고 있는데 금순이가 나 먹으라고 사과를 깎아 가지고 왔다. 금순이의 눈도 눈물로 퉁퉁 부어 있었다. 하염없이 울고 있는 나를 본 금순이는 말없이 내 손을 꼭 쥐고 흐르는 눈물을 닦을 생각도 않은 채 책상에다 눈물을 뚝뚝 떨어뜨렸다.

우리는 힘 있게 두 손을 꼭 쥐었다. 눈물이 흐르는 대로 그냥 내버려두고 말없는 대화를 서로 주고받았다. 그 눈물은 우리들의 뜨거운 동료애의 눈물이었다. 아니 그것은 가진 자의 횡포에 굴하지 않고 떳떳이 인간답게 살려고 싸워온 자의 투쟁의 눈물이었다. 나아가 억압과 불의에 오염된 이 사회에서 우리는 해방되었다는 기쁨의 눈물이기도 했다. 나중에 금순이는 왜 우리가 이렇게 싸워야 하는가를 여기서 확연히 깨달았다고 말했다.

"저리 가. 손을 잡으니깐 더 울잖아!"

경찰은 금순이를 떼어서 다른 곳으로 보냈다.

그날 저녁 우리 5명은 경찰에서 조사를 받고 밤 9시가 넘어서야 집으로 돌아올 수 있었다.

들판을 덮는 저 무수한 꽃들

우리에게 용기를

내 방으로 돌아오니 그때까지 돌아갈 줄 모르고 우리를 기다리던 조합원들이 반가움에 서로를 얼싸안고 또 우는 것이었다. 우리는 외롭고 고통스럽더라도 끝까지 이 싸움에서 싸워 이기자고 다시 굳게 다짐하며 밤을 새웠다.

이튿날 일요일에는 여느 때처럼 찾아오는 조합원들과 우리를 약하게 만들지 말고 용기를 달라고 하나님께 기도했다. 나는 팔다리를 움직일 수 없어 그냥 누운 채 예배를 보았다.

그리고 다음 날 나는 7일에 있었던 일로 온몸이 쑤시고 아팠으나 아침 8시에 회사로 나갔다. 예상한 대로 수위실에서 사내로 들어가지 못하게 막는 것을 뿌리치고 회사 안으로 들어가 보니 분회 사무실의 출입문이 잠겨 있었다. 이를 본 나는 잠가놓은 문의 자물쇠를 떼어버리고 다시 수위실로 가 "누가 나를 회사 안으로 들어오지 못하게 하더냐"고 따져 묻자 생산과장 김 씨가 수위실에 명령했다면서 자기들의 입장을 좀 생각해달라고 사정을 했다. 하긴 수위들과 얘기해보았자 소용없는 일이라 나는 식당으로 가 아침밥을 먹고 현장으로 들어갔다.

현장을 한 바퀴 돌아본 뒤 회사 사무실로 가 김 과장을 만나 "당신이 나를 회사 안으로 들어오지 못하게 수위실에 연락했소?" 하고 묻자 자기는 이 부장의 지시를 따른 것뿐이라고 말했다.

다시 현장에 들어가니 자칭 수습대책위원장이라는 신 씨가 나를 불러 세우고 "분회 사무실 문을 열려면 내게 열쇠를 달라고 해야 할 게 아니냐"고 따지면서 열쇠를 하나 내주었다. 주객이 전도된 꼴이었다. 나는 "언제 우리 분회가 수습대책위원회를 구성해서 당신을 위원장으로 만들었느냐?"고 한마디 해주고 그 자리를 떴다. 그후 1시간 정도 뒤에 신 씨가 다시 내게로 와 아까 준 열쇠를 돌려달라면서 내 뒤를 졸졸 따라다녔다. 그 꼴이 우스워 열쇠를 잃어버렸다고 하자 내 옷을 잡아당기며 떼를 썼다. 이것을 보던 조합원들도 우습다는 듯이 한바탕 야유를 퍼부었으나 그녀에게는 그게 문제가 아닌 모양이었다.

열쇠를 쟁의부장에게 맡겨두고 점심때가 되어 식당에 들렀다가 분회 공고판을 보니 수습대책위원장 명의로 공고문이 붙어 있었다. 공고 내용은 앞으로 17명이 본 분회를 대표하는 기관으로서 분회를 정상화할 책임이 있다는 것이었다. 그 17명의 명단은 처음부터 노조를 파괴하려 했던 전 부분회장과 회계감사 등 대개가 노조를 반대해왔던 회사 측 사람들이었다. 내가 공고판에 붙어 있는 그 글을 떼어내고 있는데 김 형사가 나를 기다리고 있었다.

오늘 부평경찰서 정보과장과 회사 총무부장 그리고 나와 셋이서 3자회담 약속이 있으므로 나를 데리러왔다는 것이다. 경찰서 지프차를 타고 간 곳은 부평 시내 안성식당이라는 한식집이었다. 거기서 나로서는 먹어보지도 못했던 식사를 대접받고 경찰서로 갔더니 만나자는 정보과장도 회사 총무부장도 없고 수사과에서 형사 한 사람이 와 나를 피의자 보호실에 처넣는 것이었다. 알고 보니 나와 분회 간부 4명을 회사가 업무방해죄로, 그리고 송 부장이 폭행죄로 고발했던 것이다.

오후 5시경, 그저께 나와 함께 경찰서로 끌려왔던 권병희 외 3명이 다시 연행되어 왔다. 그날 밤 그들 4명은 취조를 받기 시작했으나 어쩐 일인지 나는 보호실에 감금해놓고 취조를 하지 않았다. 조합원들은 이 소식을 알고 퇴근을 하자마자 저마다 찾아와 우리들을 위로해주는 것이었다.

이튿날 12월 10일, 수사과 취조실 보호실에 있던 나는 분회 간부들이 취조받는 모습을 똑똑히 볼 수 있었으나 그것을 보는 내 마음은 차라리 눈을 감고 싶은 정도였다. 23~24세의 여성들임에도 아랑곳하지 않고 경찰관의 입에서는 듣기에 거북한 욕설들이 연신 터져 나왔고, 그곳에 앉아 취조를 받는 여성 간부들은 수치감과 모욕감에 몸을 떨고 있는 것이었다.

경찰은 이번 사건뿐 아니라 전에 있었던 일까지 샅샅이 캐물으면서 엇갈리는 진술이 있는가를 대조해가며 서너 차례 번갈아 취조를 하고 있었다. 경찰의 추궁과 욕설에 수치감과 억울함과 서러움으로 북받치는지 울며 취조를 받는 그들을 보고 차라리 내가 이들의 고통을 바꾸어 받을 수만 있다면, 하는 생각에 나는 몸을 부르르 떨었다.

그날 밤 새벽 1시쯤, 나는 수사과 취조실이 아닌 형사실에 혼자 끌려가 처음으로 취조를 받았다. 분회 간부들로부터 받은 진술서를 이리저리 뒤적이면서 취조 담당 형사는 뜻하는 대로 진술이 안 되면 머리를 때리고 의자에서 넘어뜨리고 볼펜으로 눈을 쑤시려고 하는가 하면 순 악질이니 후레자식이니 욕을 하면서 호통을 쳤다. 피의자에겐 인격도 없단 말인가. 나는 형사로부터 당하는 모욕감을 견딜 수가 없어 나도 모르게 눈물을 흘리고 있었다. 형사 앞에서 약한 모습을 보이기 싫어 눈물을 꾹 참고 있는데도 내 눈에서는 나도 모르게 눈물이 자꾸 흘렸는데, "울지 말고 대답하라"는 형사의 고함소리가 내 귀를 쩽하게 울렸다. 형사는 우리가 노동조합을 만든 것부터 트집 잡아 나를 욕했다. 그래서 내가 당시의 회사 사정을 설명하고 노동조합을 만든 이유를 밝히자 여기에 대한 취조 형사의 말은 가관이었다.

"이 망할 놈아, 하루 12시간 일을 시키든 24시간을 시키든 회사에서 너희에게 공짜로 일 시키냐, 임마! 옛날에는 남의 집에서 사는 종들은 돈도 못 받고 일해줬어. 요즘은 그래도 돈을 받잖아. 오히려 고맙게 생각해야 돼, 이 자식아!"

나는 더 말할 의욕이 나지 않았다. 이런 사람을 상대해서 사리를 따져봤자 입만 아픈 일이었다.

이때부터 나는 그가 진술서를 어떻게 쓰든 그저 "예, 예"라고만 대답했다. 한참 취조를 받는데 어떤 자가 와서 내 진술서를 뒤적이더니 "순 악질이군" 하면서 열심히 수첩에다 메모를 하고서는 "이 자식이 유동우야?" 하고 형사에게 묻더니 "이런 자식은 죽여야 돼" 하면서 욕을 하는 것이었다. 그날 밤 취조가 끝나니 새벽 3시가 되었다.

이튿날 오전 11시, 나는 김 형사 앞으로 불려가 다시 취조를 받았다. 김 형사는 "여기서 인격적인 대우를 해줄 때 바르게 진술해야지 손을 쓰게끔 만들지 말라"고 은근히 위협부터 하고서는 취조를 진행했다. 내 옆에는 병희와 금순이가 취조를 받고 있었다. 그날 낮부터 조합원들은 일부러 외출증을 끊고 우리를 찾아와 위로를 아끼지 않았다. 복련이와 은옥이는 안 받겠다는 돈까지 내게 밀어주고 갔다.

이날 저녁 우리들 중 여성 간부 4명은 불구속으로 풀려나고 나는 구속영장이 나와 밤 10시경 유치장으로 옮겨갔다.

유치장에서

이렇게 해서 나는 유치장 신세가 되었다. 유치장에 끌려 들어온 첫날, 담당 순경에게 유치장 입장식이라는 곤욕을 한바탕 치르고 방으로 들어가 소위 신고식이라는 것을 끝낸 후 잠자리에 들 수 있었다.

이튿날부터 조합원들은 매일 내게로 면회를 왔다. 조그만 쇠창문을 통해 나를 보며 안타까워하는 조합원들에게 나는 내가 없더라도 노동조합만은 꼭 지켜달라고 부탁했다.

"염려 마세요, 분회장님. 우리가 분회장님이 나올 때까지 노동조합은 어떤 일이 있어도 꼭 지키겠어요."

그들과 나는 눈물을 글썽이며 굳은 약속을 주고받았다.

이튿날 금순이와 계문이, 정구가 면회를 와서 회사에서 나를 포함해 병희, 정구, 계문, 금순이 이렇게 5명을 해고하려고 지방노동위원회에 '해고예고 예외인정 신청'을 냈다는 것이다.

12월 13일 오후, 백마장 어느 교회 목사님 두 분이 와서 우리를 위해 예배를 보았다. 그날의 설교는 누가복음 제15장 11절부터 시작되는 '돌아온 탕자' 이야기였다.

두 아들이 있었는데 둘째는 먼 지방으로 가 방탕한 생활을 하며 아버지에게 받은 재산을 전부 탕진하고 다시 집으로 돌아오게 되었다. 그러나 아버지는 그 아들을 나무라지 않고 반갑게 맞아들이며 큰 잔치까지 베풀었다는 것이다.

"하나님은 이와 같이 죄악에 빠진 사람들도 회개하고 돌아오면 과거를 묻지 않고 기쁘게 맞이하십니다. 그러니 여러분들도 범죄를 저질렀지만 형기를 마치고 사회에 나와 회개하고 하나님을 믿으면 하나님은 여러분을 사랑하실 것입니다."

대체로 이런 내용의 설교였다. 나는 그 설교를 들으면서 감옥에 있는 사람들을 일단 범죄자라 규정지어 놓고 회개하라는 목사의 설교에 도저히 동의할 수 없었다.

"목사님, 질문을 하나 해도 괜찮겠습니까?"

"네, 하십시오."

"저희들을 위해서 예배까지 봐주셔서 고맙습니다. 그런데 목사님은 설교에서 지금은 범죄자로 철창에 갇혀 있지만 형기를 마치고 다시 사회에 나올 때 하나님은 여러분들을 반갑게 맞아주신다고 말씀하시면서 여기에 있는 사람들을 범죄자로 규정하셨는데, 철창 안에 구금되고 안 되고의 차이만으로 그렇게 말씀하시는 것은 잘못이 아닐까요? 하나님의 정의를 실현코자 싸우시던 예수님이나 그의 제자들이 전부 옥에 갇히고 죽음을 당하셨습니다. 또한 민족의 자유와 독립을 위해 일본에 항거하면서 싸우시던 독립운동가들도 간악한 일본인이나 친일파 매국노에게 잡혀서 옥에 갇혀 죽임을 당했습니다. 그러면 여기서 옥에 갇힌 자와 가둔 자 중 누가 진정으로 회개해야 할 범죄자입니까?"

"하나님 앞에서는 누구나 죄인이지요."

목사는 건성으로 대답했다.

"인간들은 누구나 하나님 앞에서는 죄인이라는 사실을 전제하고서라도 말입니다. 가령 예를 들면 다른 사람들에게 해악을 끼치는 사람들을 우리가 쉽게 말해서 나쁜 사람 혹은 범죄자라고 말하지 않습니까? 달리 말하면 하나님이란 정의와 자유를 곧 의미할 것입니다. 그랬을 때 하나님의 뜻대로 진리와 자유를 외치다가 그것을 부인하는 권력에 못 이겨 옥에 갇혔다고 하면 그 중 누가 하나님에게 회개해야 할 죄인인가를 묻는 것입니다."

"그것은 그분들을 잡아넣은 사람들이 나쁘지요."

목사는 내 질문을 정확하게 이해하지 못하는 듯했다.

"그렇다면 오늘 우리가 살고 있는 이 시대 이 상황 속에서는 그러한 부조리와 모순이 없다고 생각하십니까? 그리고 여기 있는 우리들이 정말 누구보다 먼저 회개해야 할 장본인이라고 생각하십니까?"

"…."

목사는 아무 대답도 하지 못했다.

어느 돌멩이의 외침

"목사님, 제가 너무 당돌하게 말하는 것 같아 죄송합니다마는 저는 적어도 정의와 진리를 믿는 기독교인이라면 정말 이 사회가 하나님이 바라는 사회일까, 억울하게 인권을 탄압받고 진리와 정의가 왜곡되고 억압당하고 있는 것은 아닐까를 먼저 생각해보아야 한다고 생각합니다. 예를 들어 오늘 목사님이 하신 설교를 정말 진리와 자유를 위해 일하다가 옥에 갇힌 분들 앞에서 했다고 생각해봅시다. 그분들이라면 과연 어떤 것을 느꼈을까요? 하나님의 복음을 전한다고 설교하는 당신을 오히려 그 죄악의 공범자라고 생각하지는 않을까요? 노동자들의 조그만 권리조차도 짓밟고 그들로부터 착취한 돈을 호화판 술자리에 뿌리고 엽색 행각이나 하며 아방궁 같은 고급 저택에 살면서도 밀수 보석이다 외화 도피다 하면서 별세계에 사는 사람들과, 죽도록 일을 해도 먹고 살 수가 없어 남의 집 돈을 조금 훔쳤다고 해서 옥에 갇힌 사람들 중에서 과연 누가 더 큰 죄인일까요? 오늘날 기독교인들이 진실로 문제 삼아야 할 죄악은 도둑질이나 간음이나 거짓말이나 폭행이나 음주 따위의 개인 윤리적인 문제들이 아니라고 봅니다. 왜 그렇게 되어야만 하는가 하는 근본적인 사회구조적인 죄악이 참으로 문제되어야 한다고 생각합니다. 배가 고파서 남의 집 밥을 훔쳐 먹거나 옷이 없어 남의 옷을 훔쳐 입는 그런 불쌍한 사람들이 생기지 않을 수 없는 사회가 문제이지 않습니까? 가진 자들의 횡포에 시달리고 있는 가난하고 힘없고 불쌍한 사람들이 이 사회 곳곳에 얼마나 많으며, 먹고 살 수가 없어 절도나 강도질을 하지 않으면 안 되는 사람들이 또한 얼마나 많습니까? 인간으로 태어났으면서도 인간답게 살지 못하고 부잣집 개나 고양이를 부러워하며 살아야 하는 가난한 사람들이 우리 주위에 얼마나 많습니까? 목사님은 저희들더러 형기를 마치고 사회에 나오면 하나님이 기쁘게 맞아주신다고 하셨지만 저는 가난하고 병들고 주리고 버림받고 억눌린 사람들이 모여드는 이 감옥 안에 오히려 하나님이 함께하시리라고 믿습니다."

"우리는 당신들만이 죄인이라고 하는 뜻은 아닙니다. 오해 마십시오."

내 말이 끝나자 목사님 두 분은 한마디 말을 내뱉고 쫓기듯 유치장을 나가버렸다. 내 말이 그들에게 어떤 호소력이 있었을까, 아니면 저런 죄인은 어쩔 수 없다고 생각했을까?

미결 죄수가 되어

경찰서 유치장에서 일주일을 보낸 후인 12월 17일 아침, 나는 구치소로 송치되기 위해 수갑을 차고 담당 순경이 주는 마지막 담배 한 가치를 피워 물었다. 내가 담배를 피워 물자 담배 한 대를 실컷 피워보는 것이 소원처럼 되어 있는 감방 사람들이 담당 순경의 눈을 피해 '좀 남겨주시오' 하는 신호를 보내는 것이었다. 그래서 내가 몇 모금 피운 담배를 안에다 넣어주었는데 이것이 들켜 나는 담당 순경으로부터 지독한 손찌검을 당해야만 했다. 손에 가죽장갑을 끼고 주먹으로 얼굴을 마구 난타하는 바람에 내가 앞으로 거꾸러지자 그는 구둣발로 얼굴이며 허리를 마구 짓밟는 것이었다.

"이 새끼, 네가 노조 분회장이면 다야! 죽여버릴 거야."

내 생전 그처럼 많이 맞아본 적은 처음이었다. 한참 매를 맞고 나서 나는 일행인 3명과 함께 검찰청으로 송치되어 검사의 취조를 받기 위해 비둘기장이라는 곳에 구금되었다. 오후가 되자 나는 검사 앞으로 불려 갔다.

"자네는 노동조합을 너무 과하게 했군."

검사의 첫마디였다. 그래서 내가 그간의 일을 자세히 설명하자 검사는 "그래? 그러면 내가 회사 측을 불러 직접 심문을 해봐야겠군" 하면서 내일 다시 취조를 하겠다는 것이다. 그날 검사로부터 간단한 취조를 받은 나는 다른 사람들과 함께 밤 10시가 거의 다 되어서야 구치소로 옮겨졌다.

구치소의 첫날밤은 추위와 배고픔 그리고 초조함으로 뜬눈으로 새워야 했다. 다음 날 아침 기상나팔이 울리자 나른한 몸을 일으켜 세수 준비를 하고 있는데 밖에서 "유동우!" 하고 내 이름을 부르는 소리가 들렸다. 깜짝 놀라 귀를 기울이는데 내 이름을 부르면서 우리 방 앞을 지나가는 목소리는 분명히 완식이었다.

완식이는 나와 뜻을 같이해온 친구로서 부평공단 S산업에서 노동운동을 하다가 회사에서 해고되고 나보다 먼저 구속되어 구치소에 들어와 있었던 것이다. 나는 반가움에 "완식아, 완식아" 하고 소리를 질렀다. "응, 나 3방에 있어. 이따 세수할 때 만나." 완식이는 면회 온 사람들로부터 내가 구속된 것을 알았고 어젯밤 구치소로 송치된다는 예기를 이미 들었다는 것이다. 그를 이곳에서 만난 것이 더할 나위 없이 반가웠지만 한편으론 우리들이 왜 이처럼 감방에서 만나야 하는지 서글픈 생각을 억제할 수 없었다.

그날 아침식사를 마친 나는 검사의 취조를 받기 위해 어제 거쳐 왔던 검찰청 비둘기장으로 옮겨졌다. 비둘기장은 마룻바닥인데 무척 춥고 발이 시렸다. 점심때가 거의 되어서야 내 차례가 되어 취조를 받기 위해 나는 검사실로 불려 갔다. 검사실에 들어가자 불구속 입건된 분회 간부 병희, 정구, 계문, 금순이도 이미 심문을 받기 위해 와 있었다. 죄수복에 수갑을 찬 나를 보고 "분회장님" 하면서 일제히 울음을 터뜨렸다. 거기에는 이 부장과 조 과장도 함께 와 있었다. 내가 나타나자 점점 더 소리 내어 우는 그들을 보고 검사는 나더러 들어가 있으라고 했다. 그날로부터 나는 매일같이 검사의 취조를 받으러 추운 비둘기장을 들락거려야 했다.

12월 27일, 나는 마지막 검사 취조를 받고 기소가 확정되어 신입 방에서 미결수 방으로 넘겨졌다. 신정이 지난 이틀 뒤 내 소식을 들은 어머님과 큰누님이 고향인 영주에서 올라와 내 면회를 왔다. 철망을 사이에 두고 어머님과 누님은 나를 보자마자 눈물부터

어느 돌멩이의 외침

흘리셨다.

"어머님, 염려 마세요. 곧 나가게 될 거예요."

나도 눈시울이 자꾸만 뜨거워졌으나 어머님을 앞에 두고 울 수 없어 억지로 웃음을 지었다.

"아이구, 애야. 나는 니가 무슨 큰 잘못을 저질렀는가 싶어 얼마나 애가 탔는지 모른다. 올라와서 들으니 나쁜 일 해서 들어간 것이 아니라니 우선 맘이 놓인다만 그래 얼마나 고생이 많으냐?"

"고생이랄 것 없어요. 어머니, 제 걱정은 하지 마세요."

나는 그 이상 더 할 말이 없었다. 그날 나와 완식이를 위해 누구보다도 자주 면회 오셨던 황 선생님이 어머님과 누님을 모시고 오셨는데, 나중에 들으니 황 선생님은 내 어머님과 누님을 택시에 태워 인천 시내를 구경시켜드렸다는 것이다.

출감

1975년 1월 9일, 내가 구속된 지 꼭 32일 만에 나는 어느 목사님의 도움을 받아 병보석으로 출감할 수 있었다. 그때까지 완식이는 미결수로 학일동구치소에 남아 있게 되었는데 서로 의지하고 힘이 되어주던 완식이를 남겨놓고 나오는 것이 내겐 무척 가슴 아팠다.

밤 8시 학일동구치소 정문을 나와 차를 타고 집에 와보니 조합원들이 주인 없는 집에 모여 둘러앉아 있었다. 초췌한 몰골을 한 나를 보는 순간 "아잇, 분회장님" 하면서 나를 부둥켜안고 울기부터 하는 것이었다.

기뻐서 어쩔 줄 몰라 하며 서로 얼싸안고 울던 조합원들은 밤이 늦었는데도 불구하고 동료들에게 이 소식을 알려야겠다고 집집을 찾아 나섰다. 언제 장만했는지 밥을 가지고 오고 다시는 감옥에 들어가지 말라고 두부도 사 가지고 왔다. 내가 없는 사이에도 그들은 하루도 빠짐없이 내 방에 모여 번갈아가며 잠을 자면서 방을 비우지 않았다는 것이다.

그날 밤 방이 메워지도록 몰려오는 조합원들과 함께 우리는 과자와 소주를 사다 놓고 일제히 자유와 정의, 평등을 위한 건배를 들었다. 방 안은 온통 즐거움과 새로운 용기로 가득 찼다. 양 형도 무척 기분이 좋다면서 연거푸 소주잔을 들이키는 것이었다.

"그런데 수습대책위원회는 어떻게 되었소?"

그동안의 조합 일이 궁금해 내가 수습대책위원회의 일을 끄집어냈다.

"지방노동위원회에서 불법 단체로 판결 내렸어요. 그런데도 그들은 아직 기세등등해요. 분회 사무실 문을 분회장님이 구속될 때부터 지금까지 꼭꼭 못을 처박아놓아 우리들은 들어갈 수도 없어요. 더군다나 지부 송 부장이란 작자가 그들과 함께 분회 사무실 문에 못질을 했어요."

송 부장까지 합세했다는 말에 나는 화가 치밀었다. 그런 자가 소위 노동조합을 한다는 사람이란 말인가.

다음 날 나는 회사에 출근해 수위가 말리는 것을 뿌리치고 분회 사무실의 문을 열어놓았다.

그날 밤 권병희 동지로부터 1974년 12월 30일자로 된 경기도 지방노동위원회의 판결문을 받아 읽어볼 수 있었다.

지방노동위원회의 판결

지방노동위원회의 판결문을 읽은 나는 모든 것을 인정하면서도 끝부분에 가서 본말이 전도된 판결 내용에 아연해지지 않을 수 없었다.

동 판결문의 내용을 보면 12월 7일의 사건으로 인해서 회사에서 해고를 하려던 나를 포함한 5명의 분회 간부 중 여성 간부 4명에 대해서는 이들이 "모두 분회 간부로서의 정당한 노동 활동을 한 것을 이유로 하여 불이익을 주는 행위를 회사가 하였다고 볼 수 있으므로 노동조합법 제39조 규정의 부당노동행위에 해당하므로" 회사에 대해서 "권병희, 윤정구, 이계문, 추금순의 '해고예고 예외인정 신청'을 취하하고 그 외 불이익을 주는 행위를 취소하라"고 하여 해고예고 예외인정의 사유가 없다는 것을 판정했다. 그리고 권병희 부분회장의 분회장 직무대리를 인정할 수 없다는 회사와 지부장에 대해 동 판결문은 "10월 31일 분회 상집회의의 결의로써 권병희를 직무대리로 선임하였으므로 합법적으로 분회장 직무대리를 수행할 수 있는 자인데 지부에서 사고 분회라고 규정한 것은 규약 제77조(상무집행위원의 기능) 11호의 해석을 잘못한 것"이며 "그러므로 회사가 분회의 단체교섭에 응하지 아니한 행위는 노동조합법 제39조 규정의 부당노동행위에 해당하므로" 회사는 "권병희 분회장 직무대리의 단체교섭에 성실히 응하라"고 판정했다. 이것은 지금까지 우리 분회를 사고 분회라고 규정짓고 현 집행부를 인정할 수 없다면서 수습대책위원회를 위촉한 지부장의 불법과 노사 교섭까지 거부한 회사의 부당성을 증명한 사필귀정의 당연한 판결이었다.

그렇다면 나와 관계되는 문제는 어떻게 판결했는가.

먼저 나에 대한 제명 결의에 대해서 동 판결문은,

1. "1974년 8월 31일 지부 상집회의에서 유동우를 제명 결의한 것은 규약 위반으로서 규약상 권한이 없는 기관에서의 결의이므로 효력이 있다고 볼 수 없고 따라서 동 제명 결의는 무효이다."

2. 1974년 12월 2일 제57차 본조 중앙위원회에서 경기지부의 징계 상신 내용과 본부가 조사한 자료에 의거해 나에 대한 징계권을 위원장에게 위임 통과시킨다는 결의에 따라 위원장이 12월 10일자로 나를 제명 처분한다는 통고를 발했는데, 이에 대해 "1974년 12월 2일 제57차 중앙위원회에서 유동우의 제명 결의를 하여 규약

상 권한이 있는 기관에서 제명하였지만 유동우는 지부 임원이므로 규약 절차상 지부 대회에서 동의를 얻어야 하므로 동 중앙위원회의 제명 결의의 효력은 지부 대회의 동의를 얻지 않는 한 유동우의 제명은 그 효력이 발생할 수 없으므로 아직까지 유동우는 분회장 겸 지부장의 보직을 그대로 가지고 있다고 아니 볼 수 없다"고 밝혔다.

다음으로 회사가 나를 해고한 데 대해서는,

1. "1974년 8월 31일의 유동우 해고는 유동우가 지부에서 조합원 제명을 당하였다는 통보에 따라 단체협약 제2조에 의거 해고하였다고 하나 회사는 적어도 노조의 조합원 징계권이 지부 상집회의에 있는지 여부를 확인할 의무를 다하지 아니하고 해고하였으므로 극히 부당한 처사"이고,

2. "1974년 10월 10일 유동우를 복직함에 있어서도 징계 문제가 계류 중이어서 일단 복직을 시킨다면 당연히 원상 복귀시켜야 함에도 불구하고 지부의 일방적인 공문 회신에 의한다는 구실 하에 유동우를 분회장으로 인정하지 아니한 것도 심히 부당하다"고 밝혀 회사의 해고와 비조합원으로서의 복직 운운이 "노동조합법 제39조 규정의 부당노동행위에 해당되므로 구제명령을 발해야 한다"는 것을 명백히 천명했다.

그러나 지방노동위원회의 판결문은 마지막 핵심적인 부분에 가서 이 모든 인정 사실을 뒤집어엎고 있었다. 즉 지부장과 본부의 제

명이나 회사의 해고 및 비조합원이라는 주장을 모두 불법행위로 규정하면서도 "1974년 12월 7일 회사 가공부 작업에서의 작업 중단 사건에 대하여 이를 종합 검토한바, 이 사건으로 인하여 유동우는 회사에서 업무방해로 고발하여 사직 당국에 구속되는 사태까지 야기하게 되어 취업규칙 제53조 4항과 제70조 4항에 해당하여 근로자의 귀책사유로 인하여 해고되었으므로 회사의 해고 처분이 부당하다고는 할 수 없고 그 이유가 있음을 인정하지 아니할 수 없다"고 했다. 또한 "1974년 12월 7일의 사건으로 유동우의 귀책사유로 인한 해고처분이 타당하므로 유동우의 해고에 대한 부분은 신청하는 구제의 내용에 신청의 이익이 없음이 명백하므로 당 위원회는 노동위원회 규칙 제32조 5항에 따라 주문과 같이 판단 및 명령한다"면서 그 주문에서 "본 건 신청 중 유동우에 대한 신청은 이를 각하한다"고 한 것이다.

결국 회사에 의한 내 해고는 정당하다는 결론이었다. 12월 7일의 사건이 있기까지 내게 당연히 분회장과 지부 임원의 자격이 있다고 인정해놓고서 12월 7일 사건으로 인해 회사가 나를 해고한 것이 타당하다는 모순된 판결을 내린 것이다.

12월 7일의 사건은 분회장으로서 조합원이 일하는 현장을 둘러보던 중 분회장 고유의 임무 수행을 방해한 회사 측의 시비로 발단된 것인 만큼 그 책임은 어디까지나 회사에게 있는 것이지 나에게나 분회에 있는 것은 아니었다. 그럼에도 불구하고 12월 7일의 사

어느 돌멩이의 외침

건으로 내게 귀책사유가 있다고 한 것은 공정성이 결여된 판결이었다. 업무방해가 아니라 정상적인 노동 활동을 침해한 부당노동행위인 것이다. 더구나 동 판결문에서 여성 간부 4명에 대한 회사의 해고예고 예외인정 신청에 대해서 그들의 활동이 분회 간부로서 정당한 활동이었기 때문에 그 인정 신청을 취하해야 하고 그 외 불이익을 주는 행위를 취소하라고 스스로 판정 내렸지 않은가. 눈 가리고 아웅 하는 식의 본말을 전도한 이 판결을 읽으면서 나는 지방노동위원회의 위원들이 대체 어떤 사람들인가 하고 의아한 생각이 들었다.

꿈틀거리는 새로운 힘

내가 구치소에 수감되어 있는 동안 조합원들의 나에 대한 구제운동이나 분회를 지키기 위한 투쟁은 눈물겨운 것이었다.

1974년 12월 16일에는 조합원들 백 수십 명의 서명날인을 받은 진정서를 작성해 갈 수 있는 모든 관계 부처를 찾아다니며 불법을 자행하는 어용 조합 간부인 지부장을 의법 조치하고 우리 분회장을 석방해달라고 눈물을 뿌리며 호소했다. "사회 혼란을 야기하고 불의와 야합, 평화스런 분회를 파국으로 몰아넣은 지부장은 건재하고 조합원들의 총화를 위해 부단히 노력하던 선의의 우리 분회장이 왜 감옥에 들어가야 하느냐"는 것이 그들이 호소한 내용이었다. 관계 요로에 찾아다니면서 호소하는 한편 조합원들은 틈틈이 내 방에 모여 나를 위해 기도를 드리고 또 내 석방을 기원하기도 했다. 또한 그들은 회사의 탄압과 회유, 그리고 회사와 지부장을 등에 업고 출현한 수습대책위원회의 온갖 책동과도 굳건히 맞서 거기에 굴하지 않고 우리 분회를 끝내 지켜온 것이다.

그것은 꺼질 줄 모르고 타는 위대한 불꽃이었다. 이미 그들은 시키는 대로 일하고 주는 대로 받기만 하며 운명에 대한 자포자기와 체념 속에서 자기가 노동자로 태어난 것을 후회하며 살던 옛날의 피동적 존재로서의 힘없는 무리들이 아니었다. 그들은 놀랄 만큼 변모해 있었던 것이다. 그들의 마음 깊은 곳에서는 불굴의 투지가 넘쳤고 그 어떤 탄압과 억압 속에서도 스스로의 힘으로 함께 운명을 개척하겠다는 뜨거운 동료애와 불굴의 의지가 샘솟았다. 그들은 자신의 운명에 대해 스스로의 주인이었으며 이 세계의 아픔을 체험하면서 그것과 싸워 이 세계에 자유와 정의를 구현하는, 이 땅에 꿈틀거리는 새로운 힘이었던 것이다.

내가 출감하기 전 이미 분회는 지방노동위원회의 판결에 불복해 중앙노동위원회에 재심을 청구했고 2월 3일에는 분회 임시총회를 열어 나에 대한 신임을 재차 확인했다.

2월 3일 임시총회가 열리던 날, 며칠 전부터 회의 장소로 분회를 빌려달라는 요청을 받은 회사는 차일피일 계속 미루다 총회 당일 오후 퇴근시간이 거의 다 되어서야 "지금 분회의 사정으로 봐서 어떤 사태가 야기될지 알 수 없기 때문에 회사에서는 장소를 허락해 줄 수 없다"는 통고를 보내왔다. 총회를 무산시키려는 계략이었다.

그러나 회사의 이러한 거부에 그냥 물러설 우리 조합원이 아니었다.

"밖에서라도 총회를 열자!"

임시총회가 회사 정문 앞 길거리에서 열렸다. 해가 진 2월 초사흘의 겨울 날씨는 매서운 바람을 몰아붙이고 있었다. 그러나 그러한 추위도 아랑곳없이 조합원들은 뜨거운 열기를 내뿜고 있었다. 218명의 전체 조합원 중 173명이 참석하여 나에 대한 신임 투표가 실시되었다. 추운 날씨 때문에 투표용지를 받은 조합원들의 손이 떨렸다. 그러나 이 어두워오는 밤, 찬바람이 몰아치는 길거리에서 무엇이 그들로 하여금 이곳에 모이게 하여 스스로 고생을 사면서까지 이렇게 행동하게끔 했을까. 그들의 바람과 희망은 무엇이겠는가.

투표 결과 투표자 157명 중 신임이 153표, 불신임이 3표, 무효가 1표 나왔다. 개표는 끝났고 권병희 의장이 막 폐회 선언을 할 무렵이었다. 또다시 경찰이 들이닥쳤다. 경찰은 이 집회가 불법 집회라고 단언하고 분회 간부들을 연행하려고 했다. 경찰이 들이닥치자 조합원들은 권병희 동지를 그들 사이에 숨게 하고 다시 어두움을 틈타 간부들을 도망치게 했다.

"권병희 어딨어?"

"분회 간부들 어딨어?"

경찰들은 플래시를 비추며 조합원들 틈에서 분회 간부들을 찾았으나 분회 간부들은 이미 그 자리를 피하고 없었다.

그곳을 무사히 탈출한 분회 간부들은 금순이가 얻어 살고 있는 전세방에 모여 분회 임시총회의 결과를 담은 진정서를 다시 본조 위원장 앞으로 보냈다.

"저희 삼원섬유분회는 위원장님께서 깊이 아시는 바와 같이 5개월이 넘도록 악몽과 혼란 속에서 헤매고 있습니다. 이제는 더 이상 견딜 수 없어 분회 정상화를 위해서 분회 임시총회를 열어 유동우 동지의 신임 투표를 하였습니다. 그 결과 조합원의 의사가 유동우 분회장을 신임하고 있음이 밝혀져 모든 조합원들이 원하는 대로 유동우 분회장의 복직을 위원장님께 호소하는 바입니다."

진정서(증10호)의 한 구절이다.

그러나 이러한 조합원들의 호소에도 본조에서는 아무런 반응이 없었고 또 중앙노동위원회에 낸 재심 신청도 어이없이 기각되고 말았다. 이로써 내 해고는 이미 기정사실로 굳어졌다.

3월 13일, 나는 회사에서 고발한 12월 7일 사건으로 형사재판을 받아 3만 원 벌금형에 3개월간 선고유예를 받았다. 다음 날에는 분회에서 지부장을 상대로 낸 '제명결의 무효확인 청구소송'의 공판이 열렸다. 이들 재판을 위해 조합원들은 성금을 거두어 당시

세칭 광고 탄압을 받고 있던 D일보에 1만 2천 원짜리 광고를 내기도 했다.

"우리 분회장 유동우 씨의 재판을 맡은 판사님이시여! 노동 사회의 정의가 짓밟히지 않게 양심의 판결을…. 13, 14일의 재판을 기다리며, 삼원섬유 근로자 일동."

내 해고를 풀기 위해서 조합원들은 온갖 열성과 열의를 쏟았건만 노동위원회의 판결로 내 복직은 이미 어려운 상태로 빠지고 말았다.

조합원들의 빛나는 승리

4월에 우리 분회는 또다시 열풍 속으로 휘말려 들어갔다. 3월에 있는 삼원섬유분회의 연차총회가 미뤄져 4월 17일에 개최하기로 결정되었고, 이를 앞두고 분회장을 회사 측 인물로 세우려는 회사의 책동이 날로 가중되었다. 분회가 회사의 의도대로 뒤바뀌느냐, 아니면 이 분회를 지키기 위해 피나게 싸워온 조합원들의 꿈과 희망이 꺾이지 않느냐를 판결하는 날이 가까이 다가오고 있었다. 회사와 지부장을 등에 업은 소위 수습대책위원이라는 자들은 선거운동을 위해 온갖 사탕발림 공약을 남발하고 음식 공세까지 펴면서 조합원들을 규합하기 위해 안간힘을 썼다. 이와 다르게 분회 간부들은 묵묵히 내 복직운동과 분회 운영에 힘을 쏟고 있었다. 그 결과는 어떻게 나올 것인가.

연차총회가 열리는 날, 나는 총회를 참관하기 위해 회의 장소인 회사 식당으로 들어갔다. 많은 사람들이 이 회의를 보기 위해 참석해 있었다.

사회를 맡은 강성순 동지의 개회 선언이 있자 회의는 벽두부터 수습대책위원이었던 반대파들과의 열띤 논쟁으로 소란스럽게 진행되었다. 안건 하나하나가 많은 논란의 대상이 되었고 한 건씩 모든 안건이 열띤 논쟁 속에서 처리되었다. 드디어 임원 선출 차례가 되었다.

분회장을 새로 선출하는 것이다. 조합원들의 추천에 의해 분회장 입후보자가 등록되었다. 입후보자는 현재 부분회장으로서 분회장 직무대리를 맡고 있는 권병희(여) 동지와 수습대책위원의 감투를 썼던 최(남), 이렇게 두 사람이었다. 분회를 지켜온 자와 회사에 매수된 자의 대결이었다.

공명선거를 위해 한 사람씩 앞으로 나가서 투표를 하고 1인 1표 원칙에 따라 투표 참관인에게 한 장이라는 것을 확인받은 다음 투표함에 넣자는 양기태 동지의 제의가 채택되었다. 참관인으로는 인천시 노정계 직원과 사무소 직원이 추천되었다. 이윽고 투표는 시작되었고 투표가 끝난 다음 곧장 개표에 들어갔다.

긴장된 순간이었다. 찬물을 끼얹은 듯 조용한 회의장에는 개표

하는 사람의 "1번, 2번…" 하는 소리만이 들려 왔다. 처음엔 막상막하로 보이던 양측이 점차 대세가 기울어져 권병희 동지에게 표가 쏠리기 시작했다. 개표가 끝나니 총 투표자 200명 중 권병희 동지가 123표, 최 씨가 68표, 무효 9표로 권 동지의 당선이 확정되었다.

장내는 온통 환호성으로 가득하고 모두들 기쁨의 눈물을 글썽였다. 나도 속으로 울고 있었다. 그렇다. 그들은 빛나는 승리를 쟁취한 것이다. 분회가 결성된 지 1년, 숱한 어려움과 억압 속에서도 사람으로서 자신들의 권리와 자유를 위해 힘차게 싸워온 그들은 끝내 '우리는 죽지 않고 살아 있다'는 위대한 증명을 내보인 것이다. 옛날의 그 모든 피동성을 떨쳐버리고 노동자로서 자신의 권리에 대한 자각이 고립무원의 외로운 투쟁을 승리로 장식한 것이다. '우리는 운명을 스스로 개척하는 주체'라는 위대한 인간 선언을 행한 현장이었던 것이다.

분회장 선거가 끝나자 나는 회의장 밖으로 나왔다. 4월의 하늘이 그처럼 푸르고 밝게 빛나는지 눈이 부실 지경이었다. 지나온 날들이, 나와 고락을 같이한 모든 사람들의 얼굴이 차례차례 눈앞을 스쳐갔다. 처음 삼원섬유에 입사했을 때의 상황, 맹목적인 신앙 전도에 열을 올렸던 나, 그러한 나를 일깨워준 한 여성 종업원의 외침, 같이 모여 서로 일깨우며 밤을 새웠던 동료들, 힘찬 함성으로 뭉쳐 우리의 권리를 외쳤던 그날, 배움을 갈망하던 여성 조합원들의 빛나는 눈빛, 서로 부둥켜안고 울며 강자의 횡포에 대항하며 싸우던 동료들…. 이 모든 것이 내 눈앞에 선연히 떠올랐다가 지워지고 또 떠오르는 것이었다.

나는 내 자신의 복직 문제도 잊은 채 즐거움과 행복감에 젖어 가벼운 발걸음으로 걸음을 옮겼다. 이제 나는 미련 없이 이 회사를 홀홀히 떠나는 것이다. 그들이 있는 한 그들은 또한 힘차게 싸우며 새로운 의지로 고난을 이겨나갈 것이다. 언젠가 또다시 비바람과 폭풍우가 불어닥쳐 그들의 보금자리를 위협할지도 모를 일이다. 그러나 그들이 이 땅에 꿈틀거리는 새로운 힘이다. 비록 그들이 산산이 흩어지고 뿔뿔이 헤어진다 하더라도 어디까지나 그들은 이 척박한 땅에 자유와 진실의 씨를 뿌리는 파종자가 될 것이다. 그들에 의해 이 땅에 봄이 올 것이다. 봄이 오면 온 들판을 덮는 저 무수한 꽃들, 꽃들….

어느 돌멩이의 외침

발문

온 산하를 수놓아야 할 꽃눈

채광석(1948-1987)
문학평론가,
시인

* 이 발문은 1984년 두 번째 출간(청년사 펴냄) 때 실린 글입니다.

이 책은 빈한한 소작농의 아들로 태어난 한 젊은이가 온갖 고난을 뚫고 주체적 인간으로 서기까지의 과정을 감동 깊게 서술한 삶과 투쟁의 기록이다. 이 글은 일찍이 월간 『대화』 1977년 1월호에서 3월호까지 연재되고 이듬해에는 단행본으로 발간되어 필자를 포함한 수많은 독자들의 가슴에 지울 수 없는 충격과 감동을 준 바 있다.

당시의 독자 중 한 사람으로서 70년대 노동 현실과 노동운동에 관한 값진 역사적 기록이며 70년대 노동자문학의 가장 빼어난 고전적 작품인 이 책이 다시 나온다니 그저 반갑고 기쁠 따름이다. 역시 지금의 시점에서 다시 읽어보아도 그 충격과 감동은 조금도 변함없고 오히려 더욱 새롭고 폭넓게 번져 온다. 이것은 아마도 그와 그의 동료들이 주어진 현실의 온갖 열악한 조건에도 불구하고 거기에 갇히거나 길들여지기를 거부하고 보다 진실되고 인간다운 삶을 살고자 끊임없이 혼신의 노력을 기울여 나간 삶을 보여주고 있기 때문일 것이다.

토지 없는 농민의 자식으로서 가난과 굶주림을 타개하고자 상경하여 노동자가 되고, 참담한 노동 현실 속에서 혹사당하고 비루먹은 끝에 육신만 거덜 날 대로 거덜 나는 과정은 그러나 그의 경우

어느 돌멩이의 외침

에만 한정되는 것이 아니라 60년대 후반 밑바닥 인생들이 어쩔 수 없이 걸어야 했던 전형적 길이었다. (그보다 한 살 위였던 고 전태일의 경우도 마찬가지였다.) 절망의 벼랑 끝까지 내몰린 그는 마침내 자살을 기도했는데 이것 또한 어쩔 수 없는 선택이었다. 이렇듯 그가 사회적 중압을 견디지 못하고 개인적 절망을 자살로 해소하려 한 것은 전태일이 노동운동을 가로막는 사회적 중압의 벽을 자기 몸의 불꽃으로 뚫고자 한 넉 달 전의 일이었다.

전태일은 갔고 유동우는 기적적으로 살아났다. 자살 기도의 배경도 결과도 사뭇 달랐지만 전태일의 불꽃은 이 땅의 많은 유동우들에게 옮아 타오르도록 운명지워져 있었다. 전태일의 동갑내기요 유동우보다 한 살 위지만 그들과는 전혀 다른 환경에서 컸고 어엿한 대학생으로서 학생운동의 햇병아리에 불과했던 나에게조차 그 불똥이 튈 줄은 예전에 미처 몰랐듯이.

살아난 그는 요꼬 일보다는 약간 편안한 금은세공 일에 종사하게 되었지만 보수적 기독교 신앙에 독실했던 그로서는 밀수입품까지 포함한 사치품을 허영에 들뜬 사람들과 거래하는 부도덕한 일을 오래 계속할 수는 없었다. 보수적 기독교인의 양심에 좇아 그는 금은세공 일을 때려치우고 성직자가 되고자 했다. 절망적 패배의식에서 도피적 해결의 길로 들어서려 한 것이다. 신학교 통신과정에 적을 두고 생계를 위해 다시 들어간 곳은 그 지긋지긋하던 요꼬 공장이었고 여기서 그의 운명은 크게 뒤바뀌고 만다.

전도 중, 가난한 노동자들은 일 때문에 주일마다 교회에 나갈 수
도 없는 등 어려움이 많으니 결국 지옥이나 가야지 어쩌겠느냐는
어느 여성 노동자의 말에 크게 충격을 받은 그는 그 문제를 교회에
가서 상의했으나 단박에 무시당하고, 이윽고 '평신도 지도자 훈련'
모임이라는 진보적 성격의 종교 모임에 참석하게 되고, 이로써 그
의 보수적 신앙은 점차 깨어지고 사회적 현실에도 눈뜨게 된 것이
다. 그리하여 그는 마침내 이렇게 외친다.

> 이들이 시간이 없어 교회에 못 나가고 입에 풀칠이라도 하기 위해 술
> 집 접대부로 팔려 간다고 해서 누가 이들을 죄악에 빠져 있는 저주받
> 을 무리라고 욕할 수 있는 자격이 있겠는가! 만약에 정말 지옥이 있
> 다면 돈에 눈이 어두워 이들을 혹사하고 착취하고 폭행으로 인권을
> 유린하는 작자들이나, 선택받은 자라고 자처하면서 성전 행사에나 급
> 급할 뿐 신음하는 사람들을 보고도 못 본 척 지나쳐버리는 거룩한 제
> 사장이나 레위인과 같은 오늘날의 교회 지도자들, 불법을 보면서도
> 그들의 편에 서 있는 행정 당국자들, 바로 이들이 회개해야 할 장본인
> 이며 지옥으로 가야 마땅한 사람들이 아니겠는가.

그는 열심히 노동관계법을 연구하고 동료 노동자들 사이에 씨를
뿌려 나갔다. 그 결과 그는 회유와 공갈과 협박을 물리치고 노동조
합을 결성하기에 이른다. 1973년 초에 입사하여 노동조합을 결성

하기까지의 이 1년은 그를 이웃의 고난에는 아랑곳하지 않고 복음만 외쳐대는 성직자로의 길이 아니라 이웃의 고난에 동참하고 그것의 해결에 앞장서는 노조 분회장의 길로 이끌었던 것이다. 그러나 이 길은 노조 분회의 결성으로 완결되는 것이 아니라 그 이후에 닥쳐드는 수많은 시련을 통해 조금씩 완성되는 성질의 것이었다. 노조의 활동을 마비시키고 와해시키려는 회사의 농간, 상급 노조 지도자들의 어용 행위, 당국의 무관심과 일방적 처사, 이 모든 것들이 빚어내는 내부의 갈등과 아픔 그리고 이 과정에서 주어진 해고와 투옥을 겪으면서 그는 보다 주체적이고 주인된 인간으로 자신을 확고히 다져 나갔다.

그의 동료들 또한 그러했다. 힘들고 괴로운 싸움을 통해 그들도 끈적끈적한 정과 굳건한 노동자 의식을 다지면서 새 인간으로, 자기 운명의 주인으로 일어섰던 것이다. 이것은 곧 수많은 유동우들, 수많은 전태일들의 탄생이었다. 한데 뒤엉킨 고난의 삶과 싸움의 과정에서 거듭 새롭게 태어난 바로 이들이 노조를 어용화하려는 회사의 책동을 물리치고 승리하는 광경을 지켜본 이미 해고당한 이 책의 저자 유동우가 "그들이 있는 한 그들은 또한 힘차게 싸우며 새로운 의지로 고난을 이겨나갈 것"이라고 굳게 믿으며 홀가분한 마음으로 회사를 떠나는 실로 감동적인 대목에서 이 책은 끝난다.

한마디로 유동우의 이 체험 수기는 그 개인에 대한 것으로서의 특수성보다는 70년대 민주노동운동을 관통하는 보편성으로 인하여 더욱 값진 기록이 된다. 그리고 이 수기는 지난 시대의 것으로 폐쇄되기보다는 그가 맨 마지막 구절에서 시사했듯이 거듭 새롭게 일어서는 주체들의 생동하는 삶과 싸움 속에서 완결되어 나가는 열려진 것으로 받아들여질 때 그 생명력을 줄기차게 이어나갈 수 있는 것일 것이다.

> 그들에 의해 이 땅에 봄이 올 것이다. 봄이 오면 온 들판을 덮는 저 무수한 꽃들, 꽃들….

그렇다. 이 책은 그 자신에게 있어서나, 나에게 있어서나, 그 누구에게 있어서나 하나의 작은 씨알이요 꽃눈이다. 계속 싹을 틔우고, 무성하게 자라나 온 산하를 푸르게 덮어야 할 씨알, 온 산하를 현란하게 수놓아야 할 꽃눈.

■ 저자 약력

1949.   경상북도 영주시 안정면 용산리(대룡산)에서 내 땅 한 평 없는 무전빈농
         (無田貧農)의 7남매 중 셋째(장남)로 태어났다.

1961.   초등학교를 졸업한 뒤 농사를 지었으나 지독한 굶주림에 시달려야 했다.

1968.   돈을 벌기 위해 상경하여 천일섬유·유림통상·방성산업 등에서 섬유공
         장 노동자로 일했다.

1970.   만성적인 저임금에다 섬유 먼지와 화공약품 냄새가 자욱한 비위생적인
         작업장 환경에서 하루 14시간 이상의 혹사에 시달리느라 영양실조와 폐
         결핵이 도져 밤마다 피를 한 사발씩 토해내는 지경에 이르러 공장 생활
         을 그만두었다. 그 후 강원도 고한·정선·주문진·철원 등지의 금방에서
         1972년 말까지 금세공 일을 했다.

1973.   건강이 어느 정도 회복되자 세공 일을 그만두고 인천시 부평에 있는 한
         국수출산업공단 제4단지(부평공단) 내 외국인투자기업 삼원섬유주식회
         사에 입사했다. 3년 만에 다시 공장 노동자가 되었으나 여전히 저임금과
         장시간노동, 비위생적인 작업장 환경, 적법 절차를 거치지 않은 부당 해
         고, 현장관리자들의 욕설과 구타, 폭행 등에 시달리는 노동자들의 참상
         을 보고 노동자의 인권 회복과 권익 향상을 위해 일하고자 다짐했다.

1973. 12. 부평공단 최초(수출공단 내 외국인투자기업에서 노동조합 결성에 성공
         한 사례로는 전국 최초)로 노동조합(전국섬유노동조합 경기지부 삼원섬
         유분회)을 결성했고, 초대 분회장에 선출되었다. 이후 삼원섬유 조합원
         들의 권익 향상을 위해 노력했으며, 지역 내 타 사업장 노조 결성을 위한
         지원에 나섰다.

1974. 8. 전국섬유노동조합 경기지부 상무집행위원회에서 조합원 제명과 동시에 회사로부터 해고를 당했고, 부당 해고에 항의했다는 이유로 12월 경찰에 구속되었다.

1975. 블랙리스트(취업 금지 대상자 명단)에 올라 재취업을 원천봉쇄 당했다. 이후 전국의 공장지대 및 종교·사회단체와 대학교 등에 초청받아 노동 문제의 심각성을 고발하는 강연 활동 및 노동자들을 교육하고 조직하는 일을 돕는 '재야 노동운동가'로 활동했다.

1977. 월간 『대화』에 '어느 돌멩이의 외침'을 1~3월호에 걸쳐 연재했다.

1978. 대화출판사에서 월간 『대화』에 연재한 '어느 돌멩이의 외침'을 단행본으로 묶어 출판했으나 초판 발행과 동시에 중앙정보부로부터 판매금지를 당했다.

1981. 전국민주노동자연맹(전민노련) 사건으로 남영동 치안본부대공분실에 끌려가 가혹한 고문을 당한 뒤 구속되었다.

1984. 한국노동자복지협의회 운영위원으로 참여했다.

1985. 한국기독노동자총연맹 초대 회장으로 활동했다.

1987. 6월 민주항쟁 당시 민주헌법쟁취국민운동본부 상임공동대표로 활동했고, 12월에 구로구청 부정투표함 사수 투쟁사건으로 구속되었다.

현재, 남영동 민주인권기념관 문지기로 있으며 민주인권 교육 길잡이로 일하고 있다.